ROBERT GOLD

OS DOZE SEGREDOS

TODOS TÊM SEGREDOS, MAS ALGUNS SÃO MORTAIS

TRADUÇÃO
FERNANDO SILVA

Diretor editorial **PEDRO ALMEIDA**
Coordenação editorial **CARLA SACRATO**
Assistente editorial **LETÍCIA CANEVER**
Preparação **MARINA MONTREZOL**
Revisão **BÁRBARA PARENTE E CRIS NEGRÃO**
Capa e diagramação **OSMANE GARCIA FILHO**
Imagens de capa **BREAKERMAXIMUS, CHAMELEONSEYE, MOTORTION FILMS, RAGGEDSTONE, SPECIAL VIEW, SANDER VAN DER WERF, DEDMITYAY | SHUTTERSTOCK**

Dados Internacionais de Catalogação na Publicação (CIP)
Jéssica de Oliveira Molinari CRB-8/9852

Gold, Robert
Os doze segredos : todos têm segredos, mas alguns são mortais / Robert Gold ; tradução de Fernando Silva. — São Paulo : Faro Editorial, 2023.
288 p.

ISBN 978-65-5957-378-3
Título original: Twelve secrets

1. Ficção inglesa 2. Mistério I. Título II. Silva, Fernando

23-2072 CDD-823

Índice para catálogo sistemático:
1. Ficção inglesa

1ª edição brasileira: 2023
Direitos de edição em língua portuguesa, para o Brasil, adquiridos por FARO EDITORIAL

Avenida Andrômeda, 885 — Sala 310
Alphaville — Barueri — SP — Brasil
CEP: 06473-000
www.faroeditorial.com.br

PARA MEU PAI
— O VERDADEIRO MICHAEL NOEL.

UM

"EU NÃO QUERO EXPERIMENTAR MEU PRÓPRIO PASSADO NUNCA MAIS."

1

O convite para a reunião com Madeline chegou à minha caixa de entrada no fim da manhã. O e-mail veio sem assunto, mas imediatamente eu soube sobre o que era. Madeline é muito persistente.

Passei a tarde enrolando. Desisti de fazer qualquer trabalho, incapaz de me concentrar em qualquer coisa. Beber três xícaras de café nos últimos quarenta e cinco minutos não ajudou. Na maior parte do tempo, tenho lido uma quantidade interminável de histórias de celebridades em nosso site de notícias vinte e quatro horas.

— A família Real tem um novo labradoodle ruivo — digo para Min, que está sentada à minha frente na redação. — Aposto que eles o chamam de Harry.

Min levanta uma sobrancelha. Tentei conversar com ela várias vezes na última hora, apesar de saber que tem um prazo a cumprir.

— Desculpe — murmuro baixinho e volto para a minha tela. Outro casal de Hollywood anunciou seu noivado; um jogador de futebol bateu a cabeça de seu companheiro de equipe em um armário do vestiário. Legal.

Um lembrete diário, que eu não preciso, aparece na minha frente. Olho para o escritório-aquário de Madeline e a vejo gesticulando furiosamente para dois executivos de marketing. Ambos encolhem na presença dela. Percebi, há muito tempo, que a única maneira de trabalhar bem com Madeline é a enfrentando. É uma lição que muitos dos meus colegas ainda precisam aprender.

— Você vai ser honesto com ela? — pergunta Min, como se pudesse ler meus pensamentos.

— Sempre tento ser — respondo. Porém, Madeline incutiu em mim uma coisa que é dela: determinação de alcançar o coração de qualquer boa história. É algo que agora compartilhamos. Por isso, tenho medo dessa conversa.

— Você é a única pessoa que ela vai realmente ouvir.

— O problema é que, nesse caso, acho que não há meio-termo.

Min faz uma careta solidária para mim antes de colocar seus fones de ouvido. Olho novamente e vejo os dois marqueteiros se esquivando, sumariamente dispensados. Decidido, fecho a tela do computador e me levanto.

Através da porta aberta, posso ver Madeline sentada em sua cadeira de couro branco, com os olhos fixos na tela à sua frente. Sem olhar para cima, ela chama meu nome.

— Ben, não enrole.

— Não há razão para brigarmos por isso — digo ao entrar no escritório de canto, com janelas do chão ao teto e vista direta para a Tower Bridge. Atrás da mesa de vidro curvo estão penduradas três impressionantes fotografias iluminadas pelo sol. Cada uma delas foi tirada pela própria Madeline, como ela me disse inúmeras vezes. A primeira é das Casas do Parlamento; a segunda, da Casa Branca; e a terceira é de sua própria casa, com vista para o Richmond Park. Ela as chama de "as três casas do poder global" e acho que só está brincando, até certo ponto.

— Vinte e nove vírgula quatro milhões — diz ela, ainda sem tirar os olhos do monitor. — Queda de quase três por cento, e aqueles dois palhaços me dizem para não me preocupar. Estamos menos de dois milhões de usuários à frente do *Mail Online*. Não vamos perder nosso primeiro lugar na minha gestão.

Ela não está esperando uma resposta, e eu não lhe dou uma. Em vez disso, evitando a mesa da sala de reuniões, pego a cadeira em frente à mesa dela.

— E eu não vou brigar com ninguém — continua ela. — Sei que este é um momento difícil para você, Ben. Com o aniversário da morte da sua mãe se aproximando, todos nós vamos ficar reflexivos.

Há uma suavidade em sua voz. Ela ensaiou isso, e eu me recuso a ser envolvido.

— Sua mãe ficaria muito orgulhosa do que você conquistou. Dez anos atrás, os nossos corações se partiram. Se ela pudesse ver você agora... Um dos melhores escritores de *true crime* do país. Tem sido uma jornada e tanto, Ben, um verdadeiro triunfo sobre a tragédia. Essa história é sua.

— Não importa quantas vezes discutamos isso — respondo —, a resposta ainda é não.

— Ben! — exclama ela. — Você ainda nem me ouviu.

— Sei o que você está procurando. E não sou eu. Escrevo peças investigativas, não sentimentais.

— Não estou atrás de uma história de sentimentalismo vulgar. Essa seria a sua verdade: emocional, comovente, crua e redentora. A verdadeira história, contada pelo homem por quem todos neste país nutrem tanto carinho.

— Não estou interessado nisso.

— Mas milhões de pessoas estão, Ben. — A voz de Madeline assumiu o tom que ela usa quando está determinada a conseguir as coisas do seu jeito. Cada palavra é claramente pronunciada. — Você subestima o quanto as pessoas se importam com você. O que aconteceu com Nick e depois a morte da sua mãe... todo mundo se lembra disso. As pessoas sabem quem você é e acreditam que compartilham uma conexão genuína com você. — Ela se levanta e dá a volta na mesa, empoleirando-se no canto, ao meu lado. — Não estou dizendo que alguns não sejam um pouco loucos, mas, goste você ou não, eles imaginam que compartilharam a sua dor. Eles querem apoiá-lo, ao mesmo tempo que são eternamente gratos por não ter acontecido com eles. E agora eles querem ler sobre isso, com suas próprias palavras, como nossa exclusiva mundial.

A franqueza não é algo que Madeline evite. Sua capacidade implacável de ir direto ao ponto é o que a torna uma grande jornalista. Simplesmente balanço minha cabeça.

— Já disse que não vou escrever.

— Ben, nós dois sabemos que você *vai* escrever. Por mais doloroso que seja, é uma história boa demais para não ser escrita.

— Se eu escrever o artigo que você quer, passarei o próximo ano tendo pessoas vindo até mim na rua, me perguntando como estou e dizendo que estou sempre em suas preces.

— Isso não soa de todo ruim. Essas pessoas têm boas intenções, mesmo as mais peculiares.

— É um não, Madeline.

— Ben. — Ela se levanta de repente, cruza a sala para fechar a porta e se vira para me olhar. — Vou ser franca com você. Nossos números estão sob pressão. Estamos realmente sendo espremidos. Precisamos de uma grande história.

— A resposta ainda é não.

Madeline me ensinou sua própria busca implacável por leitores. Agora, no entanto, percebi rapidamente que, quando a caçada chega à sua porta, sua perspectiva muda.

— Ninguém está mais comprometido com o sucesso deste site do que eu — respondo. — Minhas histórias trazem mais leitores novos do que qualquer outro artigo. Depois, por algum motivo, esses leitores ficam para ler as fofocas inúteis que você chama de notícias.

Os olhos de Madeline piscam. Por um momento, acho que terminamos.

Em seguida, seus ombros relaxam.

— Você mesma disse, sou o melhor jornalista que você tem — digo.

— Um prêmio não faz de você meu melhor jornalista.

— Foram dois e são os únicos prêmios que o site já ganhou.

— Não estamos aqui pelos prêmios, estamos aqui pelos leitores — diz ela. — E precisamos de mais deles. Rápido.

Posso sentir que estou perdendo a paciência. Respiro fundo. Se não conhecesse Madeline tão bem, acharia difícil acreditar que ela estava tentando me intimidar. Por ter crescido perto da minha casa, ela sabe o quanto a morte do meu irmão Nick foi traumática, não apenas para minha família, mas para toda a nossa comunidade. Li os artigos que ela escreveu à época. Ela entendeu o impacto devastador que a morte dele teve em toda a nossa cidade.

Viro minha cadeira para encará-la, enquanto ela vai até a janela.

— Não vou fazer isso, Madeline. Você precisa aceitar, você nunca vai ter ideia de como foi. O rosto de Nick em todas as primeiras páginas, o da minha mãe, o meu. Não tenho vontade de publicar a última parte da minha vida que consegui manter em sigilo.

Não é a resposta que ela quer e posso ver sua irritação aumentando. Ela tamborila os dedos na mesa. Pensativa, volta para sua cadeira e começa a bater no teclado. Ela não diz mais nada, e presumo que esteja dispensado. Aliviado, levanto-me para ir embora. Porém, assim que chego à porta, ela fala:

— Ben, já lhe ocorreu que, se você não escrever isso, outra pessoa poderia?

Faço uma pausa, sem me virar para olhar para ela.

— E, se o fizer, não posso controlar o que iria dizer.

2

Saímos do escritório às quatro da tarde. Digo a Min que preciso de apenas um drinque. Um se torna dois e, quase imediatamente, me sinto instável sobre meus pés. Parei de beber há dez anos, mas preciso de algo para aliviar minha fúria com Madeline. Embora eu admire sua capacidade única de ser a primeira em qualquer história, seu apetite voraz por leitores às vezes é impossível de engolir.

A notícia da minha conversa com Madeline se espalha rapidamente entre a equipe. Nosso grupo cresce em número, e quando nos tornamos numerosos demais para o barzinho do centro da cidade, decidimos ir para o oeste, fora do centro de Londres, ao nosso lugar favorito: o Mailer's. Situado às margens do rio Tâmisa, no vilarejo de St. Marnham, o restaurante, administrado pelo renomado chef londrino East Mailer, está instalado em um armazém modificado. Fui eu quem o apresentou ao pessoal do escritório. A maioria não tinha se aventurado tão longe antes, mas a comida incrível, combinada com a vista deslumbrante do rio, logo conquistou um exército de seguidores.

Mesmo quando não está presente, Madeline tem o hábito de dominar as conversas. Durante o jantar, o apoio a mim é quase unânime, com a maioria dos colegas indignados com o fato de ela me pressionar para escrever o artigo. Apenas Min permanece quieta. Posso vê-la deliberando enquanto o resto de nós protesta contra a determinação de Madeline de conquistar leitores a qualquer custo. Finalmente, enquanto divide o resto da última garrafa entre nossos copos, ela me pergunta se Madeline pode estar certa — pelo menos em parte. Poderia o décimo aniversário da morte da minha mãe ser um momento para eu fazer uma pausa e aproveitar a oportunidade para realmente entender o que aconteceu?

Em meus momentos mais sombrios, compartilhei com Min meus sentimentos de culpa, minha incapacidade de compreender, mesmo depois de todos esses anos, por que mamãe fez o que fez. Todos ficam em silêncio. Prometo pensar sobre isso. Na verdade, já sei que nunca vou escrever o artigo por todos os motivos que dei a Madeline. Meu trabalho pode me permitir explorar a vida dos outros, mas nunca mais quero experimentar meu próprio passado.

Enquanto a noite se aproxima do fim, e todos vão para casa, Min e eu entramos no bar de tijolinhos à vista para um último drinque. Apesar de já saber que amanhã de manhã vou me arrepender de ter bebido tanto, ofereço pouca resistência enquanto Min me convence de que mais um não fará muita diferença.

Sentado ao lado da lareira, Will Andrews, sócio do restaurante, sorri quando nos vê. Ele nos convida a fazer companhia, sinalizando ao barman para trazer três copos de uísque. Mais de vinte anos atrás, Will tinha sido um dos amigos de escola mais próximo do meu irmão. Cresceu e tornou-se alguém incrivelmente bem-sucedido e, há alguns anos, juntamente com seu parceiro, East, investiu no restaurante. Eu não o conhecia tão bem, mas Will foi incrivelmente generoso com minha mãe, nunca esqueceu o aniversário dela e sempre lhe enviou rosas no aniversário da morte de Nick.

Trocamos gentilezas e compartilhamos as novidades da vida. Ele pergunta sobre o *site*, e eu falo sobre um artigo que publiquei recentemente, junto com o demorado processo de transformá-lo em um podcast de *true crime*. Em seguida, conto a ele sobre minha conversa com Madeline.

— Enquanto o resto de nós precisa entrar na linha, Ben está acostumado a fazer o que quer — diz Min, rindo. — Ele realmente é o favorito dela.

— Não, não sou — protesto. — Bem, talvez só um pouquinho.

— Quando fiz a pergunta no jantar, não estava dizendo que você definitivamente deveria escrever o artigo — continua ela —, e é claro que isso precisa ser uma decisão sua, mas você não gosta de brigar com a Madeline.

— Certamente, até a Madeline precisa enxergar isso do ponto de vista de Ben. — diz Will. — Essa é uma história tão pessoal.

— Não discordo — diz Min —, mas acho que Ben deveria aproveitar a oportunidade não para escrever o artigo enaltecedor de Madeline, mas para realizar sua própria investigação. Por mais que me doa dizer isso, ele é o melhor na área.

— Só Ben pode saber a coisa certa a fazer — diz Will. — A morte de Clare teve um impacto enorme em todos nós. E, antes disso, a de Nick. Mas, para Ben, elas destruíram sua vida. Madeline precisa respeitar isso e entender que ele passou muitos anos tentando encontrar um caminho de volta ao normal. Em algum momento, ele tem que ser capaz de impor limite.

— Posso dar minha opinião sobre isso? — digo, sorrindo, antes de sermos brevemente interrompidos por East Mailer, que traz nossos drinques. Levanto-me para cumprimentá-lo, e ele promete se juntar a nós após a saída dos últimos clientes.

— Posso fazer uma pergunta? — diz Min enquanto retomamos nossa conversa. Concordo com a cabeça. — Como você abordaria isso, se fosse qualquer outra história?

— Não é qualquer outra história, esse é o ponto principal — Will interrompe. — É a história do *Ben*. E, de qualquer forma, depois de todo esse tempo, é possível esperar encontrar algo novo?

— Absolutamente, fazemos isso o tempo todo — responde Min. — Ben, sei que é doloroso, mais do que qualquer um de nós pode imaginar, mas também sei que, no fundo, há uma parte sua desesperada para fazer um milhão de perguntas.

— Mas não tem a ver só comigo — digo, girando lentamente o copo de uísque na mão. — Não acho que mamãe gostaria que eu fizesse isso.

Ao longo da vida, minha mãe me ensinou que as coisas mais simples podem fazer a maior diferença. Para ela, isso significava deixar que eu me comportasse como qualquer outro adolescente: jogar futebol, falar sobre garotas, tomar um drinque escondido ou fumar um cigarro de vez em quando. Ela tratou tudo isso da mesma maneira que qualquer outra mãe o faria. Ela nunca enlouqueceu e tentou me impedir de fazer algo, por mais esmagador que esse desejo possa ter sido. Ela nunca usou Nick como desculpa. Se eu chegasse atrasado trinta minutos ou uma hora, embora isso às vezes deva tê-la aterrorizado, ela nunca deixou transparecer — nenhum grande drama, nenhuma reação exagerada. Após sua morte, foram necessárias todas as minhas forças e o apoio das pessoas mais próximas para colocar a vida de volta nos trilhos. Com certeza, ela não gostaria que eu jogasse isso fora para vasculhar o passado.

— Entendo isso, Ben, realmente entendo — diz Min gentilmente, adicionando um pouco de água em seu drinque, depois se virando para mim. — Mas acho que você ainda tem dúvidas sobre a morte da sua mãe, e isso sempre vai impedi-lo de aceitá-la. Não acho que sua mãe iria querer isso para você também. Então, eu digo, aproveite agora a oportunidade para descobrir a verdade.

— Isso pode não ser exatamente o que Madeline está procurando — respondo.

— E desde quando isso é problema para você?

Sorrio, apesar de não querer.

— O que eu odeio é a forma como as pessoas sempre criaram suas próprias ideias sobre o assunto — continuo. — Elas acham que minha mãe estava tão dolorosamente infeliz que simplesmente não aguentou mais, que não tinha nada pelo que viver. Mas sei que não foi assim. Mesmo com tudo o que passamos, ela encontrou uma nova positividade. Ainda não consigo entender o que ela fez. De alguma forma, tem que haver algo mais.

— Como o quê, Ben? — responde Will, gentilmente, enquanto East completa nossos drinques. Faço uma pausa.

— Para mim, é impossível dizer.

Quando os últimos clientes saem, East se junta a nós na mesa, e a conversa se volta para a vida do vilarejo. Planos para uma roda-gigante no gramado, como parte da festa local, estão causando polêmica.

— O presidente do comitê organizador ameaçou renunciar — diz East. — E minha oferta de pagar pela porcaria não foi tão bem recebida quanto eu esperava. Alguns membros me acusaram de tentar sequestrar todo o evento. Fiquei terrivelmente ofendido.

— Não dê ouvidos a ele — diz Will, rindo. — Ele ama isso. E eles o amam.

Com a oferta de um último drinque, levanto as mãos para sinalizar que estou muito acima do meu limite, enquanto Min diz que precisa ir cedo para o escritório, na manhã seguinte. East chama um táxi para ela, e eu decido caminhar pela margem do rio até minha cidade natal: Haddley.

— O ar fresco vai me ajudar a espairecer — digo a East, enquanto o vejo acender um baseado no pátio do restaurante.

— Will só me deixa fumar do lado de fora hoje em dia — responde ele e, enquanto dá uma tragada, ficamos observando juntos as luzes traseiras do táxi de Min desaparecerem. East tira a bandana xadrez de chef e, bagunçando seu cabelo grisalho na altura dos ombros, me oferece uma tragada.

— Acho que não me ajudaria — digo, já sabendo que amanhã de manhã vou me arrepender dessas duas grandes doses de uísque.

— Você provavelmente está certo.

Saímos do pátio e andamos lentamente em direção às margens do rio.

— Ben — continua East enquanto as luzes do restaurante desaparecem atrás de nós —, não pude deixar de ouvir antes e realmente não tinha certeza se deveria dizer alguma coisa…

— Vá em frente — digo. Paramos perto do rio, onde a luz da rua ilumina o acesso que margeia o rio.

— Conheço Madeline há muito tempo. Ela era frequentadora do meu primeiro restaurante em Richmond, uma vida atrás. E sei que ela pode ser muito persuasiva. Não a deixe convencê-lo a fazer algo que não queira fazer. Meu conselho é: continue como sempre fez e siga em frente com sua vida. Ninguém jamais ganha nada olhando para trás.

3

Enquanto a luz da manhã rasteja pelas persianas, fico deitado na cama, acordado, sem nenhuma ideia de que horas são. Estico a mão pela mesa ao lado da cama, procurando meu telefone, e um copo d'água cai no chão. Temo que, se levantar a cabeça, o quarto gire. Então, lentamente, viro e olho. Posso sentir o gosto rançoso do álcool na boca.

Dez anos antes, eu estava deitado na mesma cama enquanto minha mãe gritava comigo pela terceira e última vez para que me levantasse. Era o meu segundo ano na Universidade de Manchester, e estava passando o feriado de Páscoa em casa, em Londres, trabalhando em um site de notícias esportivas. Passava meus dias verificando os fatos dos artigos. Eu tinha levado menos de uma semana para perceber que jornalistas esportivos não começavam a trabalhar até o meio-dia, terminavam tarde e passavam a maior parte do tempo livre no pub, assistindo a futebol na Sky. Era uma rotina que eu ficara feliz em adotar e, deitado na cama naquela manhã, de ressaca, não tivera pressa em me juntar ao trajeto matinal da minha mãe.

Agora, com os olhos ainda bem fechados, a voz da minha mãe toca repetidamente na minha cabeça — sua frustração comigo, sua crescente irritação com minha aparente apatia. Enquanto saía pela porta, ela me chamara uma última vez.

— Ben, pare de desperdiçar seus dias deitado. Levante-se agora! — gritou, e eu a ouvi pegar a bolsa antes de fechar a porta atrás dela.

Essas foram suas últimas palavras para mim.

Naquela manhã, minha mãe saíra de casa pouco antes das oito. Ela pegara o caminho através da praça de Haddley e seguira pela borda da floresta, que corre ao lado da linha férrea. Ela teria levado menos de dez minutos para chegar à estação de St. Marnham, seguindo o mesmo trajeto que fazia todas as manhãs. Geralmente, ela ia até o outro lado da plataforma, onde sempre ficava esperando para embarcar na parte de trás do trem — o único vagão onde ela poderia ter a certeza de um assento para sua viagem de vinte minutos até o centro de Londres. Mas, quanto ao que ela fizera naquela manhã, tudo o que sei é o que a polícia me dissera mais tarde.

Eu tinha feito o meu café da manhã e um sanduíche para levar para o trabalho. Estava de pé na janela do andar de baixo, tomando uma xícara de café e pensando em começar o dia. Enquanto eu olhava distraidamente para meu vizinho idoso, o Sr. Cranfield, que estava trabalhando em seu jardim, um carro de polícia parou em frente de casa.

Dois policiais — um homem e uma mulher — saíram do carro e subiram pelo caminho. Imediatamente, senti um aperto no estômago. Quando criança, eu tinha visto muitos policiais chegarem à nossa casa, e o sentimento de pavor que acompanhava a chegada deles era muito familiar. Várias vezes, depois da morte de Nick, eu me escondia quando via policiais se aproximarem. Muitas vezes, ficava agachado no topo da escada, ouvindo atentamente enquanto as informações eram transmitidas à minha mãe. De repente, senti-me como uma criança de novo. Porém, dessa vez, por mais que eu quisesse, não havia lugar para onde correr e me esconder.

Quando a campainha tocou, fiquei imóvel, congelado na janela, observando enquanto o Sr. Cranfield apoiava sua forquilha na parede da casa. Em seguida, ele caminhou até o degrau da frente, sentando-se para tirar as botas de borracha. Ele as colocou de lado com cuidado antes de se levantar e ir para dentro de casa.

Somente quando a campainha tocou pela segunda vez, eu me mexi. Lentamente caminhei até o corredor, hesitando antes de colocar a mão no trinco da porta da frente, desesperado para me agarrar à vida como ela era. Uma vida que, de alguma forma, eu já sabia que estava se esvaindo.

A campainha tocou uma terceira vez, e eu abri a porta.

Uma ventania soprava no pátio, e os dois policiais na soleira da porta estavam inconscientemente agrupados. Nem esperei que falassem: virei e voltei pelo corredor, em direção à cozinha. Os policiais entraram atrás de mim, e eu os ouvi fechar a porta. O policial perguntou se eu era o senhor Benjamin Harper. Com uma certa resignação, respondi.

— Sim. — Eles sabiam exatamente quem eu era.

Na cozinha, sentei-me à nossa velha mesa de fazenda. Era uma coisa enorme que preenchia a maior parte da sala. Depois de Nick, tinha parecido grande demais apenas para mamãe e eu, mas, ao longo dos anos, tínhamos aprendido a ocupá-la. Agora, enquanto eu estava sentado lá sozinho, sua vastidão era sufocante.

Enquanto estava à porta da cozinha, a policial me pediu para confirmar se eu era filho de Clare Harper. Alguém mais estava em casa? — ela perguntou. Balancei a cabeça. Vi o homem se mover hesitante pela cozinha antes de se inclinar para o lado, onde estavam meus pratos sujos do café da manhã. Eu tinha esquecido de colocar a manteiga de volta na geladeira. Dava para vê-la brilhando onde tinha começado a derreter e havia uma faca saindo do topo de um pote de molho. Minha mãe teria odiado aquilo.

A policial puxou uma cadeira e se virou para mim. Levantei a cabeça e, pela primeira vez, olhei para ela. O pesar que vi em seus olhos era o mesmo que eu havia passado a desprezar.

Ela me perguntou novamente se Clare Harper era minha mãe, e eu disse que era. Ela trabalhava em um escritório na Welbeck Street? Lembro-me de rir, uma risada nervosa, involuntária, antes de sentir o toque de sua mão. Virei para o outro lado apenas para chamar a atenção do policial, antes que ele olhasse rapidamente para nosso jardim dos fundos, onde o sol da primavera havia ajudado a grama a crescer. Minha mãe havia passado a semana anterior me pedindo para cortar a grama e eu tinha dito a ela para parar de me incomodar.

A policial perguntou se minha mãe pegava o trem da estação de St. Marnham. Comecei a falar, dizendo que ela pegava o trem no mesmo lugar todas as manhãs, como era uma criatura de hábitos, sempre tinha a mesma rotina: saía de casa exatamente no mesmo horário, caminhava pelo pátio, fizesse chuva ou sol. A policial tentou me interromper, mas não parei de falar. Ela trabalhava como gerente de projetos em uma empresa de design de escritórios, sempre levava o almoço de casa, parava por uma hora ao meio-dia e meia, fazia um café quando chegava de manhã; ela estaria lá agora, e era onde eles poderiam encontrá-la. A policial apertou minha mão e disse meu nome.

Uma mulher tinha entrado na frente de um trem que estava indo para a estação de Waterloo.

— Acreditamos que a mulher seja a sua mãe, Ben.

Olhei para o outro policial, que agora estava olhando para mim. Na parede atrás de nós, eu podia ouvir o tique-taque do relógio da cozinha. De repente, parecia terrivelmente alto.

— Sinto muito, Ben, mas ela foi morta instantaneamente — disse a policial. Ficamos em silêncio, até que ela continuou. — Sei que isso é muito para absorver, então talvez seja melhor você chamar um membro da família para estar com você.

Eu não disse nada.

— Ou talvez um amigo próximo — acrescentou ela rapidamente, olhando para seu colega.

Ela estava esperando que eu respondesse, mas eu não tinha nada a dizer. Eu queria que eles fossem embora. Havia formalidades a serem seguidas, mas eu não as ouvi. Seria necessária uma identificação do corpo, mas não registrei que seria eu quem a faria. Eu tinha vinte anos.

— Há alguém que possamos chamar para você? — repetiu ela. — Eu realmente acho que deveria ter alguém com você.

Por alguma razão, tudo em que eu conseguia pensar era no sr. Cranfield no jardim, com sua forquilha.

— Ben?

Forcei minha atenção de volta para o policial e menti. Disse que ligaria para meu pai. Eu nem sabia o número dele.

O policial atravessou a sala, colocou a mão em meu ombro e perguntou se eu ia ficar bem; disse que ficaria. Queria que eles fossem embora. Certamente, eles sentiam o mesmo.

Levantei-me e caminhei lentamente para o corredor. Eles me seguiram, com a policial querendo garantias de que eu faria minha ligação.

Mais uma vez, prometi que faria. Só queria que eles fossem embora.

Eles manteriam contato, disseram.

Concordei com a cabeça e agradeci. Eu não sabia por quê.

O vento soprou pelo corredor quando eles abriram a porta da frente para sair. Tinha começado a chover forte, e os policiais correram para o carro, com a mulher segurando o chapéu, desesperadamente. Fechei a porta e fiquei sozinho no corredor vazio.

Dani Cash saiu de seu quarto, acendeu a luz e atravessou o pequeno corredor para o quarto dos fundos, no andar de cima, de sua casa em Haddley. Como ela havia adorado essa casa desde a primeira vez que tinha entrado — suas paredes recém-decoradas, o cheiro acolhedor de carpetes novos e macios e os móveis cuidadosamente ajustados para manter tudo em seu lugar. A casa tinha sido perfeita: uma casa com a qual ela sempre havia sonhado. Para ela, não importava que estivesse a um quilômetro e seiscentos metros de distância do Tâmisa e do suposto charme vitoriano das propriedades ribeirinhas de Haddley. Essa seria a sua casa. Ela tinha se convencido de que poderia se tornar um lugar incrivelmente feliz.

Quatro meses depois, parecia uma prisão.

De pé na porta, ela imaginou o quarto de criança que havia planejado criar — estampas de animais nas paredes, seus pinguins favoritos nas persianas. Estaria ela se enganando, esperando que esse dia ainda pudesse chegar?

Agora não era hora de pensar nisso. Precisava focar sua mente de volta no trabalho.

Ela olhou para o uniforme, que tinha colocado com tanto cuidado na cama extra na noite anterior; por um momento, hesitou. Será que estava pronta?

Ela tinha que estar.

Era sua única saída.

Pegou sua camisa branca engomada, com as dragonas já no lugar. Seus dedos estavam todos desajeitados enquanto as abotoava e prendia o cachecol. Quando se abaixou para amarrar os cadarços, ela teve um vislumbre de seu próprio reflexo. Na noite anterior, havia se sentido orgulhosa ao passar um vinco acentuado em suas calças pretas. Ela havia pensado em seu pai e nos anos que ele tinha servido, e sabia que era um orgulho que ele compartilharia.

Sua jaqueta estava pendurada do lado de fora do guarda-roupa. Ela arrancou o plástico da lavanderia, apertou o botão de cima e a colocou. Estava folgada sobre suas costas e quadris. Isso não a surpreendeu: seu apetite havia desaparecido nas últimas semanas. Ela pegou o chapéu da cama e escondeu o máximo possível os seus cachos loiros. De pé na frente do espelho, por um momento, ela quase não se reconheceu.

Ela era uma policial novamente.

No topo da escada, a mulher parou e ouviu sinais de vida. Com cuidado para evitar o segundo degrau que, apesar da promessa de um construtor, ainda rangia sob a menor pressão, desceu as escadas. Quando chegou à porta da sala, encontrou-a firmemente fechada e expirou silenciosamente.

Do lado de fora de sua casa, Dani fechou os olhos brevemente, virou o rosto para o céu e deixou os raios do sol aquecerem seu espírito. Ela parou por um momento, então deu um passo à frente, determinada a deixar os últimos cinco meses para trás.

Seus cinco anos na Força tinham mostrado que ela podia ser uma boa policial. Uma nova recruta, aos vinte e um anos, ela havia impressionado imediatamente. Ser filha de Jack Cash só significava que ela seria mais testada. Porém, desde o primeiro dia, ela havia atendido às expectativas. Calma e com raciocínio rápido, tinha sido uma clara favorita entre seus supervisores. Apenas seis meses atrás, houve conversas sobre ela progredindo para sargento.

Dani afastou o pensamento. Ela havia sido uma boa policial na época e seria uma boa policial agora.

No meio do caminho para Haddley Hill, ela parou para atravessar a rua no semáforo. O trânsito já estava aumentando, e as crianças se dirigiam para a Haddley Grammar School. Sorrindo para duas adolescentes que estavam ao seu lado no cruzamento, Dani deixou seus olhos vagarem em direção ao Tâmisa. Ela parou e observou enquanto o ônibus fluvial passava sob a ponte Haddley, transportando passageiros para a cidade.

A explosão veio do nada. As meninas gritaram, e Dani pulou para trás com tanta força que o movimento brusco fez seu chapéu cair no chão. Ela se arrastou na beirada da calçada, mas estava quase cega de pânico. Onde estavam as meninas? Ela não podia deixá-las sofrer nenhum dano. Levantou-se rapidamente, mas sua visão embaralhou. Então, ela sentiu uma mão em seu braço.

— Está bem, moça? — disse uma das meninas, entregando o chapéu para Dani.

— Garotos estúpidos! — gritou a outra, antes de cair na gargalhada. — Vocês são como crianças!

Dani olhou em volta e viu a vida cotidiana continuar ao seu redor. No lado oposto da rua, ela vislumbrou três meninos, antes que desaparecessem, correndo para o Haddley Hill Park.

— Eles estão sempre brincando com fogos de artifício — disse a garota que passou o chapéu para Dani. — Pensam que são tão homens, mas não passam de *garotinhos bobos*! — Esse comentário final, ela gritou para o outro lado da rua, a plenos pulmões.

— Estou bem, obrigada — disse Dani. Vendo o semáforo mudar, ela parou para arrumar o chapéu. As meninas atravessaram a rua e desapareceram no parque. Antes que ela percebesse, o tráfego estava se movendo novamente. Mais uma vez, ela apertou o botão para atravessar.

À medida que descia o morro em direção à rua principal, o tráfego ficou mais congestionado. Um ônibus indo para Wandsworth bloqueou o cruzamento principal. Buzinas soaram, e Dani se virou para um motorista frustrado, reprimindo sua raiva com um olhar. Um entregador parou na via rápida e, depois de mandá-lo seguir em frente, Dani saiu, com o trânsito fluindo atrás dela.

Ao se aproximar da delegacia de polícia de Haddley, seu ritmo diminuiu. Do lado oposto da rua, ela viu dois policiais entrarem no prédio e, em seguida, uma mulher idosa, apoiada em sua bengala. Um policial mais graduado, que saía da delegacia, segurou a porta para a mulher antes que outro policial a seguisse. Dani não reconheceu nenhum dos policiais, e os outros pareciam estranhamente desconhecidos para ela, como pessoas de outra vida que ela havia conhecido apenas vagamente. Será que tinha ficado afastada por tanto tempo assim? Ela havia tomado uma decisão deliberada de se manter longe da delegacia nos últimos cinco meses. Tinha se encontrado com um ou dois dos policiais mais jovens para um drinque, mas havia optado por não entrar em contato com o resto da equipe. Estava se arrependendo disso agora. Se ela tivesse ligado apenas um punhado de vezes, talvez tivesse sido mais fácil, quebrado o gelo.

Depois de um momento, ela se afastou da delegacia e caminhou.

Ao chegar à ponte de Haddley, olhou para o relógio: ainda faltavam trinta minutos para o início de seu turno. Ela atravessaria o rio, apreciaria a vista da ponte e depois voltaria para a delegacia. Nessa altura, estaria pronta.

Da ponte, ela olhou para o rio, até as casas de barcos de Haddley, já uma multidão em atividade. Atrás delas ficava a praça de Haddley e depois os bosques até St. Marnham. Na outra direção, um bloco de torres com fachada de vidro despontava no lado norte. Eram apartamentos de luxo e abaixo deles havia um supermercado *gourmet*, repleto de vegetais orgânicos e vinhos finos. O local perfeito para capturar passageiros cheios de dinheiro em busca de um jantar fácil quando chegassem em casa.

E o lugar perfeito para um ataque armado durante o último Halloween.

Eles tinham parecido pouco mais do que crianças da escola ao passarem correndo por ela com suas máscaras de monstro. Ela havia prestado pouca atenção neles, pois sua mente já estava na garrafa de vinho que planejava desfrutar depois de um longo turno.

Eles não a haviam notado quando ela os seguiu.

Ainda estava de uniforme.

Quando a viram, eles entraram em pânico.

O brilho da lâmina de uma faca. E depois outra.

Clientes gritando.

De repente, havia reféns e uma faca pressionada contra suas costas.

Dani ainda podia ouvir as sirenes em sua cabeça — assim como tinha feito repetidamente nos últimos cinco meses. Ela deveria ter agido de forma diferente?

Imaginou o rosto de seu pai e as rugas ao redor de seus olhos quando ele sorria. — Nunca duvide de si mesma, Dani — diria ele. — Você pode ser o que quiser. — Ela se virou bruscamente e caminhou de volta pela ponte, em direção à delegacia. Sem diminuir o passo, subiu os três degraus da frente do prédio. Ela caminhou rapidamente através das portas, determinada a provar a si mesma mais uma vez.

5

A luz que ilumina meu quarto é quase insuportável de tão brilhante. Levanto-me e alcanço o telefone, deslizando os dedos na tela. O relógio me mostra que já estou atrasado para o trabalho. Vou dizer à Madeline que ficarei em casa pela manhã, pesquisando meu próximo artigo. Além disso, como é quinta-feira, metade dos nossos articulistas já estará pensando no fim de semana.

Examino o quarto. As roupas estão espalhadas pelo chão; minha carteira, vazia, jogada ao lado do relógio que minha mãe me deu quando fiz dezoito anos. Minha cabeça ainda está girando e, quando caio de volta no travesseiro, fico olhando para o teto. Lágrimas começam a rolar, e eu pressiono os dedos nos cantos dos olhos. Respirando profundamente, empurro o edredom, mas, ao fazê-lo, ouço o som de água corrente vindo do banheiro.

Segundos depois, a porta do banheiro se abre, e a Sra. Cranfield entra em meu quarto. Eu nunca ousaria chamar a Sra. Cranfield de governanta de meio-período, especialmente porque nunca paguei um centavo a ela. Porém, ela faz um ótimo trabalho em ajudar a manter minha casa em ordem. Ela e seu marido são duas das pessoas incríveis que ajudaram a me reerguer depois que minha mãe morreu. Para mim, eles se tornaram mais como uma mãe e um pai substitutos do que qualquer outra coisa. Eu odiaria ficar sem eles, embora, como todos os pais, às vezes possam ser um pouco irritantes.

— Então você está acordado — diz a Sra. Cranfield. — Esse banheiro está uma vergonha.

— Está? — respondo, lutando para arrastar o edredom de volta sobre mim.

— Nada que eu não tenha visto antes. — Ela atravessa o quarto, pega meu short e o joga na cama. — Você deve ter passado mal novamente depois que entrou. Terei que vir mais tarde para dar uma boa arrumada.

— Novamente...? — pergunto, tímido.

— Depois de vomitar em nosso jardim da frente, enquanto voltava para casa. George está lavando as clematites agora.

— Jesus! Sinto muito — respondo, morto de vergonha, tentando pegar meu short.

— Honestamente, Ben, esse banheiro está imundo. Não consigo imaginar quando foi a última vez que você fez uma boa limpeza.

Debaixo do edredom, de alguma forma, consigo colocar o short antes de me sentar na cama.

— Senhora C., estou de pé agora, então acho... — Ela está puxando as cortinas e mal me escuta.

— Vou arrumar aqui enquanto você está no chuveiro. Estou fazendo café da manhã.

No que diz respeito à senhora Cranfield, a resistência é inútil.

— Você está péssimo! — diz ela quando saio da cama, e percebo que meu short está de trás para a frente. — Quando você não bebe, isso o atinge com muito mais força do que quando você bebe. Você não criou uma tolerância, como meu George.

Apressadamente, vou para o banheiro e fecho a porta.

— E o que sua mãe diria? — grita ela atrás de mim. O vapor quente do chuveiro faz pouco para aliviar minha cabeça e, quando volto para o quarto, ela continua latejando. A Sra. Cranfield já desfez minha cama e tirou as roupas do chão. As janelas foram abertas, trazendo vida de volta ao quarto. Pego uma camiseta do guarda-roupa e a enfio pela cabeça enquanto vou até a janela. O sol da primavera também trouxe vida à praça de Haddley, com narcisos espalhados pela grama e flores de cerejeira cobrindo as árvores. Um dossel se formou acima do caminho, que vai da beira da estrada — onde os ônibus param a cada dez minutos — até a entrada escura e sombria da floresta.

Na esquina, vejo o Sr. Cranfield cuidando das flores em seu jardim, exatamente como havia feito dez anos antes. Semiaposentado desde que me lembro, nos últimos doze meses ele finalmente se afastou das ópticas que havia dirigido durante quase vinte anos. A cada duas semanas, tentamos assistir a uma partida no Clube de Rúgbi. Tenho a impressão de que ele não é um grande fã do jogo, mas começamos a ir a partidas anos atrás, quando meu melhor amigo, Michael Knowles, chegou ao time principal de Richmond. Ele jogou apenas uma temporada antes de se mudar para Bath para jogar na primeira divisão, mas o Sr. C e eu ficamos com nosso time local. Acho que o verdadeiro prazer do Sr. C durante as partidas hoje é me interrogar sobre a verdade por trás das histórias que publicamos no site de notícias, sempre querendo saber informações especiais sobre o último escândalo político. Mesmo que ele raramente pare de falar durante o jogo, gosto do tempo que passamos juntos.

Observo-o ir para a horta que ele mantém ao lado de sua casa. A casa dos Cranfield fica na ponta de várias casas geminadas, proporcionando-lhes um pedaço extra de terra, do qual o Sr. Cranfield cuida com zelo desde o dia que se mudou. Erguendo uma forquilha com o cabo amarrado com barbante, ele parece exatamente como naquela manhã dez anos antes. Talvez agora ele carregue alguns quilos a mais, e talvez seu cabelo grisalho esteja um pouco mais fino. Porém, de todas as outras maneiras, eu poderia estar olhando para a mesma cena de tantos anos antes.

Ouço a Sra. Cranfield fazendo barulho na cozinha. Naquela manhã, depois que a polícia deixara minha casa, e eu estava sozinho no meu corredor, a Sra. Cranfield abrira a porta dos fundos. Ela atravessara a cozinha e viera se sentar ao meu lado, ao pé da escada e me segurara em seus braços enquanto eu soluçava. Duvido que eu tivesse chegado ao fim daquele dia sem ela.

Desço as escadas, entro na cozinha e sou saudado pelo cheiro de café recém-passado e de bacon crepitante.

— Você está parecendo mais respeitável — diz a Sra. Cranfield com aprovação. — O que te fez ter uma noite tão pesada?

— Trabalho — respondo, pegando o bule de café. — Entrei em uma pequena discussão. Tolamente, em seguida eu disse que precisava de um drinque para me acalmar.

— Meu palpite é que piorou as coisas. O álcool normalmente faz isso — diz a Sra. Cranfield, entregando-me um sanduíche de bacon antes de lutar para se equilibrar nos bancos do bar, que substituíram as cadeiras de cozinha estilo Shaker da minha mãe. — Nunca vou entender por que você comprou isto — diz ela, agarrando a ilha para se equilibrar. Vendo-me suprimir um sorriso, ela começa a rir. — Meu corpo não é feito para design de cozinha de ponta.

— Para mim, você parece maravilhosa.

— Sedutor — zomba ela.

Foi a Sra. Cranfield que me encorajou a voltar para casa nos últimos anos. Após a morte da minha mãe, voltei para Manchester, parei de beber e consegui me formar com um diploma decente. No ano seguinte, viajei pelo mundo. Meu antigo colega de escola, Michael, pegou um voo e se juntou a mim por algumas semanas quando eu estava nos Estados Unidos. Passamos o *Mardi Gras* em Nova Orleans. Eu ainda não tinha bebido desde a morte da minha mãe, e vê-lo atravessar a janela de vidro ao lado da piscina e passar duas semanas no Hospital da Universidade de Louisiana me fez ver os perigos do consumo excessivo de álcool.

Quando voltei para a Inglaterra, consegui meu primeiro emprego de verdade – perto de Haddley. Eu sabia que era hora de voltar para casa. No começo foi difícil, pois eu tinha me convencido de que não poderia andar pela Haddley High Street sem ser reconhecido. Com o tempo, porém, percebi que a maioria das pessoas era mais bem-intencionada do que maliciosa.

— Então, por que a discussão?

— Adivinhe.

A Sra. C. sorri. Ela ouviu as muitas histórias do meu relacionamento de montanha-russa com minha chefe.

— Madeline quer que eu escreva um artigo sobre mamãe para o décimo aniversário de sua morte — digo. — Disse a ela que não — acrescento apressadamente, enquanto a Sra. Cranfield abre a boca para falar.

— Essa mulher não tem escrúpulos — diz ela, estalando a língua em desaprovação. — Pedindo que viva isso novamente. Como se isso fosse fazer bem a alguém. Ela realmente passa dos limites. — Tomo um gole do meu café e sorrio.

— Então você acha que eu não deveria ceder? — A Sra. C. levanta as sobrancelhas.

— Não me diga que você estava pensando o contrário?

— Min achou que isso poderia me ajudar a colocar de lado as últimas dúvidas que tenho.

— Min é uma garota adorável, mas sinceramente...

— Ainda me pergunto o que teria acontecido se eu não estivesse de ressaca, Sra. C. Se eu tivesse falado com ela antes de ela ir embora ou ido atrás dela. Talvez tudo tivesse sido muito diferente.

— Ben, nós já passamos por isso. Não foi sua culpa. Você nunca deve se culpar — sussurra a Sra. Cranfield, saindo de seu banquinho e apertando meu braço. Ela abaixa a cabeça e vai até a pia para começar a esfregar a frigideira vigorosamente.

— Você vai queimar suas mãos — digo enquanto o vapor sobe espesso da água. Porém, a Sra. C continua a esfregá-la. Ando até ela e desligo a torneira. — Você não vai deixar mais limpo do que isso, essas marcas estão grudadas pra sempre.

Ela seca as mãos em um pano de prato e me examina por um momento.

— Então, conte-me sobre sua noite fora — diz ela. — Você disse que estava com Min?

— Min e alguns outros colegas.

— Min é apenas uma colega?

— Colega-barra-amiga, não mais do que isso.

— E os outros, eram colegas-barra-amigos? Ou isso se aplica apenas a Min?

— Chega! — digo rindo, voltando para o balcão e espremendo mais ketchup no meu sanduíche de bacon.

— Muito bem, não vou perguntar mais. — A Sra. C levanta as mãos, simulando uma rendição. — Colocou ketchup suficiente nisso? — Aperto novamente a garrafa. — A primeira vez que veio almoçar comigo e George, você se recusou a comer qualquer coisa antes de cobrir com ketchup.

— Eu tinha dez anos de idade!

— Algumas coisas nunca mudam.

Naquele dia, minha mãe tinha ido para a sua primeira entrevista de emprego desde que decidira voltar ao trabalho. Eu estava em um dia de meio período de escola, devido ao treinamento de professores, e o Sr. e a Sra. Cranfield haviam se oferecido para cuidar de mim. Encontrando-se em apuros, minha mãe ficou encantada em aceitar a oferta dos novos vizinhos, que haviam se mudado para a praça há apenas algumas semanas. Enquanto a Sra. Cranfield trabalhava para desfazer as malas de sua nova casa, o Sr. Cranfield me levava até o rio para me ensinar o básico da pesca em água doce. Assim que ele abriu o pote de larvas vivas para isca, essa rapidamente se tornou minha primeira e última experiência de pesca.

— Ela estava tão feliz por estar trabalhando de novo — diz a Sra. C., e eu me lembro da alegria da minha mãe quando uma carta chegou dois dias depois, oferecendo-lhe o emprego. — Tudo o que ela queria fazer era cuidar de você. — A Sra. C. faz uma pausa. — E ela era uma amiga muito boa para mim… — Há um tremor em sua voz. — … mas é você que eu coloco em primeiro lugar agora, para o seu bem e da sua mãe. — A senhora C. enxágua a xícara na pia antes de acrescentar: — Venha almoçar no domingo. Traga alguém se quiser.

Eu rio, e quando ela sai pela porta dos fundos, puxo-a para um abraço.

— Obrigado — digo.

— Pelo quê? — responde a Sra. C. — É para isso que estou aqui. — E, com um aceno rápido, ela desce o beco em direção aos fundos de sua casa.

Encho minha caneca antes de abrir as portas que dão para o pequeno jardim dos fundos. Sentado no degrau, sob o sol da primavera, abro a tela do telefone e clico no aplicativo de notícias. Nosso site de celebridades relata um membro menor da família real saindo aos tropeços de uma boate com um homem que, claramente, não é o duque de lugar nenhum. Já o site principal, me leva à história de três pessoas mortas pela queda de um guindaste, no centro da cidade de Nottingham. A seguir, uma mulher encontrada morta em seu apartamento de um quarto, nos arredores de Leeds. Clico nos detalhes. A polícia se recusa a comentar sobre o caso nessa fase, mas não consegue descartar uma morte em circunstâncias suspeitas. Qualquer jornalista minimamente decente sabe que isso significa que a mulher provavelmente foi assassinada, mas a polícia não está pronta para confirmar.

Clico novamente e passo pelas manchetes, parando, de repente, quando os olhos da minha mãe me encaram.

LEMBRANDO DE CLARE HARPER: DEZ ANOS DEPOIS.

Duas semanas antes do aniversário da morte da minha mãe, Madeline está promovendo um artigo que ainda não foi escrito. Sua audácia nunca deixa de me surpreender.

Olho para o meu telefone. A foto da minha mãe é uma que conheço bem. Foi tirada em uma noite fria de verão, no ano anterior à sua morte. Envolta em seu suéter favorito, ela estava sentada às margens do Tâmisa, com a luz desaparecendo atrás dela. Naquela noite, eu tinha saído e estava caminhando para casa pela beira do rio quando a vi sentada, sozinha, enquanto o sol nublado se punha atrás da floresta. Sem que ela percebesse, capturei sua imagem com meu telefone — a imagem de uma mulher em paz com o mundo. Nós nos sentamos juntos e conversamos sobre a viagem a Bordeaux que ela havia acabado de fazer com dois de seus amigos mais próximos — como eles haviam visitado diferentes vinícolas todos os dias e ficavam sentados do lado de fora até tarde, bebendo vinho no terraço. A foto capturava a liberdade recém-descoberta que a viagem havia lhe dado. Quando ela morreu, foi a que eu escolhi para divulgar para a imprensa.

Abaixo da imagem, há uma série de *links* para histórias relacionadas. Um é para um artigo de alguns anos atrás, escrito como parte de uma série chamada *Mulheres de Coragem*. Reli a história: ela celebrava uma mulher de grande dignidade e força interior.

Percorrendo o artigo, paro em uma imagem do meu irmão Nick com seu melhor amigo, Simon Woakes. É uma foto que se tornou sinônimo da história de Nick e Simon, uma imagem que se tornou infame em todo o mundo. De pé, na linha lateral do Clube de Rúgbi de Richmond, vestidos com o kit de rúgbi da escola e com sorrisos de vencedores, estavam Nick e Simon. Junto a eles, com seus braços em volta dos meninos, estavam duas de suas colegas de classe.

As duas garotas de quatorze anos que semanas depois os matariam selvagemente.

6

Enquanto permanecia ao lado do portão da frente, esperando Nick voltar para casa, levantei-me e observei as duas garotas, que se esparramavam na grama queimada da praça de Haddley. A chegada do ônibus as animou, e elas foram rápidas em se levantar quando o número vinte e nove parou no meio-fio. Nick e Simon, com as mochilas jogadas nas costas, desceram do ônibus. Olhei por cima do muro do nosso jardim e vi uma breve conversa acontecer.

Em seguida, a primeira das garotas saiu dançando, com o cabelo girando no sol do fim da tarde. Ela estendeu as mãos, segurando sua amiga e puxando-a para a frente; as duas giraram juntas pelo espaço aberto em direção aos bosques densos que separavam Haddley do vilarejo vizinho de St. Marnham. Do outro lado da praça, eu podia ouvi-las gritar enquanto giravam e giravam.

Por um momento, Nick e Simon pareceram hesitar, mas em seguida eu os vi acelerar o passo em busca das meninas. Observando, atravessei a rua em frente à minha casa e pisei no terreno ressequido da praça. A grama estava seca e rachada. Senti o calor do sol bater enquanto os dias intermináveis de verão se recusavam a chegar ao fim. À minha frente, as figuras de Nick e Simon estavam borradas pelo sol. Tive o cuidado de manter distância, mas logo me vi correndo para mantê-los na minha mira. Como qualquer criança curiosa de oito anos, eu estava determinado a descobrir para onde eles estavam indo.

Sem fôlego, cheguei à entrada coberta de vegetação da floresta, engolindo ar seco antes de curvar os ombros e rastejar para dentro. Instantaneamente, senti o calor se dissipar, com a copa das árvores obstruindo os raios do sol.

Aproximei-me, sentindo uma linha de suor escorrer lentamente pela minha espinha.

A floresta estava silenciosa, e os galhos das árvores estavam estagnados, sem nenhum sinal de brisa. O único som veio do triturar de arbustos mortos sob os meus pés. Esforcei-me para ouvir um som que me guiasse em minha perseguição. Porém, enquanto fazia isso, um trem passou chacoalhando na linha férrea que atravessava o lado superior da floresta.

Esperei.

Então, escutei novamente. Minha própria respiração era o único som — até que um grito distante ecoou pelas árvores. Nick ficaria furioso se me pegasse, mas eu segui em frente na ponta dos pés, mantendo-me abaixado e escondido entre os arbustos cobertos de mato. Fui em direção ao pequeno buraco aberto no meio da floresta, onde meu irmão e seus amigos muitas vezes se escondiam.

O caminho estreito se contorcia à minha frente. Avancei pela vegetação rasteira até finalmente chegar à clareira. Momentaneamente deslumbrado enquanto a luz do sol se derramava pela abertura no dossel, cambaleei para um lado. Meu pescoço nu queimava sob o sol.

O vale estava deserto.

Deslizei meus pés, chutando pontas de cigarro, com a poeira subindo. Sem sinal do meu irmão e com uma sede crescente, decidi ir para casa.

Uma risada distante reverberou pelas árvores.

Então outra.

E, em seguida, um grito de prazer.

Instantaneamente, eu sabia onde eles estavam — uma pequena área elevada do outro lado da floresta, perto de St. Marnham —, no lugar secreto de Nick. Para me aproximar sem ser visto, tive que escalar a margem coberta de vegetação ao lado da linha férrea. Enquanto eu empurrava os cardos, um espinho se cravou na dobra do meu braço. Puxando-o para fora, observei uma linha de sangue descer pelo braço, escorrendo para a palma da mão. Mordi meu lábio para abafar a dor.

Enquanto eu estava ao pé do monte gigante, o silêncio voltou para a floresta sem ar. Comecei minha subida, escalando a colina com os pés escorregando no chão empoeirado. Lutando para encontrar um apoio, senti-me deslizar para trás, até que agarrei uma raiz morta e me levantei. Enquanto me limpava, ao chegar ao cume, olhei para minha camisa de futebol favorita; estava coberta de terra seca e sangue.

Lentamente, rastejei para a frente.

Um.

Dois.

Três passos hesitantes.

Em seguida, parei.

Prendi a respiração.

Do outro lado do monte, Nick e Simon jaziam nus; seus braços estavam estendidos, seus pés virados para mim.

Confuso, rastejei para a frente.

Meus gritos quebraram o silêncio.

7

A sargento da recepção sorriu para ela, e Dani Cash precisou se lembrar de respirar enquanto passava pela mulher e entrava no vestiário feminino. Era difícil acreditar que, cinco meses atrás, isso parecia sua segunda casa. Empurrando a porta, ela parou para olhar o quadro de avisos – lugares disponíveis na meia maratona de Richmond, aulas de pilates, Tai-Chi, festa de vinte e um anos de um policial *trainee*. Dani havia colocado um convite semelhante no quadro de avisos para seu próprio vigésimo primeiro aniversário. Ela havia se juntado à Força apenas algumas semanas antes e tinha comemorado com muitos novos amigos em uma noitada à beira do rio.

Enquanto ia para seu armário, Dani se perguntava quantos colegas policiais sairiam com ela hoje em dia. Diante do cadeado, sua mente ficou em branco. Ela tentou uma combinação, depois uma segunda e finalmente uma terceira – o aniversário de Mat. Esquecer isso só a fez se sentir pior.

Quando ela encontrou Mat pela primeira vez, ficara impressionada com ele. O sargento bem-sucedido que todos diziam que seria chefe um dia. Com um metro e oitenta, cabelo louro cortado, barba por fazer e olhos azuis suaves, ele era difícil de não ver. Era oito anos mais velho do que ela, mas isso não importava. Grande parte da delegacia estava fascinada por ele. Ela ficou fascinada por ele.

Em uma noite chuvosa de segunda-feira, a última coisa de que ela tinha vontade era uma aula de ginástica. Porém, ainda mantendo suas resoluções de Ano-Novo, havia se arrastado para o Haddley Leisure Centre. Os membros da Polícia Metropolitana recebiam descontos na associação; isso significa que, na maioria das aulas, você suaria ao lado de policiais seniores. Uma vez, em uma aula de *body pump* em que Mat estava posicionado bem atrás dela, ela se virou e deu um meio sorriso para ele. No final da aula, deu um meio sorriso novamente. Quando saiu do vestiário, ela o encontrou sentado em um banco no corredor, esperando.

Talvez aquele terceiro gim-tônica no pub, com vista para o Haddley Hill Park, tenha sido um erro. Mat havia dito que só bebia duplos e tinha comprado o mesmo para ela. Antes das nove daquela noite, eles estavam de volta ao apartamento que ele alugou no topo da colina. Mesmo bêbada, ela adorou a sensação dele ferozmente dentro dela. No início da manhã seguinte, ele estava mais terno, e ela partiu querendo vê-lo novamente. Na delegacia eles não se falaram, mas no final do dia ele piscou para ela, e naquela noite eles ficaram juntos mais uma vez. No final do verão, eles passaram uma semana juntos em uma praia na Croácia e, com taças geladas do vinho branco local, ela começou a imaginá-los compartilhando um futuro juntos.

O mau cheiro atingiu Dani assim que ela abriu a porta do armário. Durante cinco meses, seus sapatos de ginástica e seu conjunto sujo tinham apodrecido. Engasgando-se, ela os puxou para fora e os jogou na lixeira próxima das pias.

— Não pensei que veríamos você de volta aqui.

Dani se endireitou e se virou para ver a policial Karen Cooke parada ao lado dela. De alguma forma, o uniforme de Cooke sempre parecia um centímetro mais apertado do que o de qualquer outra policial.

— Disseram que você não daria mais conta — continuou Cooke, dando à Dani um sorriso desagradável. Ela nunca havia tentado esconder sua antipatia por Dani, que presumia que isso vinha dos dias em que seu pai era o chefe, mas ela ainda ficou surpresa com o veneno no tom de Cooke.

Dani não disse nada e voltou para seu armário. Cooke bloqueou seu caminho.

— A conversa na delegacia é que você seguiu o mesmo caminho do seu pai: perdeu a coragem. — O rosto de Dani corou, e ela sentiu sua mandíbula apertar, mas manteve o olhar em Cooke. — Covarde — disse Cooke, com um olhar de ódio. Dani passou por ela e foi à pia, mas pôde sentir Cooke atrás dela enquanto segurava um pano sob a torneira quente.

— Pelo menos quando foi seu pai, ele fez a coisa decente e se demitiu. Ninguém te quer aqui. — Dani sentiu o peso de Cooke pressionar contra ela enquanto forçava um sussurro em seu ouvido. — Não podemos confiar em você.

Sem aviso, Cooke empurrou Dani contra a pia — com um braço jogado ao redor de seu pescoço e o outro pressionando com força contra o peito. Dani podia sentir a ponta da pia cortá-la com o peso de Cooke a esmagando contra o mármore. Lutando para respirar, Dani tentou desesperadamente se libertar, mas Cooke agarrou seu cinto e a esmagou contra o espelho.

— Você precisa encontrar outra delegacia. E rápido.

Em um movimento único e ágil, Dani se jogou para trás. Com três passos rápidos, ela jogou Cooke de volta nos armários e enfiou o pano molhado em seu rosto. Ao fazer isso, ela ouviu a porta do vestiário se abrir e se virou para ver a sargento-detetive Lesley Barnsdale atrás delas. Ela largou o pano e caminhou silenciosamente de volta.

— Bom dia, senhoras — disse Barnsdale, calmamente. Dani estava ciente de sua superior avaliando a cena. — Bem-vinda de volta, policial Cash. Você está comigo hoje. Temos uma chamada em nome da Força de West Yorkshire. Esteja pronta para sair daqui a cinco minutos.

— Sim, senhora — respondeu Dani, fechando a bolsa dentro do armário.

— Cooke, você parece um pouco úmida — disse Barnsdale. — Sugiro que você se seque. Depois disso, eu ainda estou esperando por seus dois relatórios da semana passada. — Barnsdale atravessou o banheiro e entregou à Cooke o pano molhado, antes de entrar em uma cabine e fechar a porta.

— Sim, senhora — respondeu Cooke, pegando um punhado de toalhas de papel. — Ficarei de olho em você — sussurrou ela para Dani. — E mande meu amor para Mat. Todo mundo quer vê-lo de volta aqui, em breve.

Dani deu um passo para o lado e agarrou a camisa de Cooke.

— Vá se foder — disse, antes de empurrá-la para o lado e sair do banheiro.

Treze meses após os assassinatos de Nick e Simon, Abigail Langdon e Josie Fairchild foram condenadas. Durante o julgamento, nenhuma das meninas mostrou qualquer remorso. Elas tinham matado os meninos, ambos prestes a se tornar alunos do décimo ano, da maneira mais desumana.

Foi declarado no tribunal que as meninas tinham atraído Nick e Simon para a floresta. Acho que não entendi muito do que foi dito, mas fui obrigado a depor através de um link de vídeo. Lembro-me de ter sido perguntado se eu tinha visto as meninas beijando os dois meninos quando eles atravessaram a praça. Senti vontade de rir da pergunta, porque estava certo de que Nick não gostaria de ter sido visto beijando uma garota na praça. Porém, percebendo a seriedade, eu simplesmente balancei a cabeça.

Nunca me pediram para contar o que encontrei quando descobri os corpos dos meninos. Fotografias foram colocadas em evidência, mas a imprensa foi proibida de mostrar os detalhes mais explícitos.

Naquele horrendo dia de verão, eu corri pela frente do monte e, em pânico, fiquei desorientado. Em vez de correr para casa, eu cambaleei pela floresta e fui parar no vilarejo de St. Marnham. Corri até chegar ao lago dos patos, no meio da aldeia. Ofegante e confuso, caí no chão. Ajoelhei-me na grama e chorei, até sentir uma mão repousar sobre meu ombro. Fiquei de pé. Um homem estava ao meu lado, tentando pegar minha mão. Olhei para ele e gritei — gritei que meu irmão estava morto, morto na floresta. Ele me disse para esperar, enquanto corria em direção às casas que davam para o lago. Desesperado para escapar, eu tinha começado a correr de novo também, dessa vez pela estrada que liga St. Marnham a Haddley.

Agora sei que é uma distância de quase um quilômetro e meio e, no intenso calor do verão, naquele dia miserável, eu fiquei esgotado. Incapaz de correr mais, desabei ao lado da estrada, deitado, abraçando minhas próprias pernas. Como um menino de oito anos, eu sentia como se estivesse sozinho na beira da estrada durante horas. Porém, minutos depois, um carro da polícia se aproximou. Sentado no banco de trás, sendo levado de volta para Haddley, eu tinha começado a tremer. Eu teria que contar para minha mãe o que eu havia visto.

Três dias depois, as meninas foram presas e acusadas. Suas roupas manchadas de sangue foram encontradas emboladas debaixo da cama de Abigail Langdon. Com as condenações das duas, suas identidades foram finalmente reveladas. As fotos tiradas pela polícia mostravam-nas sorrindo insanamente para a câmera, aparentemente sem se importar com o mundo. Assassinas sádicas e ritualísticas, elas foram transformadas em figuras de ódio, representando a depravação de uma geração mais jovem.

Imediatamente após serem condenadas, foram transportadas para diferentes centros de detenção juvenil de alta segurança. Durante a viagem, o veículo que transportava uma das meninas foi atacado; um bloco de concreto foi jogado sobre ele de uma ponte da rodovia. Somente quando as estradas foram fechadas é que o transporte delas pôde ser garantido. Chamado a comentar os acontecimentos, o primeiro-ministro pediu calma, mas sua mensagem de fortes valores familiares foi abafada por um desejo nacional de vingança.

Dois dias depois do assassinato de Nick, meu pai apareceu em nossa porta. Minha mãe deu a ele o direito de compartilhar nossa dor e o convidou para voltar à casa que ele havia deixado quando eu tinha apenas três anos. Nos anos seguintes, ele fez aparições aleatórias, chegando de repente com presentes mal-escolhidos, entregues com entusiasmo exagerado. Três semanas depois do meu aniversário de sete anos, eu cheguei da escola e o encontrei sentado em um banco perto da praça. Ele me chamou e me presenteou com uma réplica do uniforme do Chelsea. Quando ele ficou irritado com a minha ingratidão, Nick o chamou de lado para explicar que éramos fãs de Brentford, não do Chelsea.

— Por que ele não sabia disso? — perguntei a Nick, quando, mais tarde naquela noite, nos sentamos à mesa da cozinha para fazer a lição de casa.

— Ele está longe há muito tempo.

— Mas sempre fomos fãs do Bees.

— Eu sei — Nick respondeu. No fim de semana seguinte, ele e mamãe me levaram ao meu primeiro jogo no Brentford. Nunca usei a camisa do Chelsea.

Ao voltar para casa, acho que meu pai ofereceu um conforto momentâneo à minha mãe. Diante de uma dor tão crua, tudo o que havia acontecido entre eles foi brevemente esquecido. Porém, eu não o conhecia. Sempre que estava com ele, eu ainda era o menino de três anos esperando na janela o pai voltar da última viagem de trabalho. Foi de uma dessas viagens que ele nunca mais voltou; por isso, eu nunca poderia perdoá-lo. Quatro dias após o funeral de Nick, ele se foi novamente.

O primeiro ano após a morte de Nick foi insuportável para a minha mãe. Com um filho amado para chorar, um julgamento de assassinato para aguentar e uma explosão da mídia para suportar, muitas vezes me pergunto como ela sobreviveu àquele ano. A dor dela deve ter sido implacável, e me lembro da desolação que compartilhamos enquanto nos sentamos juntos à mesa da cozinha, com a cadeira de Nick vazia ao nosso lado. Todas as noites, minha mãe brincava com a comida, sem realmente comer. Abraçando-a todas as noites, sentindo seus ossos contra os meus, eu estava com medo de abraçá-la muito forte, temendo que ela quebrasse.

Enquanto minha mãe sofria e, como ela mesma contou mais tarde, tentava sobreviver, vivendo uma hora de cada vez, ela estava simultaneamente tentando me persuadir a voltar ao mundo. Eu precisava de garantia constante de minha própria segurança e de que ela estaria lá para cuidar de mim. Nas semanas que se seguiram à morte de Nick, fiquei com medo de sair de casa. Eu não suportava que minha mãe ficasse fora da minha vista por um único minuto. Todas as noites, ela se deitava comigo até que eu adormecesse, de muitas maneiras achando isso tão reconfortante quanto eu. Perdi o ano letivo seguinte, mas semanas antes do Natal comecei a colocar em dia meus trabalhos escolares, em casa. Depois, em uma manhã coberta de gelo de janeiro, Holly e Michael, meus melhores amigos para toda a vida, chegaram em casa, com suas mães ao lado. Segurando a mão da minha mãe com força, caminhei pela beira da praça e depois ao longo da margem do rio, em direção à escola primária que frequentava, do outro lado da ponte Haddley. No meio do caminho do rio, Michael começou a correr na frente e eu me virei para olhar para minha mãe. Ela soltou minha mão, e Holly e eu o perseguimos. Segundos depois, eu me virei e acenei para a minha mãe enquanto ela caminhava de braços dados com suas duas amigas.

No final de cada dia de aula, ela estava esperando nos portões da escola, e íamos para casa juntos. Continuei relutante em ir a qualquer lugar que não fosse a escola e minha casa. Meu amor pela praça se foi, e mesmo a atração de correr atrás de uma bola de futebol com meus amigos não conseguiu me afastar da mesa da cozinha.

Nos meses seguintes à conclusão do julgamento, a cobertura da mídia começou a diminuir, e minha mãe tentou me convencer a começar a viver a vida de um menino de dez anos. "Por que não vamos assistir ao Brentford novamente?", ela perguntava. O clube era muito menos glamoroso do que os grandes times londrinos, mas Nick e eu tínhamos torcido para eles desde jovens, adotando-os como nossos times familiares. Embora Nick fosse mais fã de rúgbi, nós três adorávamos ir a partidas juntos. Eu ainda era um grande fã de futebol, mas, sem Nick, recusei-me a voltar a quaisquer jogos. Foi só quando os Bees estavam no topo de sua liga, tornando-se um dos melhores times que comecei a ser varrido pela emoção. Numa sexta-feira à noite, minha mãe me surpreendeu ao chegar em casa com dois ingressos para o jogo do dia seguinte.

Durante o jogo, abracei minha mãe enquanto o Brentford marcava gol atrás de gol. Pela primeira vez, senti um pouco do que tivera antes de Nick morrer. Afastando-me do chão, segurei a mão da minha mãe e conversei sobre a partida, falando sem parar sobre os gols que havíamos marcado. Eu queria desesperadamente saber quando poderíamos ir de novo e acho que foi naquele dia que ela percebeu que eu ficaria bem.

Demorou mais um ano, mas, de alguma forma, nós dois juntos começamos a encontrar um ritmo em nossas vidas. Minha mãe adorava seu novo emprego, enquanto eu estudava e começava a jogar no time de futebol sub-14 e depois no sub-16 de

Brentford. Com o passar do tempo, minha mãe procurou maneiras de reconstruir lentamente a vida dela. Apoiada por alguns amigos próximos e vizinhos, ela se forçou a socializar e a explorar novos interesses. Chorei de rir quando ela me mostrou seus esforços na cerâmica. Ainda tenho a caneca torta que ela pintou para mim em homenagem ao Bees. Ela adorava as aulas de culinária que frequentava em Hampstead e caminhava pela charneca com novos amigos depois de cada aula. Uma noite de primavera incluiu um mergulho na famosa lagoa de natação ao ar livre. Porém, com o frio do início da estação, ela jurou que seria apenas uma vez.

Por mais que ela fizesse e por mais apoio que tivesse, eu sabia que às vezes isso não a impedia de se sentir incrivelmente sozinha. Havia dias que era preciso um esforço enorme para simplesmente sair pela porta da frente. Atravessar a praça de Haddley poderia ser uma tarefa intransponível; enfrentar o mundo, uma tarefa exaustiva. Porém, por tudo o que ela fez, pude ver que estava determinada a enfrentar os desafios e a ser inabalável em seu compromisso de superá-los.

Para minha mãe, a morte de Nick tinha significado a perda insuportável de um filho amado. Para mim, significou a morte de um super-herói paciente. Por ele ter se sentado comigo na nossa mesa da cozinha para me ensinar a ler, ter me treinado na arte dos pênaltis ou ter inspirado admiração enquanto eu o observava mergulhar do trampolim mais alto, eu tinha visto em Nick tudo o que eu queria ser. Após sua morte, minha mãe tinha procurado maneiras de preencher esse vazio. Muito do seu tempo era dedicado a me proteger e, ao mesmo tempo, me ajudar a descobrir as melhores oportunidades da vida. Ela me fez passar pelos exames da escola e veio torcer por mim, ganhando ou perdendo, em todos os jogos de futebol que eu jogava. Geralmente eu estava frio e úmido por ter ficado no banco, mas ela ouvia atentamente minha análise pós-jogo enquanto eu revivia cada segundo ao devorar um Big Mac e uma porção gigante de batatas fritas.

Eu mandei bem nos meus exames avançados e, dez anos após perder meu irmão, entrei na Universidade de Manchester. No início do segundo ano, me mudei para uma casa fora do campus, dividindo-a com quatro amigos. Numa noite, eu estava prestes a ir para a cidade quando minha mãe ligou no meu celular. Eu podia ouvir o desespero em sua voz. Ela havia sido visitada por um policial comunitário. Eles a haviam informado que Abigail Langdon e Josie Fairchild seriam libertadas sob novas identidades.

Pelos assassinatos de Nick e Simon, elas tinham cumprido onze anos.

Elas foram libertadas seis meses antes da morte da minha mãe.

Pendurada no corredor está a foto de Nick, a favorita da minha mãe. Foi tirada no final de seu último período escolar de verão; Nick tinha perdido a gravata da escola depois de uma partida de críquete na hora do almoço. Ele pegou uma emprestada de um amigo para a fotografia e deu um nó enorme. Na imagem, o cabelo escuro está cortado curto, e o sorriso brilhante ilumina todo o rosto dele. Minha mãe simplesmente adorava a foto. Capturava a alegria absoluta de Nick no final do período escolar e no início das longas férias de verão. Fico de pé e olho para a imagem. Ao olhar em seus olhos brilhantes e sorridentes, tenho que virar para o outro lado.

Faço um zigue-zague para sair da frente da minha casa e ir em direção ao sol brilhante da primavera. Planejo atravessar a praça na esperança de que um pouco mais de ar fresco ajude a clarear as ideias. É quando vejo um carro de polícia aparecer na Lower Haddley Road.

Meu estômago se revira.

Espero junto ao muro que atravessa a frente do jardim e observo o carro parar bem ao lado. Duas policiais saem, uma vestida à paisana.

— Senhor Harper? Sr. Benjamin Harper? — pergunta ela enquanto sai pela porta do lado do passageiro. Seu cabelo está puxado para trás. — Eu sou a sargento-detetive Lesley Barnsdale — diz ela, estendendo a mão. — Gostaria de saber se podemos conversar discretamente. — Sua colega uniformizada dá a volta pelo lado do motorista. — Essa é a policial Daniella Cash.

Sorrio para a policial Cash, e ela me oferece um olhar solidário em troca. Elas já sabem quem eu sou.

— Como posso ajudar? — digo para a sargento-detetive Barnsdale.

— Seria mais fácil se conversássemos lá dentro — ela responde. Suspiro.

— Claro.

Já dentro de casa, mostro-lhes a sala de estar. É um cômodo que raramente uso porque, embora o tenha redecorado, é uma parte da casa que ainda parece pertencer à minha mãe.

— Sentem-se — digo, apontando para as poltronas de cada lado da lareira. São as mesmas que mamãe escolheu há mais de vinte anos.

— Como posso ajudar? — repito depois de um momento desconfortável de silêncio. — Estou com pouco tempo.

— Vamos tentar não segurá-lo, senhor — diz a policial Cash, com alguns cachos loiros escapando por baixo de seu chapéu cuidadosamente preso. Quando olho para ela, conscientemente ela tenta escondê-los.

— Queríamos falar com o senhor — continua a sargento-detetive Barnsdale, tentando adotar um tom delicado — sobre sua história familiar.

— Entendo — respondo, sem rodeios.

— Precisamos lhe fazer uma série de perguntas — continua Barnsdale — em relação a um incidente ocorrido nas últimas quarenta e oito horas. A polícia de West Yorkshire está investigando uma morte inexplicável nos arredores de Leeds. Neste momento, eles estão tentando estabelecer as circunstâncias que cercam a morte de uma mulher.

— Vocês acham que a mulher foi assassinada? — digo, lembrando-me da história que tinha visto *on-line*.

— Não podemos confirmar nada neste momento, mas é uma possibilidade — diz a policial Cash, não conseguindo ler um olhar de sua superior. Claramente, sua contribuição seria necessária apenas mediante solicitação.

— A polícia de West Yorkshire ainda está investigando — continua a detetive —, mas ela é incapaz de descartar circunstâncias suspeitas neste momento.

— E como isso se relaciona comigo? — pergunto.

— Desde que o corpo foi descoberto, uma busca minuciosa na casa da vítima foi realizada. Durante essa busca, algumas cartas escritas para a vítima foram encontradas escondidas sob as tábuas do assoalho da sala. Acreditamos que essas cartas, Sr. Harper, foram enviadas à vítima por sua mãe.

— Por minha mãe? — digo, com a surpresa transparecendo em minha voz. — Vocês sabem que ela morreu há quase dez anos?

— Estamos cientes disso — diz a sargento-detetive Barnsdale — e nossas condolências a você permanecem. No entanto, acreditamos que essas cartas foram escritas nas semanas anteriores à morte da sua mãe. Será que você poderia me contar alguma razão pela qual sua mãe estaria escrevendo para uma mulher na cidade de Farsley, nos arredores de Leeds, dez anos e meio atrás?

Balanço minha cabeça.

— Desculpe, não. Nenhuma.

— Ela nunca falou de... — A sargento-detetive Barnsdale faz uma pausa antes de continuar com sua pergunta. — Sr. Harper, conhece uma mulher chamada Demi Porter?

Ambas as policiais me dão um olhar de expectativa, que eu retribuo com um olhar vazio.

— Não, desculpem — respondo —, nunca ouvi falar dela. Se é para quem minha mãe estava escrevendo, não tenho ideia de quem ela era. Desculpem por não poder ajudar mais.

— Tem certeza de que não conhece o nome? — diz a policial Cash, levantando os olhos diretamente para os meus.

— Absolutamente. Como disse, eu nunca ouvi isso antes na minha vida. Mas, novamente, muitas pessoas escreveram para a minha mãe, e ela escreveu de volta para algumas pessoas. Particularmente por volta dessa época. Vocês podem não estar cientes, mas isso foi na época em que as assassinas do meu irmão foram libertadas da prisão.

As duas policiais trocam um olhar que não consigo ler.

— Estamos cientes de que um grande número de pessoas entrou em contato com sua mãe — diz a sargento-detetive. — Mas essas cartas, as que foram descobertas com o corpo da morta, não são dessa natureza.

— De que natureza? — pergunto. — Você pode me dar uma ideia do que as cartas diziam?

Cash vai dizer algo, mas a detetive a corta.

— Sr. Harper — diz ela, ignorando completamente minha pergunta —, tem certeza de que sua mãe nunca falou de nenhum conhecido ou de conhecer alguém em Farsley, ou mesmo em Leeds, ou nos arredores?

— Não para mim — digo, incisivamente. — Acho que não há mais nada que eu possa lhes dizer. — Atravesso a sala e abro a porta para elas saírem. — Tem certeza de que as cartas eram da minha mãe?

— Estamos tão certas quanto podemos estar neste momento — diz a sargento-detetive Barnsdale, sem se levantar. — Pela leitura das cartas, parece que sua mãe estava se dirigindo diretamente à vítima. Sr. Harper, tenho que lhe dizer que o nome de nascimento da mulher para quem sua mãe estava escrevendo não era Demi Porter. Era Abigail Langdon.

DOIS

"ESSA PODERIA SER MINHA CHANCE DE DESCOBRIR
A VERDADE QUE MINHA MÃE TANTO QUERIA."

10

Holly Richardson estava na porta de sua sala de estar e viu Alice, sua filha de quatro anos, rir ao ver Peppa Pig pulando de uma poça de lama para outra. Olhando para a menina, com seus cachos macios e quase ruivos tocando os ombros, Holly lutou contra o desejo de entrar rápido no quarto, pegá-la em seus braços e correr sem olhar para trás. Em vez disso, ela silenciosamente fechou a porta da sala e subiu os três lances de escada até o sótão da casa, que dividia com o marido Jake e a filha, em Haddley.

Quando chegou ao topo, sentiu o estômago embrulhar. Holly abriu a porta do sótão dizendo a si mesma que não tinha nada a temer. A porta da frente estava trancada — ela havia verificado duas vezes, mas, ainda assim, viu-se procurando a chave no bolso ao entrar no sótão.

Sentindo o gosto do ar viciado e mofado do ambiente, Holly levou a mão à boca. Ela olhou para o caos de móveis descartados, equipamentos de ginástica não utilizados — um legado de boas intenções — ao lado de decorações de Natal em caixas e até mesmo uma churrasqueira enferrujada. Do outro lado da sala, no canto mais distante, estava a escrivaninha com tampo de correr, de onde Jake havia administrado brevemente um negócio familiar de sucesso. Isso foi há muito tempo, sufocado pela ambição, e agora estava envolto em uma espessa camada de poeira. Era onde ela iria começar sua busca.

Um sofá vermelho desbotado, que Holly havia trazido para casa sete anos atrás, quando ela e Jake se casaram, bloqueava seu caminho. Ao passar por ele, sentiu a fenda cuidadosamente reparada que descia pelas costas. Sua mãe o havia costurado à mão depois que eles arrastaram o sofá por dois lances estreitos de escadas, e o tecido se rasgou. Holly não havia se importado com o fato de seu minúsculo conjugado estar escondido no último andar de um pub; pela primeira vez, ela tinha sua própria casa. Sua mãe não conseguia entender por que ela estava tão determinada a alugar o que sempre descreveu como um "apartamento encardido, sem quarto"; porém, para Holly, isso significava independência. Muitos de seus amigos tinham se mudado, e essa tinha sido sua chance de se manter sozinha.

Para limpar seu caminho, ela empurrou o sofá em direção à janela, batendo no berço de Alice. A cama caiu para a frente, e Holly saltou sobre o sofá, para impedi-lo de cair no chão. Ela o apoiou cuidadosamente contra a parede, gentilmente passando a mão pela lateral. Pensou na primeira noite em que tinha acomodado Alice em seu próprio quarto, em como ela havia passado a maior parte da noite dormindo no chão ao lado dela.

Ao lado do berço estava a cadeira alta de Alice, com arranhões na bandeja e balões de padrões brilhantes ligeiramente desbotados. Tanto a cadeira alta quanto o berço estavam prontos para o segundo filho. Perdida em seus pensamentos, enquanto arrumava as alças da cadeira, Holly sabia que a criança nunca chegaria.

Movendo-se mais para dentro do quarto, ela escalou uma pilha de caixas cheias de roupas velhas e roupas de cama não utilizadas, que a mãe de Jake tinha dado a eles logo após o casamento. Jake havia aceitado o presente gentilmente, mas depois não permitiu que Holly abrisse as caixas. Ele estava convencido de que eles não eram um caso de caridade. Não precisavam das roupas de segunda mão de seus pais. Ele havia tido a mesma reação com o guarda-roupa de madeira antigo, que agora estava tristemente encostado na parede oposta, bem na frente da mesa. Todas as forças deles tinham sido necessárias para manobrá-lo pelas escadas do sótão e atravessar a sala. Quando terminaram, estavam encharcados de suor e, vendo um ao outro, foram consumidos por ataques de riso. Eles estavam casados há menos de um mês e, arrancando as roupas encharcadas de suor, fizeram amor no sótão. Holly se lembrava de observar o corpo musculoso de Jake na porta espelhada do guarda-roupa. Agora, porém, enquanto se olhava no espelho desbotado, com seu cabelo castanho-mel amarrado frouxamente para trás — e sua franja precisando desesperadamente ser modelada antes que se tornasse totalmente anos 1970 —, ela lutava para se lembrar da paixão que havia incendiado brevemente seu casamento.

Com rapidez, ela empurrou para o lado uma bicicleta ergométrica sem assento para então puxar para trás uma cadeira antiga, que fazia o escritório de Jake parecer mais um museu do que um centro de negócios do século XXI. A tampa da mesa estava trancada. Empoleirada na beirada da cadeira, ela tirou uma pequena faca do bolso e tentou abrir a fechadura, que se moveu, mas permaneceu travada. À medida que Holly aumentou a pressão, a faca escorregou, deixando um pequeno arranhão na superfície. Lambendo o polegar, ela provou a poeira do quarto antes de esfregar vigorosamente a marca.

Ela ouviu um rangido nas escadas? Com um susto, virou-se para olhar por cima do ombro.

— Alice? — ela chamou gentilmente, mas não houve resposta. Como ela odiava sentir tanto medo em sua própria casa.

Então concentrou sua atenção de volta para o quarto. Ela tinha que abrir naquela mesa. Deslizou a faca de volta na fechadura.

Clique. A fechadura finalmente cedeu, e ela abriu a tampa da mesa. Dentro havia papéis empilhados sobre papéis: recibos dos negócios de Jake, faturas não pagas e cobranças de impostos. Holly puxou a primeira pilha e começou a folhear as páginas. Uma segunda e uma terceira pilhas se seguiram, antes que ela removesse a última. Atrás dela, outras duas prateleiras estavam abarrotadas de documentos. Holly sentiu o pânico crescer em seu peito. Alice certamente começaria a chamá-la em breve. Ela vasculhou furiosamente os documentos restantes; claramente, seu marido nunca havia descartado um único registro desde o dia da criação da empresa. Se ele ao menos tivesse sido capaz de deixar tudo ir.

Ela alcançou a parte de trás da última prateleira e sentiu um saco plástico amassado, empurrado para trás. Ao puxá-lo, descobriu uma sacola laranja de supermercado à moda antiga, uma coisa bem estranha. Amassado dentro dela estava um pequeno pijama branco de bebê. Ela deixou o saco de lado e colocou a roupa simples, com um coelho bordado, em seu colo. Gentilmente, endireitou os braços e as pernas, alisando o traje até que ele ficasse perfeitamente plano.

Aquela roupa nunca tinha pertencido à Alice. Era de um pequeno recém-nascido.

Holly a ergueu e virou nas mãos. Praticamente nunca tinha sido usada. Dominada por um desejo inescapável de inalar o cheiro de um recém-nascido, ela a trouxe até o rosto. Mas o cheiro de qualquer bebê a quem tenha pertencido já havia desaparecido há muito tempo. Em vez disso, Holly tossiu quando o mofo úmido, que a roupa havia acumulado, ficou preso em sua garganta.

Ainda alisando cuidadosamente o pijama sobre os joelhos, Holly se perguntou por quanto tempo ele tinha sido mantido escondido ali atrás da mesa. Com o cuidado de uma mãe, ela prendeu os três pequenos botões de pressão na gola.

Então, seu coração disparou.

Um *rá-tá-tá-tá* na porta da frente de sua casa.

Ela congelou.

Em seguida, novamente.

Rá-tá-tá-taá.

Rá-tá-tá-taá.

11

Com o coração acelerado, Holly rapidamente colocou o pijama dentro da sacola e a empurrou para o fundo da prateleira. Então, pressionou a pilha de papéis dentro da mesa, antes de rolar a tampa para a frente, ouvindo o clique da fechadura.

A batida na porta veio novamente. Ela examinou seus arredores em busca de quaisquer sinais óbvios de sua presença. Enquanto corria pelo quarto, sua manga ficou presa na maçaneta do guarda-roupa, e ela teve que parar para se libertar. Disse a si mesma para se acalmar. Tocando a chave em seu bolso, sentiu um momento de tranquilidade. A porta da frente não podia ser aberta pelo lado de fora. Ela sabia que ele gostava das portas trancadas, para manter Alice e ela seguras. Ela lhe diria que estava no banheiro.

Então a campainha tocou, e seu coração disparou novamente.

Ela se arrastou para o encosto de seu velho sofá e espiou pela pequena janela do sótão. Esticando-se mais alto, apoiando-se no pequeno parapeito da janela, ela podia ver diretamente a trilha abaixo. Um entregador uniformizado estava parado em sua porta com uma caixa na mão. No meio-fio, ela notou uma van branca com as letras "PDQ" na lateral.

Respirando para se acalmar, viu o entregador se afastar de sua porta, ainda segurando o pacote na mão. Ela abriu a janela.

— Desculpe — chamou —, estou aqui em cima. No sótão. Estarei aí embaixo em um segundo.

Enquanto ela descia as escadas, seu coração desacelerou. Girando a chave e soltando a fechadura, Holly sentiu o alívio de abrir a porta da frente e se deparar com o rosto corado de sol de Phil Doorley, dono da PDQuick Deliveries.

— Olá, sra. Richardson — disse Phil enquanto lhe entregava o pacote.

— Desculpe-me por fazê-lo esperar. Como disse, eu estava lá em cima. Eu nunca consigo terminar qualquer arrumação. Alice me mantém correndo — respondeu ela com a fala apressada. — Se eu soubesse que era você, teria vindo direto.

— Sem problemas — disse ele, passando para ela uma guia de entrega para assinatura.

— Deixe-me apenas colocar isso no corredor — disse ela, dando um passo para trás e colocando a caixa no fundo da escada antes de voltar para assinar o recibo. — Não tenho nada encomendado. Não consigo pensar no que possa ser.

— Espero que seja uma boa surpresa — respondeu Phil, pegando o recibo dela e voltando pelo caminho.

— Obrigado novamente por esperar.

— Sem problemas — disse Phil com um aceno.

Para Holly, Phil Doorley parecia alguém com pouquíssimas preocupações na vida. Ele havia estado na classe de Jake na escola, antes de frequentar a faculdade de formação de professores e depois retornar à Haddley Grammar. Três anos depois de voltar à escola, ele havia decidido que ensinar não era para ele, e a próxima coisa que ela tinha ouvido era que ele havia montado seu próprio negócio de entrega local. Muitas vezes, ela o via ao redor de Haddley e St. Marnham, sempre pronto para um olá sem esforço e aparentemente à vontade com o mundo.

Ela ficou na porta observando enquanto ele subia de volta em sua van. Quando ele se afastou, ela retribuiu o aceno. Fechou a porta, girou a chave e, quando ouviu a trava dupla clicando de volta no lugar, deu um suspiro de alívio. Ela contraiu os lábios e expulsou o ar, depois esfregou o rosto enquanto caminhava de volta para a sala. Não poderia continuar vivendo assim.

Caiu no sofá e, ao fazê-lo, sentiu seu telefone vibrar.

Clicou na mensagem.

Você sabe o que acontece quando você vai atrás.

12

— Estou feliz que ela esteja morta — digo para a sargento-detetive Barnsdale enquanto dou um passo para trás, apoiando-me na parede da sala. Levo a mão ao rosto enquanto, por um momento, a escuridão se fecha em meus olhos. Meu corpo começa a tremer e posso sentir os olhos de Barnsdale em mim. Eu me forço a respirar.

A policial Cash se levanta rapidamente e sinto sua mão repousar suavemente sobre meu braço enquanto ela me guia de volta pela sala.

— Venha e se sente — diz ela enquanto caminhamos lentamente para a poltrona favorita da minha mãe. — Claro, isso é um choque.

Deixo minha cabeça cair para a frente e, por um momento, ficamos em silêncio, ao mesmo tempo em que tento desesperadamente entender o que as policiais estão me dizendo. Enquanto o décimo aniversário do falecimento da minha mãe se aproxima, Abigail Langdon foi assassinada. Nas semanas anteriores à morte da minha mãe, elas se correspondiam diretamente. Nenhum desses fatos faz sentido para mim.

— Espero que tenha sido brutal — digo, levantando os olhos para Barnsdale. A raiva, o ódio que corre através de mim, mesmo depois de todos esses anos, é irrestrito. Tento nunca pensar nessas duas garotas. Esse tipo de ódio é muito desgastante.

A sargento-detetive Barnsdale não parece surpresa.

— Sr. Harper, vá com calma — diz ela, suavemente. — Um choque como esse pode ser difícil de processar.

— Por que alguém ficaria chocado com a morte dela? — digo, ficando em pé novamente apenas para minhas pernas cederem. A policial Cash avança, mas eu me estabilizo. — Abigail Langdon era uma das figuras mais odiadas da Grã-Bretanha. Ela passou grande parte da sua vida encarcerada, como uma assassina de crianças. Não é difícil imaginar a companhia que ela tem tido desde sua libertação. O único choque é que isso não tenha acontecido mais cedo.

— Sr. Harper — responde a sargento-detetive Barnsdale, sentada, imóvel —, tenha certeza de que todas as possíveis vias em torno da morte de Abigail Langdon serão exploradas em nossa investigação. No entanto, precisamos entender por que sua mãe escreveu para a falecida e, mais urgentemente, como ela conseguiu seus detalhes de contato. Essas cartas nos dizem que, durante mais de dez anos, a nova identidade como Demi Porter foi comprometida.

— Comprometida por alguém que morava nesta casa — digo, recuperando meu processo de pensamento e juntando os pontos para a detetive.

— Parece que sim.

— Posso ver as cartas?

— Receio que não. Elas são provas, em um caso de assassinato.

— Nesse caso, acho que não há mais nada que eu possa lhe dizer — digo, um tanto grosseiramente.

Vejo a policial Cash olhar na direção de sua superior.

— Entendemos que isso seja muito difícil para o senhor — começa a policial. — Tudo o que pedimos hoje é a sua ajuda. Queremos tentar construir uma imagem de como sua mãe poderia ter entrado em contato com Abigail Langdon e por quê.

— Sem saber o conteúdo das cartas, é quase impossível adivinhar, não é?

— Não é o caso de não querermos compartilhar o conteúdo com o senhor pessoalmente — responde Cash, cuidadosamente —, mas odiaríamos que qualquer informação chegasse à imprensa neste momento. E isso, por sua vez, dificultaria o avanço da investigação.

— E o senhor trabalha para o maior site de notícias *on-line* do Reino Unido — diz a sargento-detetive Barnsdale.

— Detetive, tive histórias de primeira página suficientes para uma vida inteira. Fique tranquila, não tenho vontade de procurar mais manchetes agora.

— Talvez se o senhor pudesse vir e se sentar novamente... — diz a policial Cash, colocando a mão na cadeira da minha mãe.

Faço como solicitado antes de me inclinar para a policial.

— Se você não pode me mostrar as cartas, pode pelo menos me dar uma ideia do que minha mãe queria de Langdon?

A policial Cash olha para sua superior enquanto a detetive, desconfortavelmente, passa as mãos pelo comprimento de sua saia-lápis, endireitando seus vincos imaginários.

— É o nosso entendimento — começa Cash — que duas cartas foram descobertas na casa da mulher agora conhecida como Demi Porter. A primeira tem um envelope endereçado à Sra. Porter, mas contém uma carta endereçada diretamente a Abigail Langdon. A autora afirma que é Clare Harper. É claro que compararemos amostras de caligrafia, mas não temos motivos para acreditar que a carta seja falsificada. Ela deixa claro que sabe onde Langdon está, mas não tem vontade de interferir em sua nova vida.

Concordo com a cabeça, em silêncio.

— Sua mãe — continua a policial Cash — escreve sobre a dor intensa que sofreu ao perder um filho de maneira tão desumana e pergunta diretamente por que Nick e Simon Woakes foram alvos. Ela diz a Langdon que somente quando ela tiver um filho, conseguirá começar a compreender a dor que infligiu.

A policial Cash faz uma pausa e se vira para sua superior. A sargento-detetive Barnsdale retoma a narrativa.

— Nossa avaliação dessa primeira carta é que ela estava procurando construir um nível de confiança com Langdon. Ela enfatiza repetidamente que nunca compartilhará a localização ou identidade dela. Termina explicando o impacto emocional do que as duas garotas fizeram nela e em você. Ela convida Langdon a compartilhar o impacto em sua própria vida.

Novamente, a sargento-detetive Barnsdale olha diretamente para mim, mas eu não digo nada.

— A segunda carta — começa Cash, observando-me cuidadosamente — parece ter sido enviada logo depois que sua mãe recebeu uma resposta à primeira. Sua mãe escreve com mais detalhes sobre seu irmão — o que ele perdeu, como ela imagina que sua vida poderia ter sido. Ela continua a carta, especulando que Langdon deve viver sua vida com medo constante, mas garante que ela não tem nada a temer dela — explica a policial Cash. — Mas ela também se refere a um pedido de Langdon, que acreditamos estar na resposta à primeira carta de sua mãe. — Ela hesita. — É claro que estamos interpretando apenas um lado da troca, mas parece que Langdon havia feito um pedido de uma quantia de vinte e cinco mil libras pelos segredos que tinha para compartilhar.

— Vinte e cinco mil! — digo, chutando o banquinho à minha frente. — Inacreditável. Como ela ousa exigir dinheiro depois do que fez?

— Sua mãe deixa claro que não tem interesse em comprar informações — diz a sargento-detetive Barnsdale. — Sr. Harper, o senhor tem alguma carta que sua mãe possa ter recebido como resposta de Langdon?

— Não, nada. Nada que eu já tenha encontrado — respondo, ficando de pé novamente. — A ousadia da mulher exigindo dinheiro! Tudo o que sabemos sobre ela deve ser verdade.

— Em que sentido? — pergunta Barnsdale, calmamente.

— No sentido de que ela era a líder, que tudo o que aconteceu foi instigado por ela, que ela usou Josie Fairchild, atraiu-a para seus planos malucos. Que ela era pura maldade — digo, com minha voz subindo de raiva.

— Tudo isso é especulação da imprensa e não nos ajuda aqui, hoje. Langdon e Fairchild receberam sentenças iguais.

— Ela estava tentando extorquir dinheiro de minha mãe! Talvez eu devesse perguntar por que diabos ela foi libertada, em primeiro lugar?

— Sr. Harper, pelos eventos horrendos que ocorreram aqui em Haddley, vinte anos atrás, o senhor sempre terá a minha mais profunda simpatia, e a simpatia de toda a Polícia Metropolitana...

Fico imóvel olhando para a detetive enquanto ela procura por suas palavras.

— ... mas Abigail Langdon cumpriu sua sentença, e não temos motivos para acreditar que ela tenha violado qualquer um dos termos de sua libertação durante a última década. Nos últimos anos, vivendo como Demi Porter em Farsley, Langdon se estabeleceu com sucesso como membro da comunidade local. Ela era considerada uma colega confiável no supermercado local e alugava um pequeno apartamento de um quarto na cidade. Nosso foco hoje tem que estar no fato de que uma mulher foi assassinada e, pelo que a polícia de West Yorkshire descobriu, não podemos descartar uma conexão entre a morte dela e a de seu irmão. — Há uma mudança no tom de Barnsdale. — Sr. Harper, pode me dizer se já visitou a cidade de Farsley?

13

— Nunca. Próxima pergunta.

— Como parte de nossa investigação, Sr. Harper — pressiona a sargento-detetive Barnsdale —, sou obrigada a perguntar seu paradeiro nas últimas quarenta e oito horas.

— Agora sou um suspeito?

A detetive não diz nada, apenas espera pacientemente que eu lhe responda.

— Estive em Londres ou arredores o tempo todo. Aqui em Haddley ou no trabalho. Ontem, eu estava com amigos a noite inteira. Há muitas pessoas que podem verificar isso, se for realmente necessário.

— Obrigada — responde a sargento-detetive, secamente. — Podemos lhe pedir esses nomes, no devido tempo.

A policial Cash coloca a mão no braço da minha cadeira e se inclina para a frente. Dou um passo para trás pela sala e retomo meu lugar.

— O senhor tem alguma ideia de como sua mãe pode ter descoberto a nova identidade de Langdon? — pergunta ela.

— Nenhuma — respondo. — Se eu tivesse sabido que ela estava em contato com Langdon, teria feito tudo ao meu alcance para impedi-la.

— Duas vezes, nos últimos dez anos — intervém a sargento-detetive Barnsdale —, decretamos liminares contra uma mídia cada vez mais desenfreada para impedir a revelação da verdadeira identidade de Demi Porter.

— Não contra meu site — retruco. Por um momento, fico em silêncio. Tento impedir que minha mente vagueie para Madeline e para tudo o que ela sabe sobre a história de minha família. — De qualquer forma, detetive, essas liminares vieram muito depois da morte de minha mãe.

— Isso não significa que a verdadeira identidade de Langdon não fosse conhecida nos círculos de mídia antes do falecimento dela.

— Eu não saberia dizer. — Encontro o olhar de Barnsdale. — Dez anos atrás, seus colegas concluíram que minha mãe havia entrado na frente do trem das 8h06 para Waterloo. — Abaixo minha voz e me inclino para a frente. — Naquele momento, detetive, se eu soubesse onde Langdon estava, eu mesmo a teria matado.

No canto do meu olho, vejo a policial Cash estudando o próprio reflexo em seus sapatos polidos.

— Nessas circunstâncias — continuo —, até você me dizer hoje, eu não tinha ideia de onde Abigail Langdon estava ou de que minha mãe tinha contato com ela. — Levanto-me novamente e vou até a porta. — E acho que terminamos aqui. Abigail Langdon era uma assassina cruel de crianças. Milhões de pessoas a queriam morta. Qualquer um poderia ter descoberto quem ela era, e além de duas cartas escritas há dez anos, não há nada que ligue sua morte à minha família ou a Haddley pelo que posso ver.

Abro a porta da sala. A policial Cash começa a se levantar, mas Barnsdale permanece imóvel.

— Se puder esperar um momento, Sr. Harper — diz ela, baixinho. — Porque, embora o senhor diga que não há nada que vincule esse assassinato diretamente ao senhor ou a Haddley, temo que haja.

14

Fico ao lado da praça tentando compreender o que as policiais me disseram. Depois de ver o carro delas se afastar lentamente, não consigo parar de olhar para a entrada da floresta, coberta de mato. Parece que tudo o que aconteceu com Nick e Simon ainda existe aqui em Haddley.

Eu me viro e caminho pela rua em direção ao jardim dos Cranfield.

— Dor de cabeça? — pergunta o Sr. Cranfield enquanto caminho em sua direção. Sinto-me como um colegial travesso voltando à cena de seu crime. Respondo que já tive manhãs melhores.

— Você não está limpando até agora, está? — pergunto enquanto o Sr. C. me cumprimenta com um aperto firme no ombro. — Nada muito horrível, espero — continuo, espiando em seu jardim para olhar o canteiro de flores e me sentindo devidamente envergonhado. — Uma daquelas coisas de trabalho que saiu do controle.

— Não pense mais nisso. Eu tinha planejado aparar as bordas hoje, de qualquer maneira.

Sorrio.

— Parece trabalhoso.

— Pode ser — responde ele —, especialmente para as minhas costas. Tudo bem com você? — pergunta ele com um aceno gentil em direção à Lower Haddley Road, onde Barnsdale e Cash estão entrando em uma longa fila de trânsito.

— Visita de cortesia, suponho que poderia chamá-la assim — digo ainda tentando entender o que as policiais me disseram. Sento-me no muro de pedra que atravessa a frente do jardim dos Cranfield.

— Você teve dessas para toda uma vida — responde ele e se senta ao meu lado. — A Sra. C. me disse que sua chefe quer que você escreva um artigo para o aniversário da morte da sua mãe.

— Eu disse não, mas, cada vez mais, parece que ainda há tantas perguntas que não foram feitas — digo enquanto o Sr. C. chuta suas botas enlameadas contra a parede. — Perguntas que eu deveria ter feito desde o início. Eu só não queria enfrentá-las. Eu falhei com ela?

— Não — diz o Sr. C. com firmeza, ainda segurando meu ombro.

Penso sobre o que soube das detetives.

— Eu deveria ter me esforçado mais para entender o que aconteceu? Mais do que ninguém, era eu quem poderia ter as respostas que ela merecia, as respostas pelas quais ela estava tão desesperada.

— A única coisa que sabemos com certeza é que Clare gostaria que você vivesse sua vida exatamente como vive. Não viva com arrependimentos, Ben.

Examino a rua: as fachadas ordenadas, os jardins muito bem cuidados. Você nunca imaginaria que este lugar tenha visto tamanha tragédia. O que eu perdi?

— Preciso falar com Madeline — digo. — Se eu disser a ela que vou escrever algo, mas apenas nos meus termos, essa pode ser minha chance de descobrir a verdade que minha mãe tanto queria.

O Sr. C. olha para mim, seriamente.

— Faça o que fizer, não vai trazê-la de volta, Ben.

— Sei disso — respondo —, mas mamãe tem direito a mais do que compaixão eterna. Ela estava cercada por tanto amor e apoio. Não havia motivo para ela se matar. Por que ela faria isso?

— Ben, eu gostaria de saber.

— Você estava lá. As pessoas queriam ajudá-la, apoiá-la. Ela sofreu tanto, mas sempre encontrou tanta força, tanta dignidade.

— Ela era incrível.

— Eu não estaria onde estou sem ela. Foram a força e a determinação dela que me fizeram suportar. Não faz sentido que ela tenha se matado. Não assim, sem deixar nenhum bilhete, nenhum sinal do que ela iria fazer.

— Sem dizer adeus...

Lágrimas brotam em meus olhos e eu as seco, ferozmente.

— Eu estava tão bravo com ela por me deixar, tão assustado que fosse porque eu tinha falhado com ela de alguma forma, que nunca parei para pensar — continuo baixinho, tanto para mim quanto para o Sr. C. — E se não aconteceu do jeito que pensamos que aconteceu?

O Sr. C. descansa a mão em meu ombro.

— Nenhum de nós pode saber o que outra pessoa está realmente sentindo.

Sentamos juntos em silêncio, com nossos olhos vagando pela praça, em direção a Haddley Woods.

— Como você se sentiria sendo notícia de primeira página novamente? — pergunta ele, depois de um momento. — Porque é isso que pode significar.

— Foi isso o que eu disse à Madeline — respondo. — Disse que não queria. Mas, se mais manchetes são o preço que tenho a pagar para realmente entender o que aconteceu, talvez eu tenha que aceitar isso.

Ele dá de ombros gentilmente.

— Só você pode decidir.

— Em que vocês dois estão pensando?

Nós nos viramos e vemos a Sra. C. descendo pelo caminho da porta dos fundos com uma caneca de chá na mão.

— Isso é para mim? — pergunta o Sr. C., levantando-se e pegando a bebida de sua esposa.

— Posso te dar uma, Ben? — pergunta ela.

— Não precisa — respondo. — Ainda estou sob o efeito de três xícaras de café.

— Foi com Min que ele saiu ontem à noite — diz a Sra. C., de maneira conspiratória.

— Havia um grupo nosso, mas não vamos entrar nisso de novo — digo, olhando para o Sr. C. — Sua esposa, com um café fresco e um sanduíche de bacon, foi uma salva-vidas.

— Tem certeza de que não quer um chá?

— Tenho.

— Nesse caso, vou entrar e deixar vocês conversarem — diz a Sra. Cranfield, já voltando pela entrada. — Não se esqueça, almoço no domingo — diz ela, enquanto se dirige para dentro.

Olho para o Sr. Cranfield, que toma um gole do seu chá e me observa, pensativo.

— Madeline me ensinou a começar com o que você sabe e desfazer a partir daí — eu começo. O Sr. C. concorda com a cabeça, lentamente. — Na manhã em que minha mãe morreu... ela gritou comigo e saiu correndo de casa. Nenhum bilhete, nenhum sinal do que estava por vir. E em seguida ela atravessou a praça, sem esperar por você, diferentemente de quase todas as manhãs?

O Sr. C. concorda com a cabeça.

— Com o tempo, acho que sua mãe e eu entramos em um acordo, que nunca foi um acordo, se isso faz sentido. — Sorrio silenciosamente, permitindo que ele continue. — Meu trem para Richmond sairia alguns minutos depois do dela para Waterloo, então acabaríamos indo para a estação ao mesmo tempo. Nos tornamos sincronizados. Clare saindo de casa era a minha deixa para me despedir da Sra. C. Então, eu sairia e me juntaria a ela no caminho assim que ele se curva, ao longo do lado superior da floresta. Não levávamos mais de dez minutos para caminhar até a estação. Ocasionalmente, falávamos sobre o trabalho, mas, na maioria dos dias, falávamos sobre você.

Coro levemente, mas de novo não digo nada.

— Quando chegávamos à estação, ela ia para a plataforma dela, e eu ia para a minha. Muitas vezes ficávamos de pé, um de frente para o outro, em lados opostos dos trilhos. Talvez um aceno, quando ela embarcasse; eu teria mais alguns minutos para esperar.

— E naquela manhã? — pergunto.

O Sr. Cranfield suspira.

— Gostaria que tivesse sido diferente, mas você sabe disso, Ben.

Vejo-o se afastar de mim e atravessar a rua até a praça. Eu o sigo.

— Não há muito o que contar. Não foi muito depois de um novo sócio entrar no negócio. Então, eu tinha começado a reduzir o número de dias em que trabalhava.

Juntos, atravessamos a praça e nos juntamos ao caminho que minha mãe teria tomado naquela manhã.

— Eu a vi da janela do andar de cima, acenei, mas ela não me viu. Ela teria estado em algum lugar por aqui — diz o Sr. Cranfield, parando no caminho e virando-se para a sua própria casa. — Abri a janela e gritei que estava pensando em passar o dia trabalhando no jardim; algo banal, sobre a aposentadoria ser um trabalho mais difícil do que ir para o consultório.

— E?

— E foi isso — responde o Sr. Cranfield, seguindo pelo caminho para minha casa.

Caminhando ao lado dele, pergunto:

— O que ela fez?

— Ela continuou andando — responde ele. — Talvez ela não tenha me ouvido. Não sei. Eu gritei alto o suficiente? Talvez seus pensamentos estivessem ocupados em outro lugar.

— Mas nenhum reconhecimento?

— Não, nada. Sua cabeça estava baixa, e ela continuou andando.

— O que você achou?

— Não pensei muito na hora. Mas depois, depois que aconteceu, e a polícia me fez todas as perguntas que você está fazendo agora, percebi que havia algo errado. Eu diria que ela era uma mulher distraída, imersa em pensamentos. Eu poderia ter gritado do telhado com um megafone, e ela ainda não teria me ouvido.

15

Holly pulou do sofá, jogando o telefone no chão. Como era possível? Ele poderia tê-la visto? Ele estava vigiando a casa de alguma forma?

Ela sentiu seu rosto corar enquanto esfregava as mãos na parte de trás de seu jeans.

O telefone tocou novamente.

Ela olhou para baixo e viu a tela piscar.

Você vai estragar sua surpresa. Não abra a caixa! Bjs

Ela clicou na segunda mensagem e viu o nome do remetente.

Jake.

Ela expirou e desabou no sofá com uma risada nervosa.

— Você recebeu uma mensagem, mamãe? — perguntou Alice, afastando-se de uma pelúcia da Peppa Pig.

— Recebi, do papai — respondeu ela. Segurando o telefone em suas mãos, ela percebeu que a PDQ teria enviado uma mensagem para Jake depois de fazer a entrega. Ao digitar uma resposta, ela viu que suas mãos estavam tremendo.

Sem espiar, eu prometo. Vejo você amanhã. Com amor, H.

A resposta de Jake foi instantânea.

Eu vou me atrasar. Não espere, bjs.

Ela fechou os olhos e, deslizando o telefone de volta no bolso, deixou o alívio tomar conta. Ela iria procurar novamente mais tarde.

Inclinando-se para a frente, passou os dedos pelos cachos que pincelavam o pescoço da filha.

— O papai estará em casa para a sua festa? — perguntou Alice.

— Claro, é o nosso aniversário de casamento — respondeu Holly.

— Vamos pegar meu vestido de festa na loja hoje?

— Nós vamos. E vamos comprar sapatos novos para você também.

— Aqueles dourados! — disse Alice, pulando de pé e jogando os braços em volta da mãe. — Por favor!

— Não estou prometendo. Vamos ver se eles têm no seu tamanho. Eles são muito caros.

— Mas eu preciso deles para a festa — disse Alice.

Holly apertou a filha com força e seus pensamentos se voltaram para o pijama minúsculo escondido na escrivaninha, no andar de cima. O que aconteceu com o bebê que uma vez o usou? Ela se lembrou de sua própria alegria e exaustão nos primeiros meses de Alice em casa, e também da rapidez com que ela percebeu que faria qualquer coisa para garantir a felicidade da filha — e sua segurança.

Ela sabia que precisava agir.

Ela sabia que elas deveriam escapar.

16

— Ben! — grita a voz de uma criança. Olho para cima para ver Alice Richardson correndo pela calçada em minha direção.

— Alice! — grito de volta, agachando-me antes de pegá-la em meus braços.

— Vou te dar espaço — diz o Sr. Cranfield.

— Se eu pudesse entender o que estava na mente dela naquela manhã, Sr. C., eu poderia começar a entender o que ela estava pensando quando chegou à estação de St. Marnham.

— Cuidado, Ben. — É tudo o que ele diz, com uma mão nas minhas costas, antes de voltar para o lado da praça e acenar para Holly.

— Ben! — diz Alice com seus braços em volta do meu pescoço. — Mamãe e eu vamos comprar meu vestido para a festa de casamento dela.

— Você quer dizer o aniversário de casamento dela — digo.

— E eu vou pegar os sapatos dourados.

— Que lindo — respondo enquanto minha afilhada agarra meu cabelo.

— Ben, seu cabelo é tão encaracolado — diz ela. — Olha, se eu o puxar para o lado, parece uma mola. — Ela ri, e eu não posso deixar de fazer o mesmo.

— Acho que preciso cortar o cabelo — digo enquanto Holly caminha em nossa direção.

A amizade de Holly tem sido a única constante em toda a minha vida. Confio nela mais do que em qualquer pessoa no mundo. Aos quatro anos, chegamos ao mesmo tempo em nosso primeiro dia na escola primária e fomos colocados juntos em uma mesa. Logo, juntou-se a nós um menino chamado Michael. Ele continuaria sendo o maior garoto da classe durante toda a escola, mas, naquele primeiro dia, ele também era o mais petrificado. Quando sua mãe deu adeus, seu rosto inteiro tremeu, e Holly estendeu a mão para segurar a dele.

Desde aquele primeiro dia, nós três havíamos formado um laço de amizade que nos uniu por mais de vinte anos. Correndo juntos da escola pra casa ou andando de bicicleta pela margem do rio, compartilhamos todas as aventuras. E então, naquela manhã gelada de janeiro, quando eu havia voltado para a escola depois da morte de Nick, foi a amizade deles que me deu esperança.

Sete anos atrás, quando Holly se casou com Jake Richardson, todos tínhamos comemorado noite adentro. O casamento deles foi um evento elaborado, realizado no terreno da casa dos pais de Jake. Quando a noite chegou ao fim, Holly, Michael e eu escapamos da festa para nos sentar às margens do lago do vilarejo e brindar a uma amizade que acreditávamos que viveria para sempre.

Três anos depois, Alice chegou ao mundo, e eu não poderia estar mais orgulhoso do que no dia de seu batizado, quando a segurei como seu padrinho. Porém, o orgulho não poderia eclipsar o desgosto que Holly e eu sentimos com a ausência de Michael; sua morte tinha ocorrido apenas algumas semanas antes, em um atropelamento e fuga sem sentido, um golpe devastador para nós dois.

17

— O Sr. C. estava acenando para você — digo a Holly enquanto ela se junta a Alice e a mim na frente do meu jardim.

— Desculpe, eu estava a um milhão de quilômetros de distância. — Ela se vira para acenar de volta, mas o Sr. Cranfield já voltou sua atenção para seu canteiro de flores.

— No que está pensando?

— Nada, só estou distraída.

— Preparo um café para você, se quiser — digo a ela. — Conversar seria ótimo.

Com as portas abertas para meu jardim dos fundos, Holly e eu nos sentamos nos degraus enquanto Alice cava o canteiro de flores no final do gramado.

— Então? — digo.

— Realmente, não é nada — responde Holly. — Estou estressada com a noite de sábado, é isso.

— Legal da parte de seus sogros darem a festa.

— Depende de sua definição de legal. Na família Richardson, nada é dado sem a expectativa de algo em troca.

— Hol, é seu aniversário de casamento.

— E Francis vai usá-lo para lembrar a todos de sua própria importância. Herói militar, homem que construiu tudo do zero, a maior casa de St. Marnham — e ninguém deve se esquecer disso. Isso vai deixar Jake estressado, e ele provavelmente vai acabar bebendo demais e dizendo algo de que se arrependa pela manhã.

— Mal posso esperar! — digo, apertando seu braço.

— Ben!

— Vamos, Hol, é uma festa! — digo, mas ela se afasta. — Holly?

— Tudo com Francis tem a ver com controle, e essa festa não é diferente. Ele está dando uma festa que Jake e eu nunca poderíamos pagar simplesmente para nos lembrar desse fato.

— Aceite gentilmente, depois siga em frente. É tudo o que você pode fazer.

— Eu sei — responde ela, com resignação em sua voz. — Eu deveria parar de reclamar. O que está acontecendo com você?

— Há algo que eu preciso te dizer — digo, pausando antes de me aproximar dela.

Ela se vira diretamente para mim.

— Abigail Langdon está morta.

Vejo a descrença no rosto de Holly antes que ela, instintivamente, jogue seus braços em volta de mim.

— Espero que ela tenha sofrido — sussurra ela, me abraçando com força. — Como você sabe?

— A polícia veio me ver esta manhã.

— E ela está definitivamente morta?

Concordo com a cabeça.

— Sim.

— Graças a Deus — responde ela. — Eu não me importo com o quanto isso soa horrível, mas eu não poderia estar mais feliz.

— Ben, encontrei três vermes! — chama Alice do fundo do jardim. — Vem ver.

— Três! — exclamo, e Holly e eu nos levantamos.

— Olha, Ben! — grita Alice, triunfantemente. — Mais um! E está todo retorcido!

— Isso é um verme-monstro — digo, agachando-me ao lado de Alice.

— Vou levar o verme para casa comigo.

— Por que não o deixa aqui com sua família? — digo. — Acho que ele gosta de viver no solo.

— Acho que sim — diz Alice e sobe de volta para o canteiro de flores, soltando sua presa enquanto anda. Holly e eu nos viramos para a minha casa.

— A polícia acha que a morte dela pode estar ligada a Haddley e ao assassinato de Nick — digo.

— O que os faz pensar isso? — pergunta Holly rapidamente. — Eles lhe contaram o que aconteceu?

Penso em minha conversa final com a sargento-detetive Barnsdale. De repente, sou transportado de volta para aquele dia de verão insuportável, há mais de vinte anos. A risada das garotas ecoa em minha mente, e eu ouço seu chamado para os garotos enquanto eles correm pelas árvores até a área elevada, do outro lado da floresta.

Imagino Nick e Simon de joelhos, as meninas gentilmente puxando a cabeça para trás e beijando suas bocas abertas. As lâminas brilhantes são empurradas sem hesitação. Mergulhadas nas laterais do pescoço dos meninos. Força feroz, encravando as facas até o cabo, antes de serem puxadas para a frente.

Olho para Holly e esfrego os dedos nas têmporas.

— Você se lembra de como Nick e Simon foram mortos, com todos os detalhes mais horríveis escondidos do público?

Holly estremece em reconhecimento.

— Bem, quem matou Langdon sabia muito mais do que a média das pessoas sobre as mortes de Nick e Simon. Langdon foi morta exatamente da mesma maneira.

TRÊS

"NÓS NÃO SABEMOS DE VERDADE
O QUE ACONTECEU COM AQUELAS GAROTAS
DEPOIS QUE ELAS FORAM PRESAS."

18

Nathan Beavin fechou a porta da frente atrás de si e olhou para a praça de Haddley. O sol do fim da manhã trouxe nova vida, uma brisa suave soprou do rio, e o cheiro de grama recém-cortada preencheu o ar. Ele encheu os pulmões com o ar quente da primavera antes de descer os degraus da frente da casa para começar sua corrida matinal.

Sua rota o levou para a trilha que margeava a praça. Atrás dele, havia uma fileira de imponentes vilas vitorianas, cada uma alojada em seus próprios terrenos amplos e desfrutando de vistas ininterruptas para o Tâmisa. De um lado da praça, havia uma fileira de casas menores, muitas transformadas pelo novo dinheiro londrino. Correndo pela trilha, Nathan reconheceu seu vizinho aposentado cuidando do jardim. Porém, seus olhos se voltaram para as casas, que estavam viradas para a praça e para os bosques além. Elas tinham visto mais de um século de vida familiar, das dificuldades vitorianas às *blitz*, agora renascidas como parte da Londres moderna. Nathan pensou na história única que cada casa tinha para contar, bem como no segredo mais sombrio que elas ainda escondiam, teimosamente.

Ele chegou a Haddley no mês anterior, tendo deixado para trás sua cidade natal de Cowbridge, ligeiramente fora de Cardiff, pela primeira vez. Um menino tranquilo, ele fora feliz na escola, cuidara de sua irmãzinha e tivera pais que cuidaram dele todos os dias de sua vida. No entanto, desde tenra idade, ele tinha percebido que havia mais a descobrir: uma vida a ser vivida, além do que ele havia conhecido. Ele não sabia aonde sua jornada poderia eventualmente levá-lo, apenas que Haddley tinha que ser sua primeira parada.

Dois dias depois de sua chegada, ele começou a trabalhar em um dos muitos bares que povoavam a rua principal. A quinze minutos do centro de Londres, os bares ribeirinhos de Haddley haviam se tornado locais noturnos cada vez mais populares para qualquer pessoa disposta a pagar mais de cinco libras por meio litro de cerveja. Servindo coquetéis no terraço do bar com vista para a Haddley Bridge, Nathan logo havia percebido que não eram apenas as noites de sexta e sábado que estavam lotadas de foliões – fossem trabalhadores da cidade parando a caminho de casa, fossem os remadores vindos do rio, todas as noites eram mais movimentadas do que a noite mais badalada em Cowbridge. Porém, a noite de sexta-feira era a mais cheia de todas, com as comemorações de fim de semana começando às quatro da tarde e ainda fortes às duas da manhã seguinte.

Foi na terceira sexta-feira de Nathan em Londres que o gerente do Watchman lhe pediu para cobrir um turno extra, no início da noite. Ele havia ficado feliz em ser voluntário e já sabia que as maiores gorjetas vinham dos trabalhadores da cidade, que voltavam para casa no fim de semana. O bar estava lotado desde a hora do almoço, embora Nathan ainda tivesse encontrado um momento para notar a mulher chegar no final da tarde e se juntar a um grupo de amigas no bar do terraço. Três vezes naquela tarde, ele havia levado *prosecco* até a mesa dela. Mais tarde, à noite, quando ela abriu caminho entre a multidão para pedir uma quarta garrafa, ele estava esperando por ela.

Conversando à toa com Sarah Wright enquanto enchia um novo balde de gelo, Nathan logo descobriu que ela havia concluído recentemente um processo de divórcio de um milhão de libras e estava ansiosa para passar o fim de semana com seu filho, Max. Inclinando-se sobre o bar, ele brincou sobre sua própria necessidade de um drinque e, enquanto ele olhava nos olhos castanhos-escuros de Sarah, ela olhou para suas amigas e começou a rir. Elas gritaram do outro lado do bar para que ela o chamasse para se juntar ao grupo, e Nathan sentiu uma onda de desejo quando viu Sarah corar e enrolar nervosamente os dedos em seus longos cabelos escuros. Espremendo-se na mesa do canto, ao lado das quatro mulheres, ele entrou no jogo enquanto elas o provocavam, querendo saber o que um garoto galês tão adorável estava fazendo sozinho tão longe de casa. Depois de três semanas, Nathan estava pronto, com respostas ensaiadas para todas essas perguntas.

Uma quinta garrafa de *prosecco* se seguiu e, à meia-noite, uma sexta garrafa, essa só para os dois. Eles já tinham bebido demais, mas isso não os deteve. Juntos, eles trocaram histórias de vida — a dela consistia em uma infância em Edimburgo, faculdade de direito em Londres, depois um emprego em uma empresa da cidade, onde ela havia se apaixonado por um dos sócios seniores, nove anos mais velho que ela. Ela era tão clichê, ela disse. Nathan lhe assegurou de que ela era tudo menos isso, e ela riu, dizendo que não tinha certeza de como chamaria aquilo. Sarah havia se formado há menos de um ano, quando se casou com James Wright, e juntos eles se mudaram para um vilarejo, na praça de Haddley.

Por um tempo eles foram felizes, ou Sarah pensou que eram. Max nasceu antes de seu primeiro aniversário de casamento. Porém, três meses depois, James voltou para casa uma noite para dizer a ela que estava apaixonado por outra mulher. Como parte do compromisso de sua empresa, de alcançar e investir nas gerações futuras, James estava dando aula no King's College. Lá, ele havia se apaixonado desesperadamente por uma pós-graduada de vinte e dois anos chamada Kitty.

— Arrumei as malas dele e o expulsei naquela noite — disse Sarah enquanto bebia seu *prosecco*. — Desde então, ele nunca mais voltou. E você sabe de uma coisa? Ele nunca vai voltar. Se tem uma coisa que eu sei fazer é encontrar um ótimo advogado de divórcio.

Seu acordo significava que ela ficaria com a casa e drenaria de James tudo o que pudesse até que Max completasse dezoito anos. Por que eles deveriam sofrer? Ela havia largado seu emprego na cidade e estava mais feliz agora, com sua nova firma alocada em Haddley. Max ficava com o pai nas noites de sexta-feira e voltava para casa nas tardes de sábado. Não era perfeito, mas Sarah tinha certeza de que poderia criar Max melhor sozinha.

Nathan tinha sua história pronta para contar. Nascido no País de Gales, infância feliz, boa escola e ótimos pais, mas agora era hora de aventura. Ele tinha apenas vinte anos, então estava tirando algum tempo para explorar. Sarah riu.

— Tirar um tempo? Você ainda não fez nada para tirar um tempo. Volte em dez anos. Aí você vai ser tão velho quanto eu.

Nathan não se importou. Foi aí que ele se inclinou para beijá-la.

Quando o bar fechou, eles caminharam pela margem do rio, abraçados até a casa de Sarah. Quando chegaram ao pé dos degraus que levavam à impressionante casa dela, Nathan viu como esse mundo era diferente daquele que ele havia deixado para trás apenas três semanas antes.

Ele a beijou novamente, e eles subiram os degraus até a porta preta polida da frente. Ela se atrapalhou em busca das chaves, e eles riram juntos enquanto tentavam cegamente girar o trinco. Tropeçaram pela entrada, e Nathan rapidamente agarrou Sarah antes que ela caísse no chão. Ele a tinha sentido encostar-se no seu corpo para buscar apoio quando a pegou pela mão e a conduziu pela elegante escada. Lentamente, eles atravessaram o corredor para dentro do quarto dela. Sarah o havia beijado mais uma vez antes de entrar cambaleante no banheiro. Enquanto ela fechava a porta atrás de si, Nathan deu uma volta completa, observando seu novo ambiente — o lustre pendurado no teto, a lareira de mármore. Passando a mão pelas costas da cadeira ao lado da lareira, sentiu o material macio sob a ponta dos dedos. Ele havia se levantado e olhado para a pintura pendurada acima da cama — um garotinho andando com sua mãe por uma praia deserta enquanto o sol se punha no oceano. Era o mesmo garoto que ele tinha visto Sarah perseguindo pela praça, na semana anterior.

Diminuindo a luz do candelabro, ele deu uma última olhada ao redor antes de sair da sala. Rapidamente voltou pelo corredor, parando na entrada do quarto do menino. Quando ele abriu a porta, a luz caiu sobre uma imagem emoldurada em cima da mesa de cabeceira. Observou a foto, apertando mais forte a maçaneta de latão da porta. Mesmo com um intervalo de mais de vinte anos, o cabelo castanho desleixado do homem e o nariz de jogador de rúgbi eram inconfundíveis.

Dando um passo para trás, ele puxou gentilmente a porta em sua direção antes de fazer depressa seu caminho de volta para baixo. Saindo da casa, parou no degrau, sentindo o ar frio da noite e deixou a porta da frente se fechar silenciosamente atrás de si.

19

Agora, cinco semanas depois daquela primeira noite, Nathan acelerou o passo, saboreando o sol quente nas costas. Os remadores matinais estavam em peso no rio, treinando equipes para acertar suas braçadas enquanto subiam o Tâmisa, em direção a St. Marnham. Uma vez que chegou a Haddley Woods, ele se virou e correu de volta pelo coração da praça na direção da casa de Sarah. Ao fazê-lo, viu Sarah e Max andando de mãos dadas pelos degraus da frente da casa deles. Sarah estava olhando atentamente para o filho, segurando sua mão com força enquanto Max dava cada passo com concentração. Quando chegaram à praça, Max se soltou, e Nathan acenou enquanto o garotinho corria em sua direção.

— Nathan! — gritou Max, correndo tão rápido quanto seus passos incertos permitiam. — Eu também estou correndo!

Nathan correu em sua direção, pegou-o e jogou-o para o céu azul-claro, fazendo Max gritar de alegria. Nunca Nathan imaginou que se tornaria parte de uma família tão unida tão rapidamente; ele nunca tinha pretendido isso.

Tinha levado apenas cinco semanas para que Sarah, Max e ele formassem um vínculo tão feliz que qualquer um que os visse brincando no meio da praça presumiria, instantaneamente, que eram uma família. Quando Sarah cruzou com ele e o cumprimentou com um beijo, Nathan desejou que fossem realmente isso.

Com os pés firmes no chão, o menino de quatro anos disse a Nathan que eles estavam indo para a casa de Alice.

— Holly vai cuidar de mim esta tarde enquanto mamãe está no trabalho, e eu vou almoçar lá, mas não vou tomar meu chá. Você vai voltar para casa para o chá, Nathan?

Nathan se agachou para falar com Max.

— Tenho que trabalhar esta noite, então vou ter que perder o chá hoje — disse ele.

— Mas você vai ficar com fome.

— Vou tentar comer algo antes de ir — respondeu ele, bagunçando o cabelo de Max antes de se levantar.

— A que horas você termina hoje à noite? — perguntou Sarah.

— Tenho um turno na hora do almoço e depois volto às cinco. Porém, não devo me atrasar. Juro que estarei em casa às dez.

— Aguardo você nesse horário — respondeu Sarah, ficando na ponta dos pés e beijando os lábios de Nathan.

Observando mãe e filho caminharem de mãos dadas de volta pela praça, ele sabia que deveria se sentir sortudo por tê-los encontrado. Na manhã seguinte àquela em que havia saído do quarto de Sarah, ele criou coragem para voltar à casa dela. Enquanto ele estava na porta da frente, ouvindo o sino ecoando fracamente pela casa, sentiu um frio na barriga. Momentos depois, Sarah apareceu, talvez um pouco cansada, mas tão vibrante quanto ele se lembrava. Loucamente, seu estômago embrulhou.

— Olá — ele disse enquanto estava na frente de Sarah, vendo-a hesitar por um segundo. Ele esperava não ter cometido um erro ao voltar.

— Acho que devo a você um pedido de desculpas — ela respondeu, e ele viu a cor voltar para suas bochechas de novo.

— Pensei que era eu quem precisava me desculpar.

— Nem um pouco — disse Sarah, com sua mão chegando ao rosto. — Adormeci no chão do banheiro, sinto muito.

— De verdade, você não precisa pedir desculpas.

— Acho que cheguei à cama por volta das cinco. Graças a Deus, Max está na casa do pai. Já passava das dez quando voltei a mim.

Nathan sorriu.

— Estou feliz que você tenha dormido um pouco — ele disse enquanto Sarah enrolava o cabelo entre os dedos —, mesmo que uma parte tenha sido um pouco desconfortável.

— E obrigado por me trazer para casa em segurança — ela disse.

— O prazer foi todo meu — disse Nathan. — Nós dois provavelmente bebemos um pouco demais.

— Um pouco? — respondeu Sarah.

— Talvez umas duas garrafas além da conta — disse Nathan, conscientemente recuando do degrau mais alto. — De qualquer forma, eu preciso ir. Só queria checar se você estava bem.

— Você não tem tempo para um café rápido, não é? — perguntou Sarah. — Eu lhe devo isso, no mínimo.

— Eu adoraria — Nathan respondeu e imediatamente se preocupou que pudesse ter parecido ansioso demais. Nas duas horas seguintes, eles ficaram juntos na cozinha de Sarah e, na hora do almoço, Max chegou em casa. Sentado na ilha da cozinha, Nathan ficou momentaneamente paralisado, olhando para o corredor e vendo Sarah abrir a porta para um garotinho animado. Quando ela se abaixou para agarrar Max, James Wright havia olhado diretamente além dela. Seus olhos encontraram os de Nathan, e Nathan, rapidamente, desviou o olhar.

— Você tem companhia? — James disse, dando um leve passo à frente.

— Sim, e me lembre o que isso tem a ver com você? — Sarah respondeu, movendo-se com firmeza para bloquear seu caminho.

— Parece que ele poderia ser um companheiro de brincadeiras para Max.

— Vejo você no próximo fim de semana — foi a resposta de Sarah antes que ela conduzisse seu ex-marido de volta, pela porta aberta. — Não chegue cedo.

Naquela tarde, ele, Sarah e Max caminharam pela margem do rio, parando para Nathan empurrar Max nos balanços. Quando Nathan insistiu para que Sarah subisse no balanço ao lado de seu filho, Max riu, encantado, pedindo a Nathan que empurrasse Sarah cada vez mais alto até ela gritar e implorar para que ele parasse. No final da tarde, eles caminharam até Haddley e devoraram três *cheeseburgers* com bacon.

Depois de colocar Max na cama, Sarah se sentou com Nathan, e juntos eles compartilharam uma garrafa de vinho tinto. Naquela noite, Nathan ficou com Sarah. E ele tinha ficado com ela na maioria das noites desde então. Ele nunca planejou vir para Londres, apaixonar-se e encontrar uma família. Porém, observando Sarah e Max irem embora, ele temia que fosse exatamente o que ele havia feito.

Agora, quando mãe e filho chegaram à beira da praça, o garotinho se virou para olhar para ele, e Nathan acenou. Então, ele começou sua corrida constante de volta pela praça. Enquanto seguia pela trilha e entrava na floresta, olhou para o dossel frondoso se fechando acima dele. O sol se derramava pela cobertura, lançando longas sombras no caminho. Quanto mais ele corria, mais denso o dossel se tornava e, lentamente, a luz do sol começava a desaparecer. A temperatura caiu, e Nathan sentiu a floresta se fechando ao seu redor.

Ao ouvir o som das árvores, ele sabia que esses bosques abrigavam um segredo.

Ele teve que se lembrar de que esse era o segredo que ele tinha vindo a Haddley para descobrir.

20

— Tchau, Ben! Eu te amo! — grita Alice mais uma vez, enquanto ela e sua mãe caminham pelo beco atrás da minha casa.

— Eu também te amo! — grito em resposta antes de entrar pela cozinha e fechar a porta dobrável. Enquanto tranco a porta, minha atenção é atraída para a fotografia da minha mãe e eu que está pendurada na parede da cozinha.

Uma década atrás, bem no início daquele ano, em uma fresca manhã de janeiro, mamãe e eu saímos cedo de casa e dirigimos por Richmond, em direção ao centro de testes de direção mais próximo, em Isleworth. Enquanto cruzávamos o rio e passávamos pelo supermercado, minha mãe se virou para mim e sorriu.

— Estou impressionada — disse enquanto eu parava no semáforo. — Você não subiu na guia nenhuma vez.

Eu ri. Alguns meses antes, depois de algumas aulas, eu havia dito a ela que estava pronto para o teste. Ela concordou em me levar para praticar mais. Saindo da praça e virando na Lower Haddley Road, eu tinha subido na guia, aterrorizando o Sr. e a Sra. Cranfield enquanto eles voltavam do rio. Minha mãe agarrou o volante e desviou o carro de volta para a rua, escapando por pouco de um táxi preto que se aproximava. Naquele exato momento, ela prometeu pagar por mais uma dúzia de aulas e jurou que nunca mais me levaria para sair.

— A única vez em que subo na guia agora é quando estou estacionando de ré.

— Bem, então não faça isso!

— Todo mundo faz. Eles não vão me reprovar por isso, certo?

— Benjamin, eu não teria tanta certeza!

Uma hora depois, eu presenteei minha mãe com meu certificado de aprovação.

— Sem estacionar de ré! — eu disse com um sorriso. Dirigi de volta para Haddley, e conversamos sobre a viagem que ela queria fazer para Arran. Foi naquele momento que eu fiz a promessa de ir com ela, desde que pudéssemos dividir a direção. Muito relutante, ela concordou.

No início de março, mamãe me encontrou em Manchester antes de viajarmos para a Escócia. Por três noites, alugamos um chalé com vista para Whiting Bay enquanto explorávamos a ilha e aproveitávamos nosso tempo anônimo juntos. Passamos nossa segunda manhã visitando a destilaria de uísque *Isle of Arran*, e a foto na parede da cozinha é um momento capturado de nós dois sentados do lado de fora da destilaria, em um banco de piquenique de madeira, cercados por colinas verdes. Naquela tarde, andamos pelo caminho costeiro, olhando para a baía, em direção à Ilha Sagrada. Minha mãe adorava o espaço infinito e o ar puro. Enquanto caminhávamos, eu conversava sobre o que poderia fazer depois da universidade. Minha licenciatura em política não me oferecia uma carreira definida, e eu estava brincando com a ideia de me tornar advogado.

— Um advogado! — exclamou minha mãe. — Não é você, Ben.

Ri da resposta dela.

— Por que não? Acho que eu seria muito bom. Você não pode me imaginar no tribunal?

— Não é como *LA Law*.

— O que é *LA Law*?

Ela balançou a cabeça em descrença.

— É um programa de televisão maravilhoso, de antes de você nascer, que fez os advogados parecerem incrivelmente interessantes e glamorosos. A realidade da lei é que ela é incrivelmente orientada por processos e hierarquia. Você não é nenhuma dessas coisas. — Ela tinha razão. — Tenho certeza de que você poderia se qualificar — continuou ela —, mas dentro de dois anos você odiaria e iria querer fazer outra coisa. Se é o que você realmente quer fazer, eu vou apoiá-lo, claro que sim, mas lembre-se de que você teria que trabalhar ao lado de outros advogados que amam processos e respeitam hierarquia.

— Eu não acho que gostaria dessas pessoas — eu disse, rindo. — Estou começando a pensar que posso não gostar do Direito.

Sob um céu azul sem fim, nós caminhamos, falando sobre algumas carreiras diferentes e muitos programas de televisão diferentes, até que perguntei à minha mãe o que *ela* queria fazer a seguir. Era uma pergunta que, até aquele dia, eu nunca tinha pensado em fazer. Por muito tempo, o futuro tinha sido algo com o qual nenhum de nós se sentia capaz de contar. Minha mãe havia me ajudado a passar nos exames e a entrar na universidade, mas sua própria vida parecia uma existência, nada mais. Porém, naquele dia, ela falou de si mesma, de viajar e reencontrar beleza em nosso próprio país — que ela havia perdido durante tantos anos —, de seus amigos; e até brincamos que um dia ela poderia conhecer alguém novo. Com minha vida seguindo em frente, acho que ela tinha começado a pensar em companheirismo, e eu a encorajei a se inscrever no Match.com.

— Isso é para crianças! — foi a resposta dela. — Eu ficaria muito envergonhada. E se alguém me visse?

— Essa é exatamente a ideia — eu respondi. — Um bom senhor mais velho.

— Não tão velho, se você não se importa. A maioria dos homens mais velhos está atrás de um rabo de saia jovem. Eles não estariam interessados em mim. Seria tão humilhante!

— Não hoje em dia.

— Absolutamente não, Ben, não. Com certeza, eu acabaria encontrando algum pervertido que iria me perseguir! Não, eu só quero um companheiro amigável para se juntar a mim em algumas viagens, visitar alguns bons restaurantes. Ficaria feliz até em rachar a conta com ele.

— Muito moderno — respondi enquanto voltávamos para nosso chalé. A luz começava a diminuir e uma brisa forte se iniciava.

O tempo piorou durante a noite e, em nosso último dia na ilha, acordamos com uma chuva torrencial batendo contra a janela panorâmica na frente do nosso chalé. Depois de uma manhã preguiçosa lendo os jornais, acendi a lareira enquanto minha mãe nos preparava um almoço tardio. Depois de comer, mamãe se enrolou no sofá, bebendo um copo do licor de creme que ela havia saboreado no final de nosso passeio pela destilaria, no dia anterior. Juntos, ficamos olhando a parede de chuva escorrer pelo vidro.

— Obrigada — ela disse, de repente.

— Pelo quê?

— Por passar três dias com sua mãe em uma ilha escocesa. Eu acho que provavelmente vai além do esperado. — Eu sorri, e ela continuou. — Não quero que você passe a vida se preocupando comigo ou sentindo que precisa estar aqui o tempo todo. É sempre bom para mim ver você, mas eu vou ficar bem. — Ela parou de falar e olhou para a baía, onde um barco solitário navegava em um mar agitado.

— Eu sei — respondi — e, onde quer que eu esteja, sempre estarei do outro lado da linha.

— Sei disso.

Ficamos em silêncio por um momento. Na baía, o barco continuou cada vez mais longe, lutando com determinação contra as ondas crescentes.

— Você tem que viver sua vida, Ben — disse ela. — Não passa um dia sem que eu pense em Nick, mas não podemos trazê-lo de volta.

— Sempre o teremos em nossos corações.

— Ele ficaria tão orgulhoso de você.

— Ele ficaria orgulhoso de nós dois — disse, com firmeza.

— Às vezes sinto... — Ela para de falar.

Esperei ela continuar. Quando ela não o fez, eu a pressionei.

— Sente o quê?

— Não sei. Essas garotas; por quê, Nick?

Eu a encarei desconfortavelmente.

— Mãe, às vezes não há razão. Essas garotas, elas eram apenas más. Pura e simplesmente. Se não tivessem sido Nick e Simon, teria sido outra pessoa.

Minha mãe se virou para mim.

— Mas você não imagina que há mais coisas que não sabemos? Poderia ainda haver pessoas em Haddley que soubessem mais? Nós não sabemos de verdade o que aconteceu com aquelas garotas depois que elas foram presas.

— Não — eu disse, balançando a cabeça. — Mãe, isso só vai trazer mais dor para você. Lembre-se do que você sempre me ensinou. Temos que olhar para a frente.

Ela disse com suavidade:

— Mas, se *houvesse* mais, Ben, você gostaria de saber?

— Não há — disse com firmeza, levantando-me e encerrando a conversa, esperando que nunca mais fosse reaberta. — Absolutamente não, mãe. Não.

21

Meu trem está parado do lado de fora da estação Clapham Junction, retido em um interminável sinal vermelho. Precisando falar com Madeline cara a cara, passei a curta viagem de Haddley olhando pela janela, repassando várias vezes a conversa que tive com Barnsdale e Cash. A exposição da verdadeira identidade de Langdon e a forma brutal como ela foi morta conectam o assassinato diretamente a Haddley.

Lembro-me do que a policial Cash disse sobre o que minha mãe havia escrito em sua carta. Como ela havia esperado encontrar algum tipo de redenção para tanto mal? Teria ela realmente pensado que poderia ser possível? Ou ela teria tido alguma outra razão para entrar em contato com Langdon? Olhe para a frente, não para trás, esse era o mantra dela. Por que, então, no que se tornariam as últimas semanas de sua vida, teria ela buscado contato com uma das assassinas de Nick? Ela não odiava Langdon de todo o coração? Algo ou alguém a impeliu a contatar Abigail Langdon. Preciso entender o que ou quem foi.

Ligo meu telefone e procuro por Elizabeth Woakes em meus contatos. Tenho certeza de que, depois que Barnsdale e Cash saíram de minha casa, elas teriam ido a Richmond para se encontrar com a mãe de Simon. Digito uma breve mensagem para ela.

Conheci Elizabeth Woakes naquele verão longo e quente, uma vida atrás, quando todos os nossos dias eram gastos sem nenhuma preocupação no mundo. Simon e Nick foram amigos inseparáveis. Correndo atrás deles, desesperado para acompanhá-los, eu tinha adorado cada segundo que passei com os dois meninos mais velhos. Dias sem-fim, nos arrastamos ao longo da margem do rio, correndo pela beira da água, nossos rostos vermelhos no sol brilhante do verão. A casa dos Woakes ficava na margem e muitas vezes corríamos do rio, passando pelo jardim, antes de entrar na cozinha da Sra. Woakes. Ela sempre nos recebia com um sorriso acolhedor e uma bebida para saciar a sede antes de voltarmos para fora para continuar nossa última aventura.

Meu telefone vibra com um convite da Sra. Woakes para nos encontrarmos no café da manhã, amanhã cedo. Fico feliz em aceitar.

Olho pela janela, para os trens amontoados do lado de fora de Clapham Junction. Meu telefone vibra novamente, e vejo a tela iluminada com uma mensagem de Will Andrews.

Um pouco cansado esta manhã?

Sorrio e digito uma resposta.

Já tomei meu quarto café do dia. Obrigado novamente pelos drinques da noite passada.

Foi bom te ver. Você está mantendo sua decisão?

Sobre o artigo? Mudança de opinião, eu acho.

Há uma pausa. Trinta segundos depois, aparece uma resposta.

Por quê?

Algumas coisas não fazem sentido para mim. Minha mãe estava procurando por respostas. Talvez eu possa encontrá-las para ela. Devo isso a ela.

Posso ver que Will está digitando uma resposta, mas nenhuma mensagem chega. Depois de um minuto, mando uma mensagem para ele novamente.

Eu adoraria ter dez minutos com você para falar sobre o verão em que Nick morreu.

Espero novamente Will responder.

Vamos fazer isso alguma hora é sua resposta final.

Meu trem finalmente chega à estação Waterloo, em Londres, e desligo o telefone. Olho para um saguão cheio de viajantes frustrados circulando, com os atrasos generalizados deixando-os sem ter para onde ir. Estou quase saindo do vagão quando meu telefone toca novamente. Pensando que poderia ser Will, olho para a mensagem.

Ben, é East. Peguei seu contato com Will.

Estou surpreso em receber um contato dele, tão logo depois de Will. Vendo-o digitar mais, espero para responder.

Espero que não se importe de eu entrar em contato. Estive pensando sobre nossa conversa de ontem à noite.

Oi, East, eu começo. Porém, antes que eu possa continuar, sua próxima mensagem chega.

Seria ótimo se pudéssemos conversar um pouco mais. Nada urgente, mas como eu disse, conheço Madeline há tempos. Eu odiaria que você fizesse qualquer coisa precipitada.

Faço uma pausa antes de responder.

Estou um pouco cheio de trabalho agora, mas vamos conversar em breve.

Ligue a qualquer hora que seja boa para você.
Torta de peixe por conta da casa.

Essa é uma oferta boa demais para recusar.
Estarei no restaurante nas próximas noites.
Seria ótimo te ver.

Enquanto os passageiros continuam a desembarcar, fico na plataforma por um momento e releio as mensagens de East. Quando abriu seu primeiro restaurante em Richmond, quinze anos atrás, East Mailer rapidamente se tornou uma espécie de celebridade local. Sua excelente comida, combinada com sua personalidade não convencional, bem como um cenário pitoresco com vista para o parque, tinha ajudado a criar um enorme sucesso de boca a boca que havia se espalhado para muito além de Richmond. E era lá que um novato entretinha regularmente seus clientes endinheirados, apenas para fazer amizade com o *chef* pouco ortodoxo. Três anos depois, East e Will tinham comprado uma casa juntos em St. Marnham, e seus estilos de vida tinham começado a convergir. Quando o armazém que hoje abriga o Mailer's entrou no mercado, eles investiram juntos no prédio e começaram a criar o melhor restaurante de frutos do mar de Londres.

Como uma jovem repórter começando na imprensa local e determinada a chegar a algum lugar rápido, Madeline teria feito questão de conhecer East desde o início. Olhando para as mensagens dele, só posso supor que ele falou com Will. Eu nunca soube que East tinha uma conexão passada com minha chefe, mas sei que, uma vez que Madeline cria um vínculo, ela nunca o deixa se desgastar.

Com pouquíssimos trens chegando ou saindo no horário e com mais atrasos no metrô, decido caminhar ao longo do rio em direção à torre de vidro, onde fica nosso escritório. A luz do sol reflete na água e, enquanto sigo pelo aterro sob um céu azul claro, vejo turistas em grande quantidade. Depois de dez minutos tecendo meu caminho através de um número crescente deles e ainda sofrendo os efeitos posteriores da noite passada, paro para mais um café, na esperança de que ele me dê uma nova vida. Parando para me sentar em um banco em frente ao Shakespeare's Globe, tomo um gole de café com leite e vejo o mundo passar. Três gerações de uma única família pedem bebidas na cafeteria à beira do rio. Entusiasmadas em uma conversa, avó, mãe e filha riem de um comentário do barista. Sorrindo e dando risadinhas, cada uma desfruta da companhia da outra enquanto saboreia o ambiente ao sol da primavera. Juntas, elas compartilham um calor familiar do qual sinto falta.

Ao entrar no prédio, meus pensamentos se voltam novamente para minha mãe nos dias que seguiram à libertação de Langdon e Fairchild. Ouvindo primeiro a raiva, depois a amargura em sua voz, eu tinha viajado de Manchester para casa. Eu a havia encontrado em um estado enfurecido e inconsolável. Era impossível para ela compreender como as meninas haviam cumprido uma sentença aparentemente tão curta. Por que elas deveriam receber uma segunda chance? Onde estava a segunda chance para Nick?

A cobertura geral da imprensa tinha acompanhado a libertação de Langdon e Fairchild com equipes de televisão retornando à praça e jornalistas atormentando minha mãe para uma entrevista. "Maligno" foi a manchete do *Daily Mail*, acompanhada das duas imagens mais famosas das garotas — sorrindo, em suas fotos policiais. "O que será delas?", perguntou o jornal sobre as duas figuras do ódio nacional.

Duvido que eu realmente tenha entendido o quanto a libertação delas havia enfurecido e afligido minha mãe. Enquanto, a princípio, eu estava consumido pela raiva e por um desejo adolescente de vingança, teria ela achado sua liberdade impossível de tolerar? Por quê, apenas semanas depois, fazer contato com Langdon? O desespero irremediável que ela deve ter infligido a si mesma enquanto esperava por uma resposta... O que a levou a fazer aquele contato fatal? Saindo do elevador, caminho direto para o escritório de Madeline.

22

Enquanto Alice e Max subiam na pequena estrutura de escalada, no fundo de seu jardim, Holly Richardson sentou-se no gramado e pegou o telefone para atender a ligação do marido.

— Ei — disse ela —, como está tudo?

A pergunta não teve uma resposta inesperada: uma história de oportunidades perdidas, compradores que não percebiam uma grande chance quando ela estava na cara e palavras duras entre ele e seu maior cliente. Não era nada que Holly já não tivesse ouvido antes.

— Você tem que aguentar firme — disse ela, tentando se encorajar diante do pessimismo implacável de Jake. — Você nunca sabe o que está por vir.

Deitada na grama, segurando o telefone um pouco longe da orelha, Holly pensou nas muitas vezes em que tinha ouvido histórias de humilhação; as grandes coisas que eles poderiam ter alcançado com a *startup* de Jake, se seu pai apenas os tivesse apoiado.

— Eu sei, Jake, eu sei. Foi tão injusto — ela respondeu. Talvez as coisas *tivessem sido* diferentes se Francis os tivesse apoiado por mais tempo. Porém, ele havia emprestado o dinheiro a Jake por 24 meses e, no dia seguinte ao vencimento do empréstimo, ele cobrou a dívida. Assumindo sem grandes formalidades o controle do negócio, três meses depois ele enviou um e-mail para Jake dizendo que o havia vendido. Jake agora estava empregado como gerente regional na empresa que havia fundado.

Holly ouviu o arrependimento repetido de Jake por pegar o dinheiro do pai. Mesmo agora, cinco anos depois, Jake vivia com essa decisão todos os dias. Pressionado e instigado, ele estava ansioso para provar que o grande Francis Richardson estava errado. Trazendo o telefone de volta ao ouvido, Holly ouviu a mão de Jake bater contra o volante.

— Cuidado, não tão alto — ela chamou quando Max Wright subiu na estrutura de escalada. — Estamos no jardim — disse ela ao marido, retornando ao telefonema. O cancelamento de seus compromissos da tarde o havia deixado sentado no estacionamento de um hotel na rodovia. — Você deveria voltar para casa esta noite — disse ela, sabendo muito bem que o orgulho de Jake nunca permitiria que ele voltasse mais cedo de uma viagem de vendas. Amanhã seria tarde da noite quando ela o visse. Sentando-se, ela viu Alice correndo em sua direção.

— Papai! — chamou Alice.

— Você vai dizer olá? — perguntou Holly, entregando o telefone à filha.

— Olá, papai — disse Alice antes de começar um relato do seu dia. Eles tinham estado nos balanços; outro menino havia puxado o cabelo dela; Max lhe havia dito que ele era um menino travesso; Max havia ficado para o almoço.

— Te amo, papai — disse ela e saiu correndo de volta para o jardim.

— Te amo, Jake — disse Holly em seu tom ensaiado. Ela prometeu mais uma vez não abrir o pacote que havia chegado naquela manhã. E ambos concordaram que tentariam aproveitar a festa no sábado à noite. Foi tão generoso da parte dos pais de Jake dar a festa para eles e, claro, não teve nada a ver com o próprio engrandecimento deles.

Ela não pôde deixar de pensar no dia de seu casamento, igualmente organizado pelos pais de Jake. Sua própria mãe havia ficado impaciente com as exibições de riqueza. Antes de levá-la ao altar, ela havia feito Holly prometer que nunca seria consumida por bens materiais da maneira que os Richardson pareciam ser. Holly tinha rido de tal sugestão, mas quatro dias depois, deitada na cama vendo o sol nascer sobre a baía de Monte Carlo, ela havia percebido que tinha feito exatamente aquilo. Aos vinte e três anos, arrastada para um casamento envolto em bugigangas e encantos, ela viu seu marido dormindo profundamente ao seu lado. Naquele momento, ela soube que nunca o amara de verdade.

Agora, admirada com como sete anos haviam se passado tão rápido, ela perguntava a si mesma se o marido se casaria com ela novamente caso pudesse escolher de novo.

Ela sabia exatamente o que faria, se tivesse essa chance.

23

Corrine Parsons girou seu pescoço e pressionou as mãos contra a base da coluna. Trabalhar em turno duplo era sempre cansativo, e cada vez mais ela parecia sentir os efeitos físicos. No início desta manhã, a senhorita Cunliffe tinha levantado da cama para se aliviar na comadre e sempre precisava de dois membros da equipe para movê-la. Aos oitenta e oito anos, a mulher, de alguma forma, mantinha um peso três vezes maior que o de Corrine. Os bolos de creme fresco que ela recebia da padaria todas as tardes sem dúvida contribuíam. Corrine não tinha ideia de como ela conseguia pagar. A mulher nunca havia lhe oferecido um único centavo.

A Casa de Repouso Sunny Sea, localizada nas ruas secundárias de Deal, pagava à Corrine apenas um salário mínimo, mesmo quando ela trabalhava catorze horas seguidas durante a noite. Pelo menos com o turno duplo da noite passada, ela teria um pouco de dinheiro extra no final da semana.

Saindo da casa, ela olhou para o relógio. Já eram dez e meia. O dia se estendia à sua frente. Ela havia ficado mais meia hora para ajudar Eddie com a entrega da cozinha, já que ele ajudava com alguns suprimentos sempre que ela estava sem nada em casa. Sabendo que Molly não pagaria pelos trinta minutos extras, ela havia escondido alguns pacotes de salsichas e um belo pedaço de bife na parte de trás da geladeira. Ela os levaria para casa amanhã de manhã, quando Molly estivesse de folga.

Apressada, ela se dirigiu ao Seafront Café. Sentiu seu estômago roncar e percebeu que sua última refeição tinha sido a torta de carne fria que sobrou na cozinha, ontem, depois do jantar dos residentes. Um café da manhã inglês completo e duas xícaras de chá fizeram com que ela se sentisse humana novamente. Ao sair, ela viu que as nuvens estavam começando a se dissipar. Os turistas estavam surgindo para o dia e, sentindo que o sol estava prestes a aparecer, ela se dirigiu ao caminho da praia para começar a caminhada de três quilômetros em direção a Walmer.

Sem muito com que preencher seu dia até que seu próximo turno começasse, Corrine havia começado recentemente a caminhar à beira-mar todas as manhãs. Estar ao ar livre na primavera era muito melhor do que ficar sentada em seu minúsculo apartamento e, quando ela finalmente voltava para casa, no início da tarde, quase sempre estava tão exausta que ia direto dormir. No início, ela havia hesitado em andar para muito longe pelo caminho da praia. Mesmo agora, ela mantinha o capuz puxado sobre a cabeça, mas, cada vez mais, descobria o quanto gostava de estar no espaço aberto.

Passando pelos apartamentos chiques que davam para a beira d'água, ela se imaginava vivendo uma vida de luxo dentro de um deles. Ela contrataria Eddie como seu cozinheiro particular e, todas as manhãs, o instruiria a preparar um café da manhã inglês completo. Depois disso, ela ficaria deitada ao sol por uma hora antes de tomar um longo e quente banho de banheira. Manteria as janelas bem abertas, dia e noite, inverno e verão, afastando suas lembranças mais sombrias. E, todas as tardes, ela se sentaria em sua varanda e comeria três bolos de creme, até ficar tão gorda quanto a senhora Cunliffe.

— Desculpe! — disse ela de repente, abaixando a cabeça depressa e se movendo para o lado. Sem perceber, ela havia se chocado de frente com uma mulher mais velha, que ia na direção oposta.

— Você deveria olhar para onde está indo — repreendeu a mulher. — Você poderia ter me derrubado. — Mas, puxando seu capuz, Corrine já estava bem longe dela.

Mantendo os olhos baixos e para a frente, Corrine caminhou. Ao sair de Deal, o caminho ficou tranquilo e, aos poucos, ela conseguiu voltar o olhar para o mar. Na costa de seixos, dois meninos ruivos riam enquanto tentavam empinar uma pipa de dragão chinês; Corrine tinha certeza de que o tamanho gigante seria um desafio muito grande para eles. Ela sorriu ao passar, perguntando-se por que eles não estavam na escola. Isso não era da conta dela, disse a si mesma; ela havia aprendido há muito tempo que o que as outras pessoas faziam nunca era problema dela.

À medida que o caminho da costa se estreitava, seu ritmo diminuiu. Ela parou ao ver duas mulheres de meia-idade se despindo — até ficarem em trajes de banho — e caminhando em direção à beira d'água. Na brisa do início da primavera, ela as considerou corajosas, mas, sem hesitação, ambas saltaram para o canal para começar a abrir vigorosamente as ondas. Com o caminho agora quase deserto, Corrine decidiu se sentar por um momento em um dos bancos de madeira desbotados, tirando o capuz e deixando os raios do sol aquecerem seu rosto. Em menos de três minutos, a primeira das mulheres estava fora da água,caminhando de volta à praia para se enrolar em uma grande toalha de praia com listras rosa. A outra mulher continuou na água, respirando a cada movimento enérgico. Sorrindo para si mesma, Corrine imaginou que poderia ser algo de que a senhora Cunliffe teria gostado quando era jovem.

Aproximando-se de Walmer, ela chegou a uma pequena série de casas à beira-mar. Quando uma velha senhora, que cuidava de suas flores amarelas brilhantes atrás de uma cerca branca, sorriu para ela, ela percebeu que seu capuz ainda estava abaixado. Ela puxou-o de volta sobre o rosto e se apressou, pisando com cuidado enquanto o caminho se tornava mais pedregoso. De um lado do caminho, uma fileira de barracas de praia em tons pastel parecia já ter estado em melhores condições. Corrine nunca entendeu o prazer de se sentar dentro de uma barraca apertada e decadente e ficar olhando para as ondas durante horas intermináveis, e se sentiu deprimida olhando para elas agora. Seu ânimo melhorou, no entanto, quando chegou ao pub.

Ela havia acabado de chegar à entrada do estabelecimento quando um labrador preto saiu lentamente de trás de uma das barracas de praia. Corrine se agachou e estendeu a mão, esperando enquanto o cachorro se aproximava dela, nervosamente.

— Olá, garoto. — O cachorro cheirou sua mão antes de se aproximar para deixá-la fazer carinho na lateral do seu corpo e estremeceu enquanto ela o fazia. Sob seu pelo irregular, ela podia sentir os ossos afiados de sua caixa torácica e sentiu uma pontada de pena por ele. Ela lhe fez um carinho final, levantou-se e foi para dentro. O cachorro trotou ao lado dela.

— Você não pode vir comigo. Vamos dar uma olhada em onde você mora? — continuou ela, curvando-se para olhar para o colarinho dele, e percebendo que ele não tinha um. — Você vai ter que encontrar o seu próprio caminho para casa. Vá, vá embora. Não há nada para você aqui. — E ela lhe deu um leve empurrão em direção às barracas de praia antes de entrar.

No bar, ela pediu um copo de cidra e uma torta de carne e cebola, virando as costas enquanto o barman pegava seu drinque. Saboreou o primeiro gole saciando a boca seca e, quando sua torta chegou, ela já tinha bebido metade. Voltando para fora, ela ficou feliz por encontrar uma mesa de madeira só para ela. Quando usou o garfo para quebrar a crosta da torta, seu recheio generoso fumegou enquanto caía em seu prato. A cebola caramelizada e a massa mole lhe deram água na boca.

— Isso não é para você — disse ela balançando a cabeça quando o labrador apareceu novamente ao seu lado. Os olhos tristes do cão a encararam enquanto ela saboreava seu primeiro bocado, depois o segundo. — Pare de olhar para mim desse jeito — continuou ela, virando as costas para o cachorro enquanto começava a comer a massa. Sentindo uma pata alcançar sua perna, ela não pôde deixar de se virar. — Você realmente está com fome, não está? — disse ela, tomando um gole de seu copo. — Você pode comer só um pedaço pequeno — continuou, quebrando um pedaço de massa. Olhando para o rosto triste do cachorro, ela acrescentou um pedaço de carne. — Depois desse, chega — disse e deixou cair a comida no chão. Instantaneamente, o cachorro comeu a torta e voltou para o lado dela, pedindo mais. — O que foi que eu disse? — disse ela, sorrindo e acariciando o corpo ossudo. — Um último bocado — disse levantando o dedo antes de jogar outro pedaço de torta no chão.

— Ei! — gritou uma voz, aproximando-se da praia. Corrine olhou e viu um homem barbudo com a barriga pendurada sob a camiseta, sofrendo para subir pelo caminho de cascalho. — Tire as mãos do meu cachorro — gritou ele.

— Você deveria cuidar melhor dele — gritou Corrine de volta.

— O que isso tem a ver com você? — respondeu ele. Corrine não disse nada. — Panther, volte aqui! — gritou o homem. — Panther! — Porém, o cachorro não se mexeu. O homem caminhou adiante e ficou de pé em frente à mesa de Corrine. O cachorro se aproximou dela.

— Não acho que ele goste de você — disse Corrine. — Na verdade, eu diria que ele tem medo de você. Talvez devesse tentar alimentá-lo com uma refeição decente.

— Eu disse: o que isso tem a ver com você? — gritou o homem, batendo os dedos gordos na mesa enquanto enfiava o rosto dele no dela. Em um único movimento, Corrine pegou seu garfo e o enfiou nas costas da mão do homem. O sangue jorrou para o céu, e o homem gritou enquanto o cachorro se afastava da mesa.

Corrine ficou de pé, pulou a parede do pub e começou a correr de volta pelo caminho, em direção a Deal.

— Sua vadia idiota — gritou ele enquanto tentava puxar o garfo das costas de sua mão. — Vou te pegar por causa disso — gritou ele e, olhando para trás, ela podia vê-lo segurando a mão no peito enquanto o sangue escorria pelo braço. — Corre, vadia, corre! — gritou ele — Vou denunciar você para a polícia.

— Vou denunciar você para a Sociedade Animal.

— Você quer dizer a Sociedade de Proteção aos Animais, sua escrota idiota.

— Não importa — gritou Corrine, mostrando o dedo do meio; porém, ao se virar, as lágrimas encheram-lhe os olhos quando ela percebeu que provavelmente era mesmo uma idiota.

24

— Não quero ouvir, Ben — diz Madeline enquanto entro em seu escritório e fecho a porta atrás de mim. Sem desviar o olhar da tela, ela levanta a mão. — Precisamos de mais tráfego no site, e isso significa que fazemos todo o possível para alcançá-lo. Fique tranquilo, sua mãe será lembrada da maneira certa.

— E se eu disser que vou escrevê-lo? — digo, atravessando o escritório.

— Você vai? — diz Madeline, só agora se afastando de sua tela.

— Eu poderia. Se for nas minhas condições.

— Suas condições? E quais seriam elas?

— Um artigo investigativo.

— Não — responde Madeline, sem rodeios. — Não é o que os leitores querem.

— Há perguntas sem respostas sobre a morte da minha mãe — digo, puxando uma cadeira para me sentar em frente à minha chefe. — Percebo agora que nunca acreditei que ela acabaria com sua vida dessa maneira. Quero usar essa chance para entender o que aconteceu.

— Eu disse não. Fim. — Madeline faz uma pausa, antes de se inclinar sobre a mesa. — Ben, não há nada novo para dizer. Escreva-me dez mil palavras sobre o vínculo entre você e sua mãe e suas esperanças para o futuro. Faremos uma nova sessão de fotos suas, em casa. Os leitores vão adorar, e vamos distribuí-lo. Eu te dou um bônus de dez mil libras.

— É isso o que minha família vale para você?

— Ok, quinze.

— Isso não é uma negociação.

— Tá bom. Eu tenho uma reunião em três minutos, então se você não se importa... — diz Madeline, levantando-se. Vestida com roupas casuais atléticas de grife, que devem ter custado mais do que o salário médio semanal, ela dá a volta em sua mesa para ficar ao meu lado. — Acabamos aqui.

— Abigail Langdon está morta — digo, baixinho.

Sacudindo a sujeira imaginária de suas unhas bem cuidadas, por uma fração de segundo, Madeline é pega de surpresa. Ela me olha por um momento, tentando me avaliar. Encontro seu olhar, friamente. Recuperando a compostura, ela aperta um botão em seu telefone.

— Cancele minha reunião das duas horas. — Ainda segurando o botão, ela faz uma pausa e olha para mim. — E a das três.

Ela atravessa a sala e pega uma lata de Coca-Cola da geladeira.

— Quer uma?

— Diet, por favor.

Acho que a ouço retrucar quando ela pega uma lata e volta para o outro lado da sala. Ela puxa uma cadeira da mesa e se senta diretamente na minha frente. Abrindo sua lata e despejando o líquido em um copo, ela diz:

— Langdon está morta?

Concordo com a cabeça.

— Assassinada.

Madeline esfrega o dedo nos lábios com botox, mas não diz nada.

— A polícia acredita que sua nova identidade foi comprometida — continuo. — Desde sua libertação, houve uma série de liminares contra a mídia para impedir a publicação de sua nova identidade.

— Não contra nós. — Madeline se inclina contra a mesa e toma um gole de sua bebida.

— Langdon foi morta exatamente da mesma maneira que Nick e Simon — digo. Posso ver o horror em seus olhos. — Como a jornalista local de referência na época, tenho certeza de que você não precisa de mim para atualizá-la sobre nenhum desses detalhes.

As mãos de Madeline apertam o copo.

— Ben, eu era uma garota de dezessete anos, ainda na escola, quando seu irmão e Simon Woakes foram assassinados. — Vivendo em Richmond, Madeline testemunhou o horror e a devastação que os assassinatos causaram em toda a região. Menos de um ano após o término do julgamento, começou a trabalhar no jornal local. Ela entrou direto da escola e logo percebeu que havia pouco futuro em sua grande ideia de se tornar uma fotojornalista. Ela tinha um verdadeiro talento para descobrir grandes histórias.

— Você escreveu mais sobre o caso do que qualquer outro jornalista.

— Foi como eu comecei, sim, mas nunca fiz segredo disso. — Como uma nova recruta, Madeline lançou uma história sobre o impacto na Haddley Grammar e seus alunos. Seu editor gostou da ideia, e a história teve uma boa resposta dos leitores. Ela lançou uma continuação, dessa vez sobre o pai de Simon, Peter, que estava vivendo em Haddley. A história foi divulgada em todo o país.

— Levou você à mídia nacional — digo.

— Só escrevi histórias que acreditava que ajudariam a cidade. E sua família.

— E se, ao mesmo tempo, elas por acaso te ajudassem...

— Sou jornalista, Ben, assim como você. Eu não queria passar minha vida escrevendo histórias sobre os assassinatos de Haddley...

— Mas se elas impulsionassem sua carreira e você acabasse se tornando uma das pessoas mais influentes da mídia do século XXI, que assim fosse.

— Não sei o que você quer de mim aqui, Ben. Se você quiser escrever seu artigo investigativo, tudo bem. Eu te dou sete dias. Ele precisa estar disponível no site para o décimo aniversário de sua mãe. Feliz?

Não digo nada.

— Ben?

Olho para Madeline através da mesa da diretoria.

— Duas cartas, escritas por minha mãe foram encontradas na casa de Abigail Langdon, que, até ser morta, vivia sob o nome de Demi Porter.

Madeline fica de pé e vai para trás de sua mesa, esfregando as teclas em seu teclado. Olho para ela incisivamente.

— A polícia está muito interessada em entender como minha mãe pode ter descoberto a nova identidade de Langdon e depois encontrado uma maneira de entrar em contato com ela.

Madeline se vira para a janela.

— Vamos dar uma caminhada — diz ela, baixinho.

As barracas do Borough Market estão repletas da mistura usual de turistas sem plano definido e funcionários de escritório assediados.

Silenciosamente, seguimos nosso caminho através da multidão. Passamos por uma barraca de queijo, e eu pego uma amostra de um gorgonzola suave.

— Você em algum momento não está com fome? — pergunta Madeline.

— Não almocei — respondo. Afastamo-nos da multidão e subimos em direção ao *Golden Hinde*, onde encontramos um assento ao lado do cais, com vista para o Tâmisa. — A primeira coisa que você me ensinou no primeiro dia — digo. — Todo bom jornalista tem suas fontes, e jornalistas ainda melhores têm seus segredos. E ninguém nunca descobriu mais segredos do que você. Diga-me o que aconteceu quando as meninas foram libertadas.

— Você tem que lembrar, foi em um momento em que eu ainda estava procurando minha grande chance. Eu estava nisso havia dez anos e estava pronta para editar um jornal nacional. — A fala de Madeline torna-se apressada. — Eu precisava de mais uma história realmente ótima, e eles não seriam capazes de dizer não.

— Você seria a editora mais jovem em qualquer um dos nacionais.

— E uma mulher, Ben. Mesmo há dez anos, isso ainda era incrivelmente difícil.

— Não. Apenas me diga o que aconteceu.

— Fiquei sabendo rapidamente que tinha havido problemas em torno da libertação de Langdon. Ela havia se envolvido em uma apreensão de drogas em Glasgow, e sua nova identidade tinha ficado ameaçada. Ironicamente, descobriu-se que ela era uma espectadora inocente, mas precisava ser movida rapidamente. Isso significava que algumas forças policiais locais se envolveriam e, uma vez que isso acontece, as informações podem vazar. Logo eu sabia onde ela estava.

— Ótimas informações para se ter, mas nada que você pudesse publicar. Isso deve ter sido exasperante — digo. — Foi aí que você elaborou um plano para usar a informação de uma maneira diferente?

— Absolutamente não — é a negação instantânea de Madeline. — Nunca foi assim. Escrevi alguns artigos no jornal, nos dias e semanas depois que as meninas foram soltas, é só isso. Eu disse como sua mãe havia sido incrivelmente forte — a dignidade que ela havia mostrado. Os artigos atraíram muito apoio para ela.

— E depois?

— Foi isso.

— Até?

Madeline tosse e esfrega a garganta.

— Acontece que eu estava em St. Marnham. Sua mãe estava saindo do consultório médico enquanto eu estava entrando.

— Muita coincidência — digo. — A única coisa que todo jornalista queria era uma entrevista com minha mãe.

— Fingi demorar um pouco para reconhecê-la e então me apresentei. Ela me agradeceu pelo que eu havia escrito no jornal, mas disse que a realidade era muito diferente. Ben, precisa saber que você era tudo para ela. Você tem que acreditar em mim.

Eu a ignoro, fixando meus olhos na água.

— O que aconteceu depois?

— Nós nos sentamos em um banco perto da lagoa. Ela me perguntou sobre as meninas, se eu achava possível que outros pudessem ter se envolvido com elas; poderia haver pessoas em Haddley que soubessem mais do que estavam dizendo?

— Deixe-me adivinhar: você estava pronta para alimentá-la com qualquer teoria da conspiração que ela pudesse estar imaginando. Se você pudesse ganhar a confiança dela, ela poderia lhe dar a entrevista que havia recusado a qualquer outra pessoa, e com isso você teria sido uma editora em pouco tempo.

— Não, Ben, isso não é justo! — Mas, por mais que Madeline tente protestar, quando me viro para encará-la, ela não consegue esconder a afirmação em seus olhos. — Eu não estou orgulhosa do que fiz — ela concede, e nós ficamos em silêncio por um momento, até que ela continua. — Combinamos de nos encontrar novamente. Apenas para falar, nada registrado.

— E ela lhe perguntou mais sobre as garotas?

— Sim.

— E onde você pensou que elas poderiam estar?

— Ela tinha o direito de saber.

Mesmo tendo minhas suspeitas, desde minha conversa com a sargento-detetive Barnsdale esta manhã, ouvir Madeline confessar me enche de raiva.

— Eu me pergunto se a polícia veria dessa forma, porque eu suspeito que, agora, sou a única pessoa que está impedindo você de ser diretamente implicada no assassinato de Langdon.

— O que você disse a eles?

Não olho para ela, mas posso ouvir o alarme na voz de Madeline.

— Nada. Até agora, eu não tinha certeza — digo. Viro novamente para encará-la. — Você sabia que minha mãe estava desesperada, deu a ela um pouco de informação e a fisgou.

— Não, Ben…

— A única coisa que você poderia dar a ela era Abigail Langdon. Então, foi isso que você fez.

Madeline deixa a cabeça cair em suas mãos.

— Algumas semanas depois, minha mãe estava morta. — Posso sentir que estou tremendo de raiva. — Você já pensou que, se não fosse por você, ela poderia estar viva hoje?

Ouço Madeline me chamando, mas não me viro. Já estou indo embora.

QUATRO

"ELE SE TORNOU UM FANTASMA DE SEU ANTIGO
EU E SE AFASTOU DE TODOS QUE O AMAVAM
E RESPEITAVAM."

25

Acordo cedo na sexta-feira, depois de uma noite de sono inquietante. De vez em quando, eu acordava durante a noite e imaginava minha mãe sentada à nossa velha mesa da cozinha, debruçada sobre as palavras que escreveria para Langdon. Então, eu a vi encarando, desiludida, a resposta tóxica que havia recebido. Deitado, acordado no escuro, imaginei o que teria acontecido se ela tivesse me ligado, se tivesse me dito que planejava escrever para a assassina de Nick. Imaginei passar horas convencendo-a de que era a coisa errada a se fazer. Por que fazê-lo? Só causaria mais dor. Eu teria certeza disso.

O relacionamento de cada criança com seus pais muda com o tempo e, de muitas maneiras, a dinâmica entre minha mãe e eu foi forçada a evoluir mais cedo do que a maioria. Quando parti para Manchester, eu havia aprendido a apreciar os desafios que ela enfrentava todos os dias de sua vida. Reconheci sua necessidade de apoio e o papel que eu poderia desempenhar em fornecê-lo. Quando eu estava na universidade, falava com ela duas ou três vezes por semana, ouvindo as novidades e os acontecimentos diários de sua vida. Onde fosse possível, oferecia conselhos, muitas vezes práticos, às vezes emocionais; porém, sempre tentei ouvir. Por mais que eu desejasse que ela tivesse me contado sobre Abigail Langdon, ela nunca o faria. Ela saberia que eu a teria convencido a não o fazer.

Ainda está escuro quando desço as escadas e preparo meu primeiro café do dia. Alcançando o bloco de notas que sempre deixo na cozinha e começo a rabiscar as palavras que formarão o esboço do meu artigo. Percebo agora que estou firme na crença de que minha mãe nunca tomou a decisão fatídica de tirar a própria vida.

Querendo esvaziar minha cabeça antes do café da manhã com a Sra. Woakes, saio para correr. A praça ainda está silenciosa, e o ar fresco do início da manhã é refrescante depois da minha noite sem descanso. Eu me viro ao longo do caminho nebuloso, a ponte Haddley mal está visível a distância. Os rostos de Madeline e minha mãe estão apenas começando a desaparecer quando Nathan Beavin aparece, de repente, sobre meu ombro. Conversamos algumas vezes nas duas ou três semanas anteriores, quando o vi no campo correndo atrás de uma bola de futebol com Max Wright. Agora, enquanto ele corre a meu lado, trocamos gentilezas, embora eu rapidamente sinta os efeitos de tentar acompanhar seu ritmo atlético.

— Você tem tanta sorte de viver em um lugar como Haddley — diz ele enquanto começo a me arrepender da minha escolha de rota. — Eu adoro correr à beira do rio — diz ele. — Você morou aqui toda a sua vida?

Olho de lado e levanto minhas sobrancelhas. Se ele ainda não conhece minha história, tenho certeza de que Sarah terá contado.

— Desculpe — responde ele. — Eu não tinha tanta certeza...

— Não se preocupe, está tudo bem. Fico mais surpreso quando as pessoas realmente não sabem.

— Isso acontece com frequência? — pergunta ele.

— Lamentavelmente, não.

— Você nunca pensou em ir embora?

— Eu fui por um tempo, depois que minha mãe morreu. Fiz algumas viagens com um amigo, mas acho que ainda é onde me sinto mais em casa. E, como você diz, é um bom lugar para viver.

Ficamos em silêncio por um momento, e eu recupero o fôlego. Desacelero, esperando que ele possa correr na frente, mas ele fica ao meu lado.

— Você já está estabelecido, certo? — digo, quando ele não diz mais nada.

Nathan fica vermelho, e não por esforço.

— Sarah é ótima. E Max. É divertido estar perto deles.

Corremos um pouco mais, nosso ritmo aumentando, e eu me esforçando para manter minha posição ao seu lado.

— Você deveria ir ao bar hoje à noite para um drinque — ele logo continua. — Max está indo para a casa do pai esta tarde, então Sarah provavelmente estará lá.

— Hoje pode ser difícil — respondo.

— Drinques por conta da casa.

— Vou ver.

— Você o conhece, afinal?

— Quem?

— O pai do Max.

— James? Só de dizer oi. Ele tendia a ficar na dele quando vivia na praça.

— Você não foi para a escola com ele? Ele foi para a Haddley Grammar, certo?

— Sim, mas ele deve ter saído alguns anos antes de eu começar. Ele é um pouco mais velho que eu, dez anos mais ou menos, acho.

— Ele ainda estava na escola, quando seu irmão...? — Aceno novamente com a cabeça.

— Chefe da turma, nada menos.

— Você era próximo do seu irmão?

Cansado da inquirição de Nathan, volto à minha resposta ensaiada.

— Como qualquer irmão mais novo, de muitas maneiras eu o adorava. Às vezes, mesmo agora, ainda é difícil falar sobre ele.

Nathan fica vermelho novamente.

— Claro, me desculpe — diz ele, mas eu já estou pedindo licença e indo para casa.

26

Quando você procura *on-line* por Nick ou Simon Woakes, a fotografia dos dois meninos juntos com Langdon e Fairchild, no Clube de Rúgbi de Richmond, é sempre a primeira imagem exibida. É a foto de que todos se lembram, estampada em todos os jornais após os assassinatos e, depois, novamente, após a morte de mamãe. A imagem comovente que une nossas duas famílias.

A fotografia foi tirada apenas algumas semanas antes da morte dos meninos, no dia final da temporada de rúgbi da escola. Pela primeira vez em sua história, a equipe sênior da Haddley Grammar havia chegado à final, com uma equipe capitaneada por James Wright. Nossa equipe júnior foi comandada por Nick. Nick levou Haddley a uma vitória de quarenta pontos, enquanto a equipe sênior encerrou o reinado de oito anos da Twickenham Duke Boys' School como campeã regional. Como um estudante que gritava, ajudando a encher as arquibancadas, eu não poderia ter ficado mais orgulhoso. No final da partida, todos descemos das arquibancadas e fomos para a linha lateral. Enquanto as equipes triunfantes se reuniam para a entrega de prêmios, foram tiradas fotos com todos os vencedores. Cenas dos meninos comemorando com a família e os amigos foram capturadas, incluindo uma de Nick e Simon de pé, lado a lado, com os braços em volta dos ombros um do outro, sorrindo de orelha a orelha. E então, em outra, acompanhados por Langdon e Fairchild, uma imagem que, mais de vinte anos depois, ainda me deixa tremendo.

Antes daquele verão, minha mãe e a sra. Woakes nunca foram muito próximas. Porém, sempre paravam e se cumprimentavam quando estavam juntas em uma linha lateral varrida pelo vento, torcendo por seus filhos. O marido da Sra. Woakes, Peter, era conhecido em toda Haddley como diretor da Haddley Grammar. Imediatamente após a morte do filho, o Sr. Woakes foi colocado em licença, por compaixão. Perder o filho o havia devastado, e sua perda foi agravada quando ele se tornou a testa de ferro da dor da escola e de sua comunidade, a personificação da perda da cidade. Era um fardo que se tornou impossível de carregar para ele. Incapaz de retornar ao trabalho que havia apreciado tanto, nos dois anos que se seguiram às mortes de Nick e Simon, ele sofreu uma queda muito pública e sofreu o que agora percebo como um colapso emocional e nervoso completo. Ele se tornou um fantasma de seu antigo eu e se afastou de todos que o amavam e respeitavam. Seus dias eram passados andando sozinho pela margem do rio, projetando uma figura angustiante, cuja lenta desintegração toda a cidade assistia, impotente. Todos os dias, ele fazia o mesmo caminho — ao longo da margem do rio, atravessando a ponte, até o vilarejo de St. Marnham, antes de voltar pela floresta, onde Simon e Nick haviam sido mortos. Toda vez, ele emergia da escuridão com os olhos injetados de sangue antes de atravessar a praça e voltar para a margem do rio. De lá, ele começaria sua jornada tortuosa mais uma vez, repetidamente, a cada dia. Com o passar do tempo, ele ficou cada vez mais desgrenhado e, à medida que novos moradores chegaram a Haddley, com a cidade tentando desesperadamente seguir em frente, ele se tornou um personagem cada vez mais bizarro e misterioso.

Desconectado de sua antiga vida e família, ele começou a viver de forma difícil. Todas as manhãs, enquanto eu caminhava para a escola, às margens do Tâmisa, eu o via encolhido sob a ponte de Haddley. De vez em quando, eu via a sra. Woakes andando pela trilha simplesmente para levar comida ou roupas limpas para ele. Ela me disse mais tarde que, depois de um tempo, ele deixou de reconhecê-la, e ela simplesmente deixava uma refeição quente debaixo da ponte, na esperança de que ele a encontrasse.

Então, três anos depois de Simon e Nick terem sido mortos, o Sr. Woakes desapareceu. Seguindo sua mesma caminhada diária, ele foi de Haddley a St. Marnham, mas, em vez de retornar pela floresta, ele simplesmente continuou andando.

Quando seu marido se afastou de Haddley, a Sra. Woakes decidiu fazer o mesmo. Ela se mudou para um apartamento em Richmond com sua filha, Jane. Embora estivesse a apenas quinze minutos de distância de Haddley, era longe o suficiente para permitir que ela começasse a construir uma nova vida. Foi só quando voltei para Haddley, depois da universidade, que esbarrei em Jane durante uma noitada. Constrangidos no início, logo descobrimos que compartilhávamos uma infinidade de experiências e emoções. Como eu, ela era mais nova do que o irmão, idolatrava-o como muitos irmãos mais novos faziam e, ao longo de muitos anos, foi tendo que encontrar uma maneira de administrar a própria dor enquanto apoiava a mãe na dela. Começamos a nos encontrar para um drinque a cada dois meses, confortando-nos em nossas lembranças de infância compartilhadas.

Quatro anos atrás, Jane ficou noiva de um construtor da Nova Zelândia, Leon, que administrava um negócio de sucesso em Richmond. Um ano depois, enquanto ela caminhava pelo corredor da igreja de Santa Catarina, todos nós esperávamos que ela tivesse encontrado uma felicidade que não havia conhecido quando era uma menina de dez anos. Depois que a fotógrafa terminou seu trabalho, os convidados voltaram pelas margens do rio até uma das casas de barcos vitoriana para celebrar o casamento. Eu caminhei com a Sra. Woakes, conversando baixinho enquanto nos lembrávamos daqueles em nossas famílias que não estavam lá para comemorar. Eu perguntei sobre o Sr. Woakes. Ela me contou como acordou com uma notícia, dezoito meses depois que ele havia desaparecido. Em uma manhã gelada de janeiro, o corpo sem vida de um sem-teto tinha sido encontrado em decomposição do lado de fora do Windsor Great Park. Era onde ela e o Sr. Woakes haviam caminhado em seu primeiro encontro, vinte anos antes. Ela soube, então, que nunca mais o veria.

27

No trem para Richmond, arrasto as últimas notícias no meu telefone. Nenhum relato sobre a morte de Abigail Langdon. Apenas uma breve menção no *Yorkshire Post* de que a morte inexplicável de uma mulher em Farsley estava sendo investigada. O último embate do time de futebol local recebe mais centímetros de coluna.

Da estação de Richmond, luto contra a enxurrada de passageiros que se dirigem para os trens com destino a Londres. Atravesso as ruas laterais vitorianas e me dirijo ao café à beira do rio, onde marquei um encontro com Elizabeth Woakes. Sou o primeiro a chegar, e o garçom me leva a uma mesa perto da janela.

Quando olho para o menu, sinto uma mão repousar no meu ombro e me viro para ver Elizabeth Woakes parada ao meu lado. Eu me levanto para encontrar seu abraço caloroso. Ela se senta à minha frente, tira seu longo casaco vermelho e ajusta as presilhas em seu cabelo grisalho, amarrado frouxamente.

— Sinto muito pelo atraso, Ben. Prometi que deixaria Finlay na creche para Jane e Leon. Pensei que tinha mais tempo.

— Como está Fin? — pergunto.

— Está maravilhoso. — Seu rosto inteiro se ilumina quando ela fala sobre seu neto. — Quase andando, agora. Não vai demorar muito até que eu não consiga acompanhá-lo. Jane mandou um abraço. Faz muito tempo desde que estivemos todos juntos. Você deve vir para o jantar.

— Eu adoraria.

O garçom volta à nossa mesa, e vejo a senhora Woakes sorrir enquanto peço um sanduíche de salsicha e ovo.

— Vou querer a granola — diz ela, entregando seu cardápio ao garçom. — E um *cappuccino*.

— Dois — digo. Enquanto o garçom se afasta, eu me inclino para a mesa. — Suponho que elas tenham entrado em contato?

Empurrando os óculos de armação branca para trás na cabeça, Elizabeth Woakes afasta a cadeira da mesa e me dá um longo olhar.

— Ben, não somos os criminosos aqui — diz ela, baixinho. — Sofri uma vida inteira por causa dessas garotas. E você também. Então, não deixe ninguém convencê-lo do contrário. — Ela faz uma pausa. — Elas me disseram como ela morreu. — Concordo com a cabeça. — Quero que você saiba que estou feliz; feliz por ela ter sofrido. Ela não receberá nenhuma simpatia de mim.

— Nem de mim — respondo, e a Sra. Woakes sorri. — Perguntaram sobre seu paradeiro?

Ela balança a mão com desdém.

— Eu não tinha nada para dizer a elas. Cuidar de Finlay, almoçar na casa da Jane, fazer compras na cidade. Claro que elas estavam tentando me prender com os detalhes, mas eu não tenho que responder a elas e eu lhes disse isso.

— Perguntaram se você já havia visitado Farsley?

— Esse foi o lugar onde ela foi encontrada? Algum lugar perto de Leeds?

— Sim.

— Eu disse que nunca tinha ouvido falar do lugar. Ben, como eu disse — continua a Sra. Woakes, deliberadamente —, estou feliz que ela esteja morta. Encantada. Eu aplaudo quem a matou, e a polícia não terá nenhuma ajuda minha para encontrá-los. Quem quer que seja.

O garçom chega com nossa comida, e a Sra. Woakes recoloca os óculos brevemente para examinar seu café da manhã. Colocando-os de volta na cabeça, ela agradece ao garçom e acena para ele ir. Corto meu sanduíche.

— Você parece precisar disso.

— Desesperadamente — digo, com a boca já meio cheia. — Pulei o jantar ontem.

— Um dia, teremos que te casar. Finlay tem babá, dois dias por semana — australiana, adora crianças. E ela ensina ioga nos outros três dias da semana. Vou convidá-la para jantar conosco.

Rio.

— Você também, não! A Sra. Cranfield continua tentando me casar.

— Conhecendo-a, será com alguma irlandesa desleixada.

— Não seja maldosa.

— Estou só brincando. Ela ainda está cuidando de você? — Concordo com a cabeça antes de continuar.

— A polícia acha que há algum tipo de conexão com Haddley.

— Elas perguntaram sobre as cartas que sua mãe escreveu?

— Você sabia?

— A polícia me disse — responde apressadamente a Sra. Woakes —, embora eles não compartilhem nenhum detalhe.

— Langdon queria dinheiro — digo.

— Essa é uma surpresa. Ela contou alguma coisa para sua mãe?

— Não faço ideia. Nunca encontrei respostas.

— Não, claro que não — diz a Sra. Woakes, empurrando o prato para o lado e recostando-se na cadeira.

— A polícia está tentando entender como minha mãe entrou em contato com Langdon e conseguiu descobrir sua verdadeira identidade — digo, e vejo a Sra. Woakes tirar os óculos para afastar um cílio perdido. — Madeline Wilson falou com você?

A Sra. Woakes aparenta confusão.

— Conheço Madeline melhor do que qualquer pessoa — digo. — Ela não teria parado com meia história, não quando havia outro ângulo para seguir.

A Sra. Woakes sinaliza ao garçom seu desejo por outra xícara de *cappuccino*. Eu espero.

— Vários jornalistas me ligaram ao longo dos anos solicitando uma entrevista — diz ela. — Sempre as mesmas perguntas: como eu estava conseguindo viver sem Peter, se eu achava que ele ainda poderia estar vivo, se eu sentia falta de Simon. Malditas perguntas estúpidas.

Uma falha na voz da Sra. Woakes faz cair seu véu. Sempre tão alegre, sempre tão bem-arrumada,é fácil esquecer a fragilidade que ela esconde. Ela olha para o restaurante e observa um jovem casal tomando seus lugares — o passado caminhando por ela, lentamente. Sua mão trêmula toca seu rosto. Voltando-se para mim, ela dá um tapa na perna.

— Sou tão estúpida. É só quando estou com você. Eu nunca deixaria ninguém ver. — Ela aperta brevemente minha mão e inspira profundamente. — Sempre recusei qualquer pedido de mídia, à queima-roupa. Sua mãe e eu estávamos absolutamente de acordo.

Concordo com a cabeça, em silêncio.

— Madeline Wilson era diferente. Ela não tinha perguntas. Ela só queria me ajudar. Claro que ela queria. Ela disse que queria tentar entender o que havia acontecido, principalmente com Peter. Imediatamente, disse a ela que não tinha interesse em nada que ela tivesse a dizer. Algumas coisas é melhor deixar para trás. Essa foi a decisão que tomei, anos antes. Por mais que você tente se convencer de que revisitar o passado mudará o presente, nunca muda. O passado se foi. Aprendi isso da maneira mais difícil.

Ouvindo a Sra. Woakes, posso sentir que toda a dor que vi em minha própria mãe vive nela, talvez mais.

— Madeline pode ser persistente...

— Ela me pressionou sobre o motivo da saída de Peter, queria que eu especulasse por que ele havia sido afetado dessa maneira. Eu disse que a dor da perda era impossível de entender, mas ela continuou pressionando. Eu sabia que ela tinha interesses, e eu era a única que restava para proteger a memória de Peter. Então, concordei em conhecê-la. Foi estúpido de minha parte. Quando nos conhecemos, perdi a paciência com ela.

— Isso acontece facilmente.

— Ela me disse que sabia onde Langdon estava. Eu disse que não acreditava nela, e, ali mesmo, ela me deu todos os detalhes. Eu disse que não me importava. Ela tentou me dar a impressão de que ela mesma ia falar com Langdon, descobrir uma história. Eu sabia que ela estava mentindo, que ela nunca arriscaria entrar em contato com Langdon, e eu disse isso a ela.

— O que você fez?

A Sra. Woakes agradece ao garçom enquanto ele lhe traz o segundo cappuccino. Ela olha para mim por um momento, claramente ponderando o que dizer em seguida.

— Fui para Farsley. Não me pergunte por quê. Não sei o que esperava encontrar. Não era como se eu fosse descer a rua principal e, de repente, lá estaria Abigail Langdon. Passei algumas horas na cidade, depois voltei para casa.

— Como você diz, o luto pode fazer com que nos comportemos de maneiras inexplicáveis.

— Pode — responde a Sra. Woakes. — Uma semana depois, Wilson estava de volta, tentando entrar em contato comigo.

— O que você acha que ela queria?

— Qualquer história que pudesse extrair. Ela estava vasculhando, procurando algum tipo de ângulo sobre Peter — responde ela. — Wilson não conhecia Peter, não sabia que tipo de homem ele era e, ainda assim, aqui estava ela, fingindo ser minha amiga, quando, o tempo todo, ela estava buscando apontar o dedo.

Sentado à mesa de frente para a Sra. Woakes, posso ver como ela ainda se sente mal; o quanto ela precisa proteger a memória do marido.

— O dia em que Peter foi nomeado diretor da Haddley Grammar foi o dia de maior orgulho de sua vida — e estou dizendo isso como mãe de seus dois filhos. Mas é isto: Peter via todas as crianças daquela escola como *seus* filhos. Cada decisão que ele tomava era ponderada, e sua preocupação primordial sempre foi o bem-estar de cada criança.

Tomo um gole do meu *cappuccino*.

— Por quanto tempo ele foi diretor?

— Por cinco anos, antes de Simon e Nick... — Concordo com a cabeça.

— Ele não esperava conseguir o emprego, não quando o fez. Quando a posição foi anunciada, concordamos que ele não tinha nada a perder ao tentar. Porém, durante todo o processo, ele foi visto como o estranho — diz a Sra. Woakes, juntando forças. — Os dois últimos candidatos foram Peter e o vice-chefe à época, E. E. Hathaway — Ernest, embora eu nunca tenha descoberto o que o segundo "E" representava. Ele agora está um pouco mais velho, mas acho que ainda mora em um dos apartamentos da mansão, do outro lado de St. Marnham. Ele era antiquado, mesmo vinte e cinco anos atrás. Acreditava na disciplina estrita e em vigiar os alunos, não em ouvi-los. Ele e Peter não se davam bem. Peter era um modernizador, queria colocar os alunos no centro da escola, arrancar as coisas e começar de novo. Ele apresentou seu caso e fez um apelo apaixonado ao Conselho de Governadores. Então, contra todas as probabilidades, o homem inexperiente, que à época era apenas o chefe do Ano Sete, foi nomeado o novo diretor. Nesse ponto, Peter esperava que Hathaway pudesse renunciar ou se aposentar. Porém, ele estava determinado a continuar, como uma pedra no sapato de Peter. Para tentar afastá-lo, Peter o nomeou chefe do sexto ano. Ele sabia que os alunos mais velhos dariam pouca atenção a Hathaway, pois a verdadeira cultura da escola era estabelecida nos primeiros anos. Hathaway logo percebeu que Peter o havia marginalizado, excluindo-o de qualquer tomada de decisão real. À margem, ele começou a procurar maneiras de interferir, de criar problemas para Peter. Ainda havia um grupo de governadores que apoiava Hathaway, e ele encontrou aliados fáceis quando pediu a reintrodução de uma disciplina muito maior. Peter acreditava que, se desse corda suficiente a Hathaway, ele seria o arquiteto de sua própria queda. Concordando com uma revisão da conduta e disciplina da escola, a única exigência de Peter era que os alunos tivessem voz. Logo depois, começaram a surgir preocupações e seguiram-se as queixas apresentadas diretamente contra Hathaway. Os pais se apresentaram primeiro, depois um ou dois ex-alunos e, finalmente, alguns meninos mais velhos, ainda na escola. A disciplina havia sido levada ao extremo — *bullying* dos meninos. A certa altura, falou-se em envolvimento da polícia, mas Peter aproveitou a oportunidade para agir. Solicitado a renunciar, Hathaway recusou-se veementemente. Peter respondeu que, se não recebesse sua demissão em quarenta e oito horas, iniciaria uma investigação completa, trazendo de volta ex-alunos dos últimos vinte anos para oferecer provas. Hathaway renunciou na manhã seguinte e, daquele momento em diante, Peter estava convencido de que sempre faria o que fosse certo para as crianças da escola. Ele disse que seu único arrependimento foi não ter impedido a nomeação de Hathaway como vice em Twickenham Duke.

A Sra. Woakes faz uma pausa e mexe o chocolate em cima de seu *cappuccino*.

— Aquele maldito dia das finais de rúgbi foi uma das poucas vezes que vimos Hathaway depois de sua demissão. Ele era tão arrogante com Peter. Um pouco infantilmente, nós nos divertimos com a vitória, provavelmente um pouco demais. Naquela noite, ficamos tão bêbados com champanhe que Peter teve que cancelar a assembleia na manhã seguinte.

Segurando firme seu copo, a Sra. Woakes se inclina para mim.

— O que estou tentando dizer, Ben, é que Madeline Wilson não conheceu aquele homem, um homem bom e genuíno, disposto a dar o melhor de si.

— O que Madeline viu? — pergunto.

— É mais o que ela ouviu. Histórias em torno de Langdon e Fairchild; deturpação e manchas. Talvez a disciplina pudesse ser mais forte; Peter estava mudando uma cultura e aprendendo à medida que avançava. Eu não queria mais nada com ela. Eu me recusei a falar com ela novamente.

Terminando sua bebida, a Sra. Woakes sinaliza ao garçom para trazer a nossa conta.

— Essa é por minha conta, Ben — diz ela, enfiando a mão no bolso da jaqueta para pegar seu cartão de crédito. — O que quer que a polícia pergunte, lembre-se, você e eu somos as únicas vítimas reais desse crime.

Olho para a Sra. Woakes e me odeio por pensar em Madeline. Madeline Wilson não alcançou a posição que tem publicando fofocas sem fundamento. Ela é uma jornalista obstinada, com a capacidade de descobrir a verdade por trás de qualquer história. É o que a torna inigualável em nosso setor.

Qual era a verdadeira história que ela estava tentando seguir?

E, independentemente do que fosse, por que Elizabeth Woakes está optando por não me contar agora?

28

Holly Richardson agachou-se sob as almofadas empilhadas cuidadosamente no chão de sua sala de estar.

— Mamãe, não se levante ou você vai derrubar o telhado da nossa casa — disse Alice enquanto ela e Max puxavam mais duas almofadas do sofá para construir outra sala em sua caverna.

— Eu não estou de pé, Alice, estou apenas movendo minha perna antes que ela fique com cãibras — disse Holly enquanto Sarah Wright se aproximava dela.

— Sua mãe e eu não somos tão jovens quanto costumávamos ser — disse Sarah.

— O que é "cãibras"? — perguntou Max.

— É quando você fica com uma perna muito dolorida por ficar sentado na mesma posição por muito tempo — disse Sarah, e Holly esticou sua perna.

— Eu não tenho isso quando sento de pernas cruzadas — disse Max.

— Você terá quando for mais velho — respondeu Sarah.

— Você está velha, mamãe! — disse Alice antes que ela e Max saíssem do quarto em busca de mais almofadas para estender sua caverna.

— Acho que estou começando a sentir — disse Holly, melancolicamente, para sua amiga.

Deitada no chão ao lado de Sarah, cercada de almofadas e vendo a filha ocupada, Holly se sentiu segura. Ela havia conhecido Sarah alguns anos antes, quando ela e seu ex-marido James compraram uma casa com vista para a praça. Elas haviam se conectado instantaneamente, e Holly gostou de apresentar sua nova amiga à vida em Haddley. Esta era sua cidade natal, o lugar que ela havia vivido por toda a sua vida e onde todos os seus amigos estavam.

E o lugar de onde, agora, estava desesperada para escapar.

— Por favor, me diga que você vai à festa amanhã à noite — disse ela, tomando um gole da xícara de chá que, misericordiosamente, havia sobrevivido à construção da caverna.

— Não perderia isso por nada — respondeu Sarah. — Uma chance de bisbilhotar a casa dos seus sogros? Quem deixaria passar uma oportunidade dessas?

— Acho que Katherine tem seus designers de interiores na discagem rápida. Toda vez que vou lá, algo está sendo atualizado. Temo pensar no custo, mas ela não parece se importar. Nem Francis, aliás.

— Queria ter um marido assim.

— Sério?

— Ok, talvez não, mas você poderia ter sogros piores?

— De certa forma, sim, suponho.

— E eles são claramente loucos por Alice.

— Sim. Bem, Francis é. Eu me pergunto sobre Katherine, às vezes.

Sara levantou uma sobrancelha.

— Ah? De que maneira?

— Quando comecei a namorar Jake, Katherine não poderia ter sido mais acolhedora. Ela me levou para sua casa, me apresentou a muitos de seus amigos e, quando nos casamos, ela parecia adorar ter uma nora para passar o tempo com ela.

— O que mudou?

— Eu realmente não sei. Quando Alice chegou, ela pareceu perder o interesse. Eu não tinha tempo para ir aos almoços dela, não tinha vontade de me arrumar para coquetéis. — Holly suspirou. — Um bebê chorando não se encaixava em seu estilo de vida, eu acho. Eu ainda a encontrava para almoçar a cada dois meses, sempre em algum lugar muito bonito, mas ela só falava sobre o que estava acontecendo no vilarejo ou a próxima viagem que poderia fazer com uma das suas amigas. Acho que não consigo me lembrar dela perguntando sobre Alice uma vez sequer.

— E Francis?

Holly revirou os olhos.

— Mesma velha história, na verdade. É difícil entre Jake e seu pai. A quebra do negócio. Dinheiro. As coisas usuais que dividem as famílias.

— Mas eu ainda o vejo vindo até sua casa.

— Isso é para ver Alice. Como eu disse, ele a adora — respondeu Holly. — Agora, você tem que me prometer que vai trazer Nathan para a festa.

— Eu poderia — disse Sarah, sorrindo.

— Não! Você absolutamente tem que prometer. Todo mundo está morrendo de vontade de conhecê-lo.

— Está?

— Sarah, ele é maravilhoso! — disse Holly. — Eu o vi correndo pela praça esta manhã. Fiquei de queixo caído.

Sarah riu, quase derramando seu chá.

— Se ele não estiver trabalhando amanhã à noite, tenho certeza de que ele virá. Eu odiaria desapontar todos vocês.

Nesse momento, Max e Alice reapareceram, cada um arrastando uma almofada atrás de si.

— Alice, pegue estes livros — disse Holly enquanto sua filha derrubava uma pilha de livros de um pequeno banco.

— Mas, mamãe, eu preciso da cadeirinha na minha casa.

— Eu não me importo com o que você precisa; você não joga livros no chão.

Alice encarou a mãe e apertou os lábios.

— Pegue-os — disse Holly. Lentamente, Alice se ajoelhou e começou a empilhar os livros na mesa de centro.

— Uma tendência insolente? — disse Sarah, cutucando a amiga.

— Sabe lá Deus — respondeu Holly. — Pegue cada um deles — acrescentou ela, severamente, para Alice.

— Amanhã é mesmo seu aniversário de casamento? — perguntou Sarah.

— Sete longos anos — respondeu Holly, baixinho. — Nós nos casamos em uma quinta-feira, pois Francis estava voando para a Malásia no dia seguinte, para uma reunião de negócios que não podia ser reagendada. Eu deveria ter percebido na época: na família Richardson, Francis sempre vem em primeiro lugar.

— Alguns momentos felizes, certamente?

— É claro — respondeu Holly —, assim como tantos outros em que eu poderia ter saído pela porta da frente e nunca olhado para trás.

— Sério?

— Essa é uma família sufocante. Tudo tem um preço.

— Hol, eu sei que deve ser irritante, mas tente não perder a perspectiva.

Holly não diz nada.

— Você está bem, não está, Hol? — Sarah tocou seu braço, e Holly pôde ouvir a preocupação na voz da amiga. — Você não está me dizendo que realmente iria embora, não é? Todos nós temos nossos altos e baixos, embora comigo e James tenha sido mais baixos e baixos.

Rindo, Holly se contorceu no chão, deitando mais perto de sua amiga.

— Se eu quisesse pedir seu conselho — disse ela, sussurrando. — Profissionalmente...

— Hol, isso não é você.

— Cresci só com minha mãe e sonhava em me casar, morar em uma casa bonita, fazer parte de uma grande família. Eu tinha 22 anos quando conheci Jake e fui arrebatada pelas festas e pelo glamour. Em um minuto, eu estava morando em um quarto, onde você tinha que pressionar a válvula para dar descarga no vaso sanitário. No outro, estava bebendo Bellinis ao lado da piscina dos Richardson.

— Como não amar? — respondeu Sarah, rindo.

Ao conhecer Jake, a vida de Holly havia mudado em um instante. Dizendo adeus à quitinete em cima do pub, ela havia dito a si mesma que tinha tudo com o que sempre havia sonhado. Ela podia ver o quanto Jake precisava ser amado e ela tinha gostado disso.

— Eu sempre me importei com Jake e ainda me importo, mas a paixão foi passageira e há muito desapareceu.

— E Jake? Como ele se sente?

— Seu pai o esmaga. Acho que não posso salvá-lo. Fico me perguntando se Alice e eu não estaríamos melhor longe de Haddley e St. Marnham e de toda a família Richardson.

— Vou te dizer o que eu digo a todos os meus clientes quando eles vêm me ver pela primeira vez: vá com calma e tenha certeza. Não faça nada até estar cem por cento certa — disse Sarah. — Toda a sua vida foi em Haddley e é isso que você estaria deixando para trás.

— Isso seria tão ruim?

— Bem, há esta casa, para começar. Nós lutaríamos por sua parte, é claro.

— Francis paga a hipoteca.

— Isso torna tudo um pouco mais complicado — disse Sarah. — Há quanto tempo?

— Quatro anos. Não poderíamos viver aqui sem ele. Ele nos controla.

— Você pode não amar Jake do jeito que pensava. Mas, se conversar com ele, pode descobrir que ele também quer uma segunda chance.

— Ele nunca iria embora. Francis não o deixaria.

— Hol, ele é um homem adulto!

— E o único filho que Francis tem — respondeu Holly. — Jake se esforça, mas fica preso em ser algo que não é. Ou algo que ele acha que seu pai quer que ele seja.

— Então você deveria dizer isso a ele.

— Não tenho certeza de que faria alguma diferença. Perder o negócio quase o destruiu.

— Você está casada há sete anos, tem uma filha linda. Não há nada que valha a pena salvar? Vocês três não poderiam aproveitar a chance de se mudar, começar de novo em algum outro lugar?

— Vovô! — chamou Alice enquanto corria em direção à janela da sala.

— Alice? — disse Holly, levantando-se.

— Mamãe! — gritou sua filha enquanto Holly escalava as almofadas, destruindo a caverna.

— Desculpe, querida — disse Holly, pegando a filha e segurando-a em seus braços.

— Olha, mamãe — disse Alice, apontando para a praça onde Francis Richardson, olhando para a frente, caminhava a passos largos em direção a casa.

— Falando do diabo... — disse Sarah.

29

Holly olhou para o sogro enquanto ele estava no corredor e reparou como ele ainda era imponente, mesmo se aproximando de seu septuagésimo aniversário. Perguntando-se, ela imaginou que ele se descreveria como distinto — sua cabeça cheia de cabelos grisalhos bem penteados, mas mantidos mais longos para suavizar o rosto. Ela imaginou que sua altura deve ter sido uma ferramenta útil para comandar uma sala e impressionar um oponente. Marcante na juventude, confiante com a idade.

Sempre intimidante.

— Espero que nos vejamos amanhã à noite — disse Francis concentrando sua atenção em Sarah. — Você adicionaria um certo estilo a qualquer ocasião.

Sarah riu enquanto Holly pediu a Alice e Max que não saíssem do jardim da frente.

— Farei o meu melhor, Sr. Richardson — respondeu ela.

— Francis, por favor.

— Farei o meu melhor, Francis. Mal posso esperar para ver sua casa maravilhosa. Holly me falou muito sobre ela.

— Nada disso é obra minha. Katherine é responsável por toda a decoração. Tudo o que faço é dizer a ela como o trabalho que fez ficou ótimo. Isso e pagar as contas.

— Tenho certeza de que você faz mais do que isso — disse Sarah, olhando para sua amiga. — Você não me parece alguém que fica de braços cruzados.

— Eu tento me manter ocupado — disse Francis, respirando fundo. — Com meus interesses comerciais em andamento, é difícil para mim acompanhar o que Katherine está fazendo. É muito mais um caso de ela fazer as coisas dela e eu as minhas.

Holly o observa tocar suavemente no braço de Sarah.

— Sarah prometeu que vai trazer seu novo namorado amanhã à noite — disse ela. — Não é, Sarah?

— Certamente vou tentar.

— Ficaríamos muito felizes se ele pudesse ir. Mas, se não, ficaríamos igualmente felizes em tê-la por conta própria — disse Francis.

— Obrigado, Sr. Richards... Francis — respondeu Sarah, dando um pequeno passo para o lado e virando-se para Holly. — Muito obrigado por esta manhã.

— Fique para outro chá, se quiser — respondeu Holly quando Sarah se inclinou para abraçá-la. — Vou colocar a chaleira no fogo novamente para Francis.

— Eu adoraria algum tempo com Alice — disse ele, falando por cima de sua nora. — Nós, avós, ficamos possessivos.

Sarah se virou para Holly.

— Eu preciso ir — disse ela antes de sair e chamar o filho. — Vamos, Max, quase hora do almoço — disse ela, enquanto o filho corria pelo jardim e a agarrava pela mão.

Correndo para dentro, Alice pulou nos braços do avô.

— Vovô! — gritou de alegria quando ele a levantou no ar. — Meu vestido de festa está pronto para amanhã.

— Você vai ser a mocinha mais linda da festa, não é, mamãe?

— Tenho certeza de que será — disse Holly fechando a porta da frente, enquanto Francis se sentava com a neta ao pé da escada.

— Você conseguiu seus sapatos de bico dourado? — perguntou ele.

Alice deixa cair o lábio.

— Mamãe não me deixou.

— Compramos sapatos muito bonitos para você.

— Mas eu queria aqueles dourados.

— Nós conversamos sobre isso, Alice, e como eles eram caros.

— Mas eles são sapatos para uma princesa.

— E você é minha princesa — disse Francis. — E uma princesa não pode ir ao baile sem sapatos de bico dourado — continuou ele, levantando as mãos em horror simulado.

— Posso ficar com eles, vovô? Sério?

— Nada é demais para minha garotinha — disse Francis enquanto Alice jogou os braços em volta dele.

Holly se virou e foi até a cozinha. Ela ligou o botão da chaleira e ficou de frente para o balcão, esperando que fervesse. Ela o sentiu na porta, atrás dela.

— Você vai me empurrar no balanço agora, vovô? — veio a voz de Alice.

— O maior empurrão de todos os tempos?

— Sim!

— Em cinco minutos — disse Francis, colocando a neta no chão —, depois que eu tomar uma xícara de chá com a mamãe. E só se você me der um beijo primeiro. — Holly se virou para ver Alice pular e, quando Francis se abaixou, ela deu um enorme beijo molhado em sua bochecha. — Vá para fora — disse ele —, e eu irei te empurrar em alguns minutos.

Alice correu pela cozinha e saiu para o jardim dos fundos.

— Você a mima demais.

— Se eu não posso mimá-la, quem pode?

— Ela tem que aprender que não pode ter tudo — respondeu Holly, vendo sua filha correr para a casa de bonecas gigante que os avós haviam comprado para seu terceiro aniversário.

— Por quê? Ela é nossa princesinha.

Holly ouviu Francis fechar a porta da cozinha. Ela prendeu a respiração. De repente, um braço envolveu seu pescoço, e ela foi jogada para a frente, no balcão de mármore preto. Seu rosto estava pressionado contra a superfície fria e dura. Sentindo seu sogro alcançar dentro de sua calcinha, ela ficou tensa quando ele rapidamente levantou sua saia e se forçou dentro dela. Instantaneamente, ele estava batendo forte, com um ritmo brusco. Ela fechou os olhos e tentou pensar em sua filha brincando lá fora.

— Seja rápido — sussurrou ela, enquanto Francis apunhalava dentro dela.

— Você não deveria ter me deixado esperando com sua amiguinha.

Holly estendeu a mão e o tocou, sabendo que isso retardaria seu movimento. Ela o ouviu gemer, e enquanto ela gentilmente se empurrava de volta para ele, ele diminuiu o ritmo. Ela agarrou a bancada antes de alcançá-lo e tocá-lo mais uma vez.

— Não — disse Francis e, ao se aliviar, emitiu um gemido suave que embrulhou o estômago de Holly. Ela sentiu o peso de seu sogro repousar sobre ela e prendê-la contra a superfície dura. — Você realmente não deveria fazer isso — disse ele, com seus lábios pressionados contra sua orelha. Ela o sentiu forçar a língua em seu ouvido e rapidamente se virou para se libertar.

— Não, Francis — disse ela, puxando a calcinha.

— Você só gosta que acabe o mais rápido possível, não é?

— Alice está logo ali fora.

— Ela está bem — disse ele. Holly o observou abotoar as calças e o cinto. — Quando Jake volta?

— Volta tarde.

— Hora de eu voltar de novo; talvez você esteja se sentindo um pouco mais relaxada.

— Não, Francis.

— Tenho minha chave, então não há necessidade de você esperar acordada. Eu poderia aparecer e surpreendê-la.

Holly se virou, determinada a não mostrar nenhuma fraqueza. Francis atravessou a cozinha e bateu na janela.

— Venha para fora, vovô — gritou Alice.

— Você está pronta para o maior empurrão de todos os tempos?

— Sim! — respondeu ela.

— Cuidado com ela — disse Holly, sem olhar para Francis.

— Vejo você mais tarde — disse ele, enquanto saía dos fundos da casa. Ao fazê-lo, Holly o observou jogar três notas de cinquenta libras no chão da cozinha. — E compre os sapatos da garota.

30

No final de seu turno, Corrine voltou rapidamente para casa, tecendo seu caminho por uma série de ruas laterais, determinada a evitar a beira-mar. Ela cozinhou salsichas e batatas fritas, mas não fez mais do que beliscar. Na pia, no canto da pequena cozinha, ela esperou a água esquentar antes de enxaguar o prato e enxugá-lo com o pano que uma das moradoras havia comprado para ela. Corrine tinha ficado tocada por a velha senhora ter pensado nela.

Pegando o copo de água, ela foi para o quarto e colocou-o no chão ao lado da cama. Ela foi até a janela e colocou as caixas de papelão desmontadas no lugar. Quatro delas, coladas juntas, ajudavam a bloquear a luz do dia. Ela se sentou na cama e pressionou tampões de espuma amarela em seus ouvidos, embora eles nunca realmente bloqueassem o barulho e o zumbido do fliperama lá embaixo. Deitada, olhou para a lâmpada nua e lembrou-se do abajur de papel que havia visto em Wilco. Eram apenas duas libras, mas, por esse preço, ela se perguntou se realmente faria alguma diferença. Talvez ela pudesse encontrar um antigo em Sunny Sea.

Esticando as costas, ela congelou quando ouviu a campainha da porta soar no nível da rua abaixo. Removeu um tampão de ouvido e escutou com atenção, deitada, imóvel, esperando.

A campainha soou novamente.

Ela desceu da cama e espiou por uma fresta entre duas das caixas desmontadas. Quando ficou na ponta dos pés e olhou para baixo, pôde ver dois policiais parados em sua porta.

O bastardo gordo de rosto vermelho, pensou ela. Ele foi à polícia, afinal. Pensando bem, ela havia fincado o garfo com força através de seus dedos gordos.

Deu um passo para trás e esperou.

Silêncio.

Olhando para a frente novamente, ela podia ver os dois policiais começando a caminhar em direção à rua principal. Ela deu um suspiro de alívio e, rapidamente, calçou os sapatos antes de voltar para a sala de estar. Abrindo a janela na parte de trás da sala, ela escalou para fora, para a escada de incêndio de metal, e desceu para a entrada traseira do fliperama. Ela parou na porta dos fundos e digitou o código de segurança para entrar. Passou pelo banheiro fedorento dos funcionários antes de abrir a porta de incêndio defeituosa e entrar no barulho e nos sons do fliperama.

O cheiro de pipoca barata revirou seu estômago, e ela piscou para as luzes intermitentes sem ar. Passando por uma jovem família enquanto eles coletavam fichas de um jogo de Pac-Man, ela entrou numa cabine no centro do fliperama.

— A polícia estava procurando por você — disse Chad, o dono do fliperama.

— Eu sei — respondeu Corrine. — Eles entraram aqui?

— Eu disse que não te via há alguns dias.

— Você é um amor — respondeu Corrine. — Te devo uma.

— O que você fez? — perguntou Chad enquanto pegava uma nota de cinco libras de um aposentado, ansioso para voltar aos slots de dez centavos.

— Quem disse que eu fiz alguma coisa?

— Apenas uma visita social, foi isso?

— Algo parecido.

— Então, da próxima vez, vou mandá-los subir.

— Você só me deu quatro libras de volta — disse a mulher no balcão.

— Desculpe, gata — respondeu Chad, enfiando outra pequena pilha de moedas de dez pence sob o vidro. A mulher jogou a última pilha em seu pequeno pote de plástico e saiu.

— "Gata"? Ela tem idade suficiente para ser sua avó.

— Você não é a única que gosta de um pouco de bate-papo — disse Chad, virando-se e passando a mão pelo interior da coxa de Corrine.

— Tire a porra da mão — disse ela, dando um tapa.

— Você não estava reclamando na outra noite.

— Na outra noite, eu estava bêbada.

— Você parecia perfeitamente feliz para mim, especialmente com seus pequenos ganidos.

— Talvez sua esposa goste de ouvi-los da próxima vez.

— Faça isso e seus amigos da delegacia irão procurá-la no abrigo para sem-teto.

Corrine se moveu para a frente e descansou contra o balcão, deixando sua perna suavemente encostada no braço de Chad.

— Se eles voltarem, você diz a eles que eu fui embora, apenas por alguns dias?

Chad gentilmente bateu os dedos juntos.

— Você está me pedindo um favor agora, é isso que você está dizendo?

— Não seja assim — respondeu Corrine. — Nós nos divertimos na semana passada, mas foi uma única vez.

— A última coisa que preciso por aqui é de alguém se envolvendo com a polícia. Há muito dinheiro fluindo pelo fliperama, e às vezes cai bem se o pessoal de azul deixar passar essa. Prefiro ser um bom cidadão e ajudar sempre que posso.

Corrine sabia que, se pudesse evitar a polícia por alguns dias, eles logo se cansariam de procurá-la. O cara gordo da praia nunca seria sua prioridade número um. Ela se inclinou e gentilmente passou os dedos pela tatuagem de cavalo-marinho que decorava o antebraço de Chad.

— Vamos, querido, você e eu somos iguais: nenhum de nós quer problemas.

— Tenho a tarde livre amanhã; Dean vai cobrir. Eu poderia trazer um pouco de peixe e batatas fritas, algumas garrafas de cidra, fazer companhia.

— Eu prefiro que Dean, o Manchado, suba com um kebab.

— Foda-se! Eu só estou tentando te ajudar — disse Chad, novamente esfregando a mão no interior da coxa de Corrine. — Tenho a sensação de que você pode estar um pouco velha para Dean nos dias de hoje. Seus talentos são mais apreciados por um homem experiente como eu.

— Tudo bem, então, três horas — disse Corrine, resignada. — E, se você for trazer peixe e batatas fritas, certifique-se de que haja bastante vinagre.

31

Saindo da estação de St. Marnham, ando pelo vilarejo antes de virar pelo caminho ao longo do rio. Quando chego ao terraço ao ar livre do restaurante Mailer's, encontro Will sentado sozinho no canto mais distante. Ele está sentado em uma mesa que costuma ocupar no final da manhã, enquanto East e sua equipe estão se preparando para o almoço. Ele está curvado sobre o teclado e não me vê até que eu esteja parado ao lado dele.

— Ben — diz ele, olhando para cima e fechando seu laptop. — Eu não esperava te ver de novo tão cedo.

— Eu estava passando por aqui. Então, pensei em parar e ver se você tinha dez minutos para falar sobre Nick e o verão em que ele morreu.

— Agora mesmo? — responde Will. — Acho que sim. Não percebi que era tão urgente. Se você está indo em frente e escrevendo um artigo, é sobre sua mãe, certo?

— Com certeza é, mas está tudo conectado. De uma forma ou de outra, tudo começa naquele verão. Posso? — Alcanço uma das cadeiras de ferro forjado com almofadas grossas.

— Claro que sim. Posso te trazer um café? — pergunta Will, olhando para o restaurante.

— Não, obrigado. Estou totalmente cafeinado.

— Não tenho certeza se há muito que possa lhe dizer — começa ele. — Nick e eu éramos amigos na escola; nem tanto fora dela.

— Mas vocês tinham o time de rúgbi? — digo, lembrando de Will como um dos membros da equipe vitoriosa de Nick.

— Sim e não — diz Will. — A equipe estava muito focada em vencer. Não nos deixou muito tempo para mais do que isso. Nós não saíamos muito fora da escola.

O que Will está me contando parece estar em desacordo com minhas próprias memórias: vez por outra, Nick jogando uma bola de rúgbi através da praça com seus amigos. Tenho certeza de que Will estava entre eles. Porém, vejo que ele está desconfortável e decido não pressioná-lo.

— No tempo em que você passou com ele, Nick alguma vez falou sobre Langdon e Fairchild, talvez quando vocês estavam na aula? Ou você os viu saindo juntos?

— Não pelo que me lembre. Todos nós as conhecíamos na escola, mas além disso, eu não poderia dizer.

— E naquele verão? Elas poderiam ter passado algum tempo com Nick e Simon?

— Sou a pessoa errada para responder a isso. Acho que não vi Nick mais de um dia durante todas as férias.

— E naquele dia? — pergunto.

— Ben, faz mais de vinte anos, não consigo me lembrar do que fizemos. Provavelmente encontrei Nick em Haddley, e acabamos passando a tarde no McDonald's. Ou talvez tenhamos caminhado até o Haddley Hill Park. Coisas normais de férias de verão, matando o tempo. Nada mais do que isso.

— Naquele dia, Nick falou sobre Langdon e Fairchild?

— Não, não que eu me lembre — responde Will cruzando as pernas desconfortavelmente. Há uma pausa. — Não sei, talvez uma referência passageira, nada mais do que isso.

— De que maneira? — pressiono.

— Coisas de colegial, rindo e brincando. De bobeira. Abigail e Josie eram o tipo de garotas que atraíam a atenção, muitas vezes dos tipos errados de pessoas. Podemos ter feito uma piada sobre elas, mas, honestamente, Ben, não há mais nada que eu possa lhe dizer.

— Você consegue lembrar quanto tempo se passou antes dos assassinatos?

— Uma semana, talvez duas. Tento não pensar sobre isso. Isso é realmente relevante para o que aconteceu com sua mãe?

— Estou começando a pensar que pode ser. Mas posso ver que estou te interrompendo — digo, acenando com a cabeça para o laptop de Will e me levantando —, então eu vou deixar você continuar.

— Mandando alguns e-mails, é isso.

— Obrigado pelo seu tempo. Diga oi para o East por mim.

Estou prestes a me afastar, quando penso na mensagem de East e faço uma pausa.

— Ben? — pergunta Will, olhando para mim.

— Não se preocupe, não é nada.

Somente quando volto ao caminho beirando o rio e sigo em direção a Haddley, ligo o telefone. Mando uma mensagem para East.

Conversei com Will, mas acho que você estava se preparando para o almoço. Te encontro na próxima vez.

Estou a apenas um minuto no caminho, quando sinto meu telefone vibrar com sua resposta.

Que tal amanhã?

Sei que East quer me persuadir a não escrever o artigo. Não sei por quê, mas sei que não serei convencido disso.

A gente vai se falando é minha resposta.

32

Atravesso a praça de Haddley e vejo a policial Cash sair de um carro da polícia e ir em direção à minha casa. Vendo que ela está sozinha, acelero o passo e a encontro enquanto ela se aproxima da porta da frente.

— Olá novamente — digo, sorrindo. — Acho que você está procurando por mim.

— Sr. Harper, olá — responde ela. — Eu estava imaginando se você teve a chance de encontrar uma amostra da caligrafia da sua mãe.

Sua abordagem está a um milhão de milhas de distância das acusações pontiagudas da sargento-detetive Barnsdale.

— Tenho certeza de que posso encontrar algo, se você quiser entrar — digo. — Posso lhe oferecer um café? — acrescento.

— Só se você for tomar um — responde Dani, evidentemente aliviada com minha falta de hostilidade.

— Sou mantido pela cafeína — chamo-a por cima do ombro enquanto vou pelo corredor até a cozinha e ligo a máquina de café. — Tenho medo de pensar no que isso deve fazer com minha pressão arterial.

Dani me seguiu e se sentou na ilha da cozinha.

— Dois açúcares no meu, por favor, o que tenho certeza de que é muito pior. — Ela sorri, e vejo seus olhos brilharem.

— Todos temos nossos vícios — respondo, abrindo uma gaveta de tranqueiras de cozinha que tenho certeza de que existe em todas as casas. Exceto que, no fundo da minha, está um envelope pardo que não é realmente lixo. Dentro, estão dois cartões enviados para mim por minha mãe, que guardei durante a última década — um para o meu vigésimo aniversário, o último em que estava viva, e o segundo para me parabenizar por ter passado no meu exame de direção. Entrego-os a Cash e sinto uma vontade repentina de pegá-los de volta assim que me separo deles. Não que eu olhe para eles o tempo todo, mas saber que eles estão lá é, de alguma forma, um conforto.

— Vou devolvê-los assim que puder — diz a policial, segurando cuidadosamente os cartões, como se pudesse sentir minha relutância. — Sei que isso deve ser muito difícil para você, ter que passar por tudo isso de novo.

Olho para ela e, pela sinceridade em seus olhos, tenho a impressão de que ela realmente entende. Dou de ombros.

— Foi há muito tempo.

— Essa é uma linda foto de vocês dois — responde ela, olhando para a fotografia de nós dois juntos na destilaria Arran.

— Foi tirada apenas algumas semanas antes de ela morrer. Pedimos a um transeunte para tirar com o meu telefone enquanto esperávamos por um táxi.

— Ela parece feliz.

— Quanto mais penso sobre isso, mais acredito de verdade que ela estava. — Entrego à policial Cash sua bebida e me sento em frente a ela, na ilha da cozinha. — Essa viagem foi importante para ela.

— Ela pôde passar um tempo com você — diz Cash, sorrindo.

— Obrigado e, sim — digo —, mas mais do que isso. Ela queria usar a viagem para falar comigo. Eu sempre disse a mim mesmo que talvez, de alguma forma estranha, ela estivesse se tranquilizando com o fato de que eu ficaria bem, mas eu nunca quis acreditar nisso.

— Você nunca aceitou que ela tenha se matado? — pergunta Cash, e estou um pouco surpreso com sua franqueza. Demoro um pouco antes de responder.

— Não sei se eu realmente enfrentei isso. Não acho que eu queria.

— E agora?

— Agora tenho certeza de que há mais na morte dela do que qualquer um de nós se deu conta.

— Por que tanta certeza?

— Quando penso nessa viagem, posso ver que ela não estava se tranquilizando comigo. Ela estava pensando em sua própria vida e em seus próprios planos para o futuro.

— O que o fez mudar de ideia?

Faço uma pausa.

— Abigail Langdon. Ou melhor, sua morte. — Levanto e começo a andar pela cozinha. — E se, na época da viagem, minha mãe já estivesse em contato com Langdon? As datas todas se encaixam. — Penso na chuva caindo sobre a baía, em nossa última tarde em Arran. — Ela se convence de que Langdon sabe de alguma coisa. Então, encontra uma maneira de entrar em contato com ela, mas a única resposta de Langdon é exigir dinheiro.

— Vinte e cinco mil libras — diz Cash.

— Exatamente — respondo. Esforço-me para recordar nossa conversa em Arran. — Ela me perguntou se eu achava que havia mais coisas que não sabíamos e, se houvesse, se eu não gostaria de saber. Eu encerrei a conversa, disse a ela que não queria ouvir.

— O que ela achava que Abigail Langdon poderia dizer a ela? — pergunta Cash.

Sento-me ao lado dela.

— Não sei. Mas, fosse o que fosse, era um segredo que outra pessoa estava muito interessada em proteger. Semanas depois, minha mãe estava morta.

— Isso é um grande salto — diz a policial Cash, baixinho.

— Verdade — digo —, mas alguém decidiu matar Abigail Langdon agora. Por quê?

— Para proteger esse mesmo segredo?

— É isso que pretendo descobrir. Começando com o que aconteceu em Farsley esta semana.

— Sr. Harper, essa investigação fica com a polícia de West Yorkshire — responde a policial com uma leve repreensão em seu tom.

— Isso pode ser verdade, policial Cash — digo —, mas, depois de minhas próprias experiências com a polícia, gosto de fazer minhas próprias perguntas. Talvez, se eles não tivessem sido tão rápidos em presumir que a morte da minha mãe foi suicídio, eu poderia ter feito mais perguntas à época.

— Tenho certeza de que não preciso lembrá-lo de que essa é uma investigação em andamento e que tudo o que dissemos ao senhor até agora permanece confidencial — diz Cash, e vejo um lampejo de preocupação em seu rosto.

— Você pode confiar em mim — respondo, sorrindo. — Eu jamais atrapalharia os melhores esforços da polícia. Meu plano é dirigir até Farsley, amanhã cedo. Só quero ter uma ideia da cidade, talvez encontrar algumas pessoas que conheciam Langdon. Nada mais do que isso. Se você acha que vou me comportar mal, por que não vem comigo?

— Amanhã é sábado e eu não estou de serviço — responde ela, apressadamente.

— Bem, estou indo para Farsley amanhã.

— Sr. Harper, eu realmente não acho que seja uma boa ideia.

— Me chame de Ben. Não estou fazendo nada ilegal. Se você vier comigo, tudo ficará em *off*.

Somos interrompidos por uma batida na porta da frente.

— Espere um pouco — digo, saindo rapidamente da cozinha. Abrindo a porta, sou recebido por Phil Doorley, da PDQ Deliveries.

— Oi, Ben — diz ele, me entregando uma caixa rotulada Serviços Postais dos Estados Unidos. — Tenho mais três dessas para você na van.

Por um momento, fico perplexo quanto ao que poderia ser. Então me lembro do podcast em que estava trabalhando antes de minha reunião com Madeline. Desde então, tudo o que aconteceu o afastou completamente de minha mente.

— Vou te dar uma mão — respondo e ando com ele até o meio-fio.

— Você está cuidando de um negócio de importação dos EUA?

— É um monte de fitas de entrevistas antigas. Elas nunca foram digitalizadas, então essa era a única maneira de consegui-las. Uma das redes de TV as enviou.

— Tudo certo? — pergunta ele, passando pelo carro estacionado de Cash.

— Sim — respondo. — Apenas um check-in de rotina.

Phil acena com a cabeça enquanto empilhamos as caixas em meu corredor. Voltamos mais uma vez para a van e, ao mesmo tempo, um Range Rover para no meio da rua, ao lado da van de Phil.

— Grande homem! — grita James Wright, saltando do carro e indo em direção a Phil. Vendo-me seguir, ele faz uma pausa. — Oi, Ben, como vai?

— Bem, obrigado — respondo, reconhecendo-o antes de dizer a Phil que posso pegar a última caixa.

Ando de volta pelo caminho. Chegando à minha porta da frente, viro e vejo James com o braço em volta de Phil, os dois ex-colegas de escola rindo juntos enquanto espreitam ao lado da praça. De pé em minha porta da frente, pego o telefone do bolso e digito uma mensagem rápida.

Will, algo que você disse ficou na minha cabeça nessa última hora. Você disse que Langdon e Fairchild atraíam a atenção dos tipos errados de pessoas? O que você quis dizer com isso?

Dois tiques aparecem ao lado da minha mensagem. Espero ele responder.

Homens. Todos os tipos de homens.

Quando volto para a cozinha, a policial Cash desliga o telefone.

— Vou com o senhor amanhã, mas é uma visita à cidade, nada mais — diz ela.

— Eu não esperava que você concordasse.

— Para ser honesta, eu poderia passar um dia longe de Haddley. Diga-me que horas.

— Cedo — respondo enquanto ela pega novamente os dois cartões que encontrei para ela. — De alguma forma, eu consegui passar de primeira — digo, olhando para o cartão de parabéns que ela está segurando na mão. — "Sempre me avise quando estiver na estrada" — digo, lembrando o que minha mãe havia escrito dentro. — Minha mãe achava que era hilária.

— Ela soa maravilhosa. Posso imaginar o quanto você deve sentir falta dela.

Retomo meu lugar em frente a ela.

— Vai ficando mais fácil. Ainda posso pensar nela ou em Nick quase todos os dias, mas agora é, muitas vezes, no bom sentido. Aprendi a me lembrar dos momentos felizes. Nós os tivemos — digo e sorrio.

— Os bons momentos podem sustentá-lo durante os maus, certo? — diz Cash, de repente distante.

— Sim — digo e hesito. — Isso é verdade para você?

Ela dá de ombros.

— Todo mundo tem seus próprios altos e baixos. Eu não sou exceção. É uma loucura esperar que tudo seja exatamente como você imagina. A vida não é assim. — Dou um aceno curto com a cabeça, e ela continua. — Você acha que a vida vai lhe dar uma coisa e, de repente, você está em outro lugar, que nunca pensou ser possível. — Ela gira seu anel de casamento em torno do dedo.

— Você é casada há quanto tempo?

Ela deixa cair as mãos para o lado e as relaxa sobre as pernas.

— Não muito, apenas alguns meses. Primeiros dias, ainda. — Ela termina seu café. — Perdi meu pai há pouco tempo. Sei o quanto pode ser difícil.

— Sinto muito.

— Nunca é fácil com as famílias — acrescenta ela, pegando o segundo cartão.

— Meu vigésimo aniversário — digo. — Como a maioria dos alunos, nunca joguei nada fora. Encontrei quando voltei para a universidade, depois que minha mãe morreu.

— Isso não deve ter sido fácil — diz ela.

— Voltei a colocá-lo novamente à mostra no janeiro seguinte. Disse a mim mesmo que iria colocá-lo todos os anos no meu aniversário, mas nunca o fiz. Acho que não sou tão sentimental quanto pensava.

— Sempre foi só você e sua mãe? Quero dizer, você sabe, depois de Nick... — Ela fica vermelha.

— Praticamente. Meu pai nunca esteve muito por perto. Ele foi embora quando eu tinha três anos.

Ela concorda com a cabeça.

— Sinto muito.

— Não sinta. Ele é um completo desperdício de espaço. — Pego nossas canecas e as levo para a pia. — Ele sempre viajou muito a trabalho, alguma coisa em vendas, não sei o quê. Adequado à sua personalidade volúvel, suponho. Lembro-me de estar na janela esperando que ele voltasse para casa de cada viagem. Ele sempre nos trazia um presente, algo muito importante para uma criança de três anos. Naquela última viagem, eu fiquei esperando, dia após dia, mas ele nunca voltou. — Olho para o jardim. — Naquele fim de semana, Nick e eu arrastamos o cortador de grama para o jardim dos fundos e tentamos cortá-la.

— E você nunca mais o viu?

— Ele voltou de vez em quando, mas nunca para nada de bom. — Volto para me sentar em frente a ela. — No dia das finais de rúgbi, ele apareceu do nada. Minha mãe estava trabalhando, e Nick estava animado para vê-lo. Ele queria que papai o visse jogar. Ele me disse para ir e dizer olá, mas eu me recusei. Nick me fez prometer não contar para mamãe. Ela havia se cansado de ver meu pai entrando e saindo e atrapalhando nossas vidas. Ele fazia promessas de nos ver, mas raramente aparecia. Ela deu a ele o ultimato de se comprometer a nos ver regularmente ou ficar longe. Ele não fez nenhum dos dois. Algumas semanas depois, ele apareceu novamente, dessa vez quando Nick e eu estávamos nadando em Tooting Bec Lido. Enquanto corríamos para o ônibus, ele prometeu a Nick que estaria lá novamente na semana seguinte. Nick queria vê-lo e novamente me fez jurar que não contaria para mamãe. Ele sabia que ela não iria gostar. Uma semana depois, naquele dia de calor escaldante, menti para minha mãe e disse a ela que não estava com vontade de nadar. "Faça como quiser", disse ela, mas sei que ela não conseguia entender por que eu não queria ir me refrescar. Eu escondi o segredo da minha mãe. Sempre desejei não ter escondido.

— Seu pai não apareceu?

Balancei minha cabeça.

— Em vez de meu pai, Nick encontrou Simon, e eles voltaram para casa juntos, de ônibus. Langdon e Fairchild estavam esperando na praça. — Esfrego as mãos no rosto. — Meu pai deveria ter estado com Nick.

CINCO

"VOCÊ MENTE COM UMA FACILIDADE EXASPERADORA,
SE FAZ PASSAR POR UM POLICIAL E AGORA REMOVE
EVIDÊNCIAS DE UMA CENA DE CRIME."

33

As lâmpadas da rua iluminam o caminho para o meu carro enquanto ando pela beira da praça nas primeiras horas da manhã de sábado. Quando ligo o telefone, a hora passa para 3h. Quero estar em Farsley antes que a imprensa nacional sinta o cheiro de uma história. Com uma brisa forte soprando do rio, fecho minha jaqueta e abotoo a gola.

Ao fazer isso, vejo uma figura começar a atravessar a praça da Lower Haddley Road.

— É você, Ben? — diz uma voz. Espio na escuridão e vejo Nathan Beavin caminhando em minha direção. Ótimo. — Começando cedo ou terminando tarde? — pergunta ele.

— Saindo agora — respondo. — Noite longa para você?

— Fechamos às duas e, mesmo assim, sempre há alguns retardatários. Depois disso, fazemos uma rápida limpeza antes de ir para casa.

— Isso deve tornar o dia longo.

— Eu gosto. É sempre um público divertido em uma noite de sexta-feira — responde ele, agora parado ao lado do meu carro. — Fiquei esperando você aparecer esta noite, mas não o vi.

— O trabalho me derrotou — respondo. — Estou começando uma nova história e tentei avançar em minha pesquisa.

— É isso que você está fazendo agora? — pergunta ele.

Rapidamente, nossa conversa assumiu o tom de um interrogatório. Com Nathan, isso parece ser padrão.

— Algo assim.

— Que tipo de história se passa no meio da noite?

— Você ficaria surpreso — digo —, mas tenho uma certa jornada pela frente, então pensei em tentar evitar o tráfego.

— Chegar na frente do pelotão?

— Você poderia dizer isso — respondo.

— Algo interessante?

Só posso admirar sua persistência.

— Ainda é cedo. Nessa fase, você nunca sabe como uma história vai se desenrolar. — Olho em volta, esperando a policial Cash. Disse a ela que estava saindo às três. — Vou deixar você ir — continuo. — Você deve estar exausto.

— Estou completamente exausto — diz Nathan —, mas você se acostuma com isso. Com Max fora, espero dormir de manhã. O pai dele vai ficar com ele pela segunda noite neste fim de semana, para que Sarah e eu possamos ir à festa dos Richardson.

— Legal — respondo.

— Decente da parte dele ficar com Max por uma noite extra.

— É filho dele.

— Verdade. Arranjou uma namorada jovem e bonita, pelo que Sarah diz. Não acho que ela esteja muito impressionada.

— Como disse ontem de manhã, eu realmente não conheço o homem.

— Não — responde Nathan. — Perguntei um pouco por aí, e ninguém parece saber muito sobre ele. Isso ou eles simplesmente não estão falando.

— Você parece bastante interessado. Sarah é a pessoa com quem você deveria falar, se tiver preocupações.

— Não preocupações, não, nada disso. Estou apenas interessado no que aconteceu antes de eu chegar.

— Tenho certeza de que Sarah lhe diria qualquer coisa que ela achasse que você precisa saber.

— Acho que sim — responde ele e, enquanto o faz, fico aliviado ao ver a policial Cash subindo a rua em nossa direção. — Ela está com você? — pergunta ele enquanto ela se aproxima, vestida com calça jeans e um suéter preto.

— Dani — diz a policial Cash, rapidamente apresentando-se a Nathan antes que eu precise. Explico que ela está trabalhando comigo na história.

— Você trabalha com Ben no site?

— Sou *freelancer* — responde ela, instantaneamente.

— Uma das melhores — acrescento, ganhando brevemente um olhar dela.

— Que tipo de coisa? — pergunta Nathan.

— Principalmente crime — responde ela —, mas eu também gosto de escrever algumas histórias de interesse humano.

Abro as portas do carro, enquanto Nathan diz:

— Saindo de Londres?

— Indo para o Norte — respondo —, mas prometi a Holly que voltarei esta noite. Vou procurar você na festa.

— Você não vai querer perdê-la — diz ele, afastando-se. Na escuridão, eu o vejo caminhar em direção à casa de Sarah.

34

Corrine deu um coice para trás na poltrona. Um momento depois, sua cabeça caiu para a frente e seus olhos se fecharam novamente. Então, outro baque ecoou no corredor, e ela se sentou, esticando o pescoço. Eles não deveriam dormir na sala dos residentes, mas ela não conseguiu dormir naquela tarde, e o que mais eles deveriam fazer a noite toda? Olhando para o relógio, ela viu que não eram nem quatro. Ela se inclinou para a frente e olhou para o corredor. Nenhuma das portas estava aberta, e nenhuma luz estava acesa. Ela se esforçou para ouvir mais sons. Porém, exceto pela Sra. Hinchliffe roncando pesadamente no quarto quatro, tudo estava em silêncio.

Ela ajeitou as almofadas empilhadas atrás de si e tentou se acomodar novamente, torcendo as costas em um esforço para encontrar um lugar confortável. Finalmente, descansou a cabeça contra a poltrona acolchoada, apenas para estalá-la para trás quando seu nariz tocou o material texturizado. Ela tinha certeza de que ainda podia sentir o cheiro do jantar rançoso da noite anterior. Ela odiava a forma como os cheiros permaneciam dentro da casa. Cada odor estava destinado a vagar durante dias, uma mistura constante de repolho cozido e urina.

Descansando o rosto contra a mão, ela fechou os olhos e começou a flutuar. Começara a trabalhar às seis da noite anterior, tirando os pratos do jantar antes de levar os residentes para a cama cedo.

— Posso acompanhá-lo de volta ao seu quarto? — Foi isso que Molly lhe disse que tinha que dizer a cada um deles todas as noites. Corrine mal podia esperar para levá-los para a cama. Havia sempre alguns retardatários no salão, aqueles que queriam conversar. As mesmas histórias repetidas, noite após noite. Sobre suas famílias, principalmente. Eles diriam a ela o quanto seu filho, filha ou neta eram maravilhosos e bem-sucedidos, gentis e populares. Para Corrine, era como se exibir. Nenhum deles parecia reconhecer que aquelas mesmas famílias os deixavam trancados em Sunny Sea, semana após semana, quase sem uma visita entre elas. Porém, a família era tudo a respeito do que eles pareciam querer falar, fosse a deles ou a dela.

Com o tempo, ela havia começado a criar suas próprias histórias. Às vezes, ela dizia a eles que seus pais haviam morrido em um acidente de carro; outra vez, em um acidente ferroviário. Ela gostava da sensação calorosa que sentia quando as pessoas olhavam para ela com olhos cheios de compaixão. Quase sempre, ela era capaz de arrancar uma lágrima das velhas dondocas. Uma vez, porém, um dos velhos a havia questionado sobre a localização exata. Ele tinha tido algo a ver com segurança ferroviária quando era mais jovem. Paddington, ela havia dito a ele, com o coração na boca. Para seu alívio, ele pareceu aceitar e ofereceu suas condolências. Depois disso, ela percebeu que ele era sempre particularmente gentil com ela e, no Natal, comprou-lhe uma caixa de chocolates. Na próxima vez em que um novo residente perguntou sobre sua família, ela disse que seus pais haviam morrido no acidente de avião de Lockerbie, mas que ela não gostava de falar sobre isso. No final da semana, a velha colocou uma nota de dez em sua mão, e ela não podia acreditar em sua sorte. Depois disso, foi sua irmã que morreu nos bombardeios de Londres, e ela ganhou vinte libras. Depois, sua mãe foi esmagada sob uma árvore na Grande Tempestade, mas o velho intrometido começou a fazer perguntas, e logo ela percebeu que as datas não se encaixavam. Ele teve um ataque cardíaco no final da semana seguinte, e ela ficou feliz em vê-lo partir.

Um alarme soou de repente. Despertando, ela olhou para trás no corredor. A luz estava piscando do lado de fora do número sete: Sr. Talisbrook — pelo menos ela pensou que era o nome dele. Ela se espreguiçou e, mal estava de pé, Molly apareceu do corredor da frente, ao seu lado.

— Sr. Talisbrook, quarto sete, eu acho, Molly. Eu estava a caminho — disse ela, apressadamente. Molly a ignorou e seguiu em frente. Ela odiava Molly.

Abrindo a porta do quarto, ela viu Molly correr para a frente. O Sr. Talisbrook estava deitado no chão do banheiro. A calça do pijama dele estava abaixada, e Corrine pensou que fosse vomitar com o cheiro. Ela permaneceu na porta, respirando em direção ao corredor, enquanto Molly tentava reanimá-lo. Quando Molly gritou para ela chamar uma ambulância, ficou grata pela desculpa para ir para a frente da casa.

Os paramédicos estavam a quinze minutos de distância, disse a mulher do outro lado da linha. Corrine decidiu que era melhor esperar na porta para deixá-los entrar. Quando a ambulância chegou, cinco minutos adiantada, ela ficou desapontada ao ver que os paramédicos eram mulheres.

Minutos depois, elas levaram o Sr. Talisbrook para longe, e Molly a instruiu a ir limpar o quarto dele. Ela foi até o armário no final do corredor. Lá dentro estava uma bagunça: roupas de cama velhas enfiadas ao lado de panos de limpeza, frascos de desinfetante e higienizador para as mãos. Ela puxou um esfregão e um balde e depois encontrou um novo par de luvas grossas de borracha, ainda no pacote. Agora, aquelas seriam dela.

De volta ao quarto do Sr. Talisbrook, ela abriu a janela para deixar uma brisa fresca entrar. Encheu o balde na banheira e derramou uma quantidade generosa de desinfetante. Virando a cabeça, começou a esfregar o chão do banheiro, aliviada quando o fedor foi gradualmente superado pelo aroma artificial de limão.

Ela deixou o chão secar e voltou para o quarto para desfazer a cama. Quando jogou os lençóis no corredor, viu Molly falando ao telefone. Para ela ligar para os parentes no meio da noite, deve ser uma má notícia. Corrine voltou para o quarto e olhou para os poucos pertences que o Sr. Talisbrook ainda tinha no final de sua vida. Uma pilha de livros de bolso, uma caneta que ele usava para as palavras cruzadas todas as manhãs, uma lata arranhada de biscoitos Victoria cheia de algumas cartas antigas e um pacote de biscoitos digestivos de chocolate na mesa de cabeceira. Dentro de seu armário, havia uma lata de biscoitos amanteigados da Walker fechada, que sua sobrinha havia lhe enviado no Natal. Ela voltaria para buscá-los mais tarde. Penduradas na parede, estavam duas fotos emolduradas. A primeira era do Sr. Talisbrook com uma mulher, que ela supôs ser sua esposa, tirada pelo menos vinte anos antes. Ela achou que eles pareciam felizes e esperava que ele não tivesse ficado sozinho por muitos anos. A segunda era de uma mulher segurando um bebê recém-nascido. Corrine a havia visto em uma visita. Imaginara que fosse a neta do Sr. Talisbrook. O bebê estava mais velho agora, provavelmente nove meses. A mulher havia perguntado se ela gostaria de pegá-lo no colo. Ela havia desesperadamente desejado dizer sim. No final, porém, ela havia balançado a cabeça e dito que precisava voltar ao trabalho.

Saindo do quarto, ela parou no armário de cabeceira e abriu a gaveta de cima. Três moedas de uma libra estavam soltas na frente. Embaixo das palavras cruzadas daquela manhã, havia uma nota de dez libras. Ela enfiou tudo no bolso e, ao fazê-lo, desejou tudo de bom ao senhor Talisbrook.

35

— "Principalmente crime, mas algumas coisas de interesse humano"? — digo a Dani, rindo, enquanto damos a volta na Circular Norte.

— O trabalho da polícia tem a ver com pessoas — responde ela. — Gosto de pensar no meu foco principal sendo o crime, mas ocasionalmente equilibrado com algum trabalho emocional, que pode realmente tocar o coração.

— Ainda faremos de você uma escritora — respondo enquanto nos dirigimos para a autoestrada.

— Então, qual é a festa de hoje à noite? — pergunta Dani.

— Aniversário de casamento do meu vizinho.

— Bons amigos seus?

— Holly é; somos amigos desde a escola. E eu me dou muito bem com Jake. Sou padrinho da filha deles, Alice.

— Deve ser bom tê-los por perto.

— Definitivamente. Passar um tempo com Alice é ótimo, mas é bom poder devolvê-la no final do dia — digo. — Eu cuidei dela por algumas horas no outro fim de semana, e passamos o tempo todo brincando de esconde-esconde. Em seu último esconderijo, não consegui encontrá-la em lugar nenhum. Depois de dez minutos de busca cada vez mais desesperada, gritei para ela aparecer. Ela não apareceu por mais dois ou três minutos. Porém, naqueles momentos, quando eu não tinha ideia de onde ela estava, fiquei apavorado.

— Onde ela estava?

— Ela havia se trancado em um armário na parte de trás da cozinha e não conseguia sair — respondi. — No final, ela chamou, e eu desci as escadas para resgatá-la. Ela achou hilário, mas meu estômago ficou embrulhado durante a próxima meia hora. Se eu fosse pai, meu foco principal seria manter a criança viva!

— Você seria um ótimo pai — diz Dani.

— Não tenho certeza disso. Não por um tempo, de qualquer maneira. E você? Crianças no horizonte?

— Eu? — diz Dani, com seus dedos indo em direção a sua aliança de casamento. — Acho que não, não. Não estamos casados não faz nem seis meses. As crianças ainda podem ter que esperar um pouco.

— Carreira em primeiro lugar? — pergunto.

— Algo assim. — Espero que ela continue, mas ela não o faz, e sinto que ela está ansiosa para levar a conversa adiante. — Você sabe que eu não posso livrar você das multas por excesso de velocidade — diz ela quando começamos a subir a M1 em direção a Yorkshire.

— Eles não vão me multar a oitenta.

— Você parece o meu pai, e ele estava na força policial. E, para mim, parece mais perto de oitenta e cinco.

Com um suspiro exagerado, faço o que ela diz e tiro o pé do acelerador.

— Não adianta ficar de mau humor — diz ela. — Você só será pego pelas câmeras.

— Não estou de mau humor, estou apenas descansando meu lábio inferior — respondo. Rindo novamente, atravessamos a M25 em um carro solitário, no início da manhã de sábado. — Com certeza seu pai estava isento de multas por excesso de velocidade.

— Não estamos acima da lei — diz Dani. Dou a ela um olhar rápido, e ela revira os olhos. — Ok, talvez um grau de flexibilidade nas multas de estacionamento, mas nada mais do que isso.

— Aposto que, na época do seu pai, havia um pouco mais de troca de favores.

— Tenho certeza de que havia, mas os tempos mudaram.

Seguimos em silêncio na estrada deserta iluminada intermitentemente, até que Dani se vira para mim novamente.

— Fale comigo sobre Elizabeth Woakes — diz ela.

Olho para ela. Seu rosto está brilhante, iluminado pelo neon de um posto de gasolina que se aproxima.

— É a Dani perguntando ou a policial Cash?

— Isso faz diferença?

— Quero confiar em você — respondo —, mas, para hoje funcionar, tem que ser tudo em *off*.

— Estou bem com isso.

Eu me viro e encontro seu sorriso.

— E a sargento-detetive Barnsdale?

— Ben, concordamos em *off*. Fale-me sobre a Sra. Woakes.

— Você se encontrou com ela, certo? — digo, depois de um momento.

— Logo depois que vimos você.

— E?

— Eu perguntei primeiro.

— Sempre gostei dela. Ela passou por muita coisa.

— Pude perceber isso — responde Dani. — Ela não gosta da polícia. Eu pensei que você fosse difícil, até conhecê-la.

— A dor de uma mãe é sempre muito maior, por mais que ela tente escondê-la. Além disso, havia o marido dela.

— O que você quer dizer? — pergunta Dani.

— Quando ele desapareceu, a polícia não demonstrou interesse. Ele já havia sido um sem-teto há dois anos, e o fato de ter se afastado de Haddley não era da conta deles. Dezoito meses depois, ele estava morto. Não é culpa sua, mas ela culpa a polícia.

Depois de um momento, Dani continua:

— Jamais gosto de dizer que alguém mentiu abertamente, mas ela fez um grande show sobre não saber a respeito de Demi Porter ou Farsley. Meu palpite é que ela já sabia, através de sua mãe ou de quem disse à sua mãe.

Hesito e posso sentir os olhos de Dani em mim.

— Ela sabia, não é? Quando ela lhe contou?

— Ontem de manhã — admito. — Tomei café da manhã com ela. Mas ela só esteve em Farsley uma vez.

— Ela *esteve* em Farsley?

— Isso não significa nada — adiciono apressadamente. — Ela só foi lá para passar o dia. Tinha mais a ver com Simon do que qualquer outra coisa: uma mãe precisando de uma conexão. Mas não posso deixar de me perguntar se havia algo mais que ela não estava me dizendo.

— Prossiga — diz Dani.

— Antes de Nick e Simon serem mortos, circulavam rumores sobre Langdon e Fairchild, histórias delas saindo com homens mais velhos.

— A Sra. Woakes lhe disse isso?

— Não, absolutamente não. Essas histórias são fofocas de colegial, mas tive a impressão de que os rumores, de alguma forma, voltaram para a escola, talvez até para o marido dela. E tive a impressão quando falei com a Sra. Woakes ontem de que ela estava escondendo algo. Eu pensei que talvez ela quisesse proteger a memória de Peter.

— O diretor e as alunas? Já aconteceu antes.

— Não é isso que estou dizendo. Ele podia estar ciente das histórias, é tudo o que estou dizendo, mas não tenho dúvidas de que Peter Woakes era um bom homem.

— Você o conhecia? — pergunta Dani, e eu reconheço sua habilidade aguda de fazer uma pergunta simples.

— Não, mas sei que ele era um bom homem.

— É porque Elizabeth Woakes disse que era.

36

Holly fechou os olhos com força e controlou a respiração. Virando-se lentamente, ela fingiu entrar e sair de um sono profundo. Ela podia sentir seu marido acordado ao seu lado, sentir seus olhos sobre ela. Então, ela sentiu o toque dele em seu braço e a respiração dele em seu pescoço. Ela enrolou o corpo na beirada da cama. Momentos depois, quando sua filha gritou do quarto vizinho, ela se odiou por causa da onda de alívio que a invadiu.

Pulando da cama, pegou o telefone e sussurrou para Jake enquanto saía do quarto.

— Tenho certeza de que é apenas um sonho ruim — disse ela. — Volte a dormir. Vou cuidar dela. Você deve estar exausto.

— Feliz aniversário de casamento — respondeu Jake, esticando os braços acima da cabeça. — Não demore.

— Feliz aniversário de casamento para você — disse ela com um beijo rápido na bochecha do marido.

Holly atravessou o andar e entrou no quarto da filha, onde encontrou Alice sentada no chão, cercada por seus brinquedos favoritos.

— O que você está fazendo? — perguntou Holly.

— Rugas estava comendo todos os bolos — respondeu Alice.

— Quem? — disse Holly.

— Rugas — respondeu Alice, segurando seu cachorro fofinho. — Estamos fazendo uma festa. Eu, Rugas, Woody e Floco de Neve. Rugas estava querendo tudo para ele.

Holly puxou o edredom da cama e se aninhou ao lado de Rugas, o cachorro, Woody, o macaco, e Floco de Neve, o coelho.

— Por que não posso ficar toda a sua festa hoje à noite, mamãe? — disse Alice, enquanto servia outra bebida para Woody. — E não derrame esta — ela o repreendeu.

— Você estará durante grande parte dela — respondeu Holly. — E você tem seu novo vestido de festa para usar.

— Mas eu não quero ter que ir para a cama. Não quero dormir na casa da vovó. Quero dormir na minha casa.

— É só se você se cansar. Tenho certeza de que a vovó terá a cama toda linda e aconchegante para você.

— A vovó não gosta de mim.

— Que coisa boba de se dizer. Claro que ela gosta.

— Não como o vovô me ama.

— Vovó também te ama, eu prometo. Por que não vamos até a casa dela esta tarde, para que você possa ser a primeira a ver a festa?

— Antes de qualquer pessoa?

— Sim.

— Antes mesmo do papai?

— Sim, antes mesmo do papai. Você pode ajudar a colocar os balões.

— Posso pegar um? Ou dois? Ou três, ou quatro, ou cinco, ou seis.

— Tenho certeza de que você pode — disse Holly, desembaraçando a parte de trás do cabelo da filha. — Acho que vamos ter que lavar isso antes de hoje à noite.

— Floco de Neve também pode vir? Ela adora festas. E Max.

— Acho que Max pode estar na casa do pai dele esta tarde.

— Ou ele pode estar brincando com Nathan. Nathan agora mora na casa do Max.

— Às vezes ele faz isso.

— Nathan agora é o pai do Max? Ele me ajudou no escorregador. Eu gostaria de ter um escorregador como ele — disse Alice, colocando o braço em volta de sua mãe.

— O pai do Max ainda é pai dele — disse Holly. — Quem sabe você possa ganhar um escorregador no seu próximo aniversário?

Alice pensou por um momento, então disse:

— Rugas precisa de outra bebida. Pode servir para ele, por favor? — Holly pegou o bule de chá da filha e serviu uma bebida imaginária. — Se eu não puder ter um escorregador até meu aniversário, podemos ir brincar nos escorregadores do parque?

— Quando estivermos vestidos e tivermos tomado nosso café da manhã.

— E o papai também?

— Sim, e papai também, se ele quiser.

— E o vovô?

— Não, não acho que o vovô virá esta manhã.

— Papai pode me ajudar no escorregador, então. Vou encher meu bule — disse Alice, pegando o pote e saindo da sala.

— Não com muita água — avisou Holly, ouvindo a filha entrar no banheiro. Rapidamente pegando o telefone, Holly manda uma mensagem para Sarah.

Você está por aqui esta manhã?

Deitada.

Sorte sua!

Feliz aniversário de casamento.

Obrigada. Eu ainda preciso falar com você.

Você já falou com Jake?

Não vou mudar de ideia.
Tenho que me afastar.

Vou te ajudar, se é isso que realmente quer.
Mas e Alice?

Alice precisa estar comigo.

Pais têm direitos.
Não estou dizendo que Alice não vá ver Jake.
Ela não precisa estar com o pai também?

Holly fez uma pausa. Apenas digitar as palavras fez suas mãos tremerem.
Jake não é o pai de Alice.

37

Subimos a rua principal de Farsley e entramos no anel viário, antes de entrar no estacionamento do supermercado local. Ao sair do carro, Dani arqueia as costas, e eu estico os braços, aliviado por ter chegado ao fim de nossa jornada de quase cinco horas.

— Tem certeza de que é esse? — digo a Dani.

Ela concorda com a cabeça.

— Não é uma cidade tão grande. Este é definitivamente o lugar onde Abigail trabalhou.

Um carrinho de compras se lança em nossa direção, levado pelo vento que uiva pelo estacionamento aberto, e um atendente o persegue, freneticamente. Corro para pará-lo, agarrando-o, e o atendente me agradece. Brincamos que ele vai ter um dia cheio. Então, quando a chuva começa de novo, Dani e eu corremos para a entrada da loja. Uma vez lá dentro, nos refugiamos no café do McDonald's, ambos prontos para um café e um sanduíche de café da manhã.

— Eu diria que ela fez um trabalho decente ao construir a aparência de uma nova vida em torno do que quer que ela esteja escondendo — diz Dani enquanto seca o cabelo, amassando seus cachos loiros, como costuma fazer.

— Abigail Langdon?

— Elizabeth Woakes.

— Você sabe que eu gosto dela e de sua família. Ela é uma boa pessoa.

— De que maneira?

— Dani, seu filho foi brutalmente assassinado, e ela foi deixada sozinha para criar a filha. Acho que ela fez um bom trabalho.

— O que você disse no carro sobre o marido dela…

— Simplesmente que, ao conversar com ela, tive a impressão de que ela o estava protegendo ou senti que precisava proteger a memória dele.

— Então, me ouça — diz Dani, enquanto nos sentamos em uma mesa de canto. — De alguma forma, sua mãe e Elizabeth Woakes descobrem onde Langdon estava localizada. Sua mãe tenta entrar em contato com Langdon, convencida de que ela tem informações para compartilhar. Quem pode dizer que Elizabeth Woakes não fez o mesmo, mas por um motivo muito diferente?

— De jeito nenhum, isso não tem a ver com a senhora Woakes.

Dani faz uma pausa por um momento.

— Sua mãe queria descobrir um segredo. Elizabeth Woakes queria proteger um.

— Você não tem nada que comprove isso. Ainda estamos especulando que Langdon tinha informações para vender para minha mãe. Ela poderia estar simplesmente a manipulando.

— Alunas são aliciadas todos os dias. Por que não por Peter Woakes?

Irritado com minha incapacidade de reprimir a especulação de Dani, fico aliviado quando uma voz vem atrás de nós para interromper nossa conversa.

— Olá novamente — diz o atendente do estacionamento.

— Olá — respondo, virando. — Você quer se sentar com a gente?

— Não, não, muito gentil de sua parte, mas estou apenas em um intervalo de vinte minutos. Pensei em tomar uma xícara de chá para me aquecer.

— Nós não estamos parando por muito tempo, mas é bom ter um pouco de companhia — insisto, levantando.

— Isso é bem verdade — diz ele, sorrindo e se sentando ao nosso lado.

— Você trabalha aqui há muito tempo... Ted? — pergunto, acenando para seu crachá.

— Dezessete anos — responde ele. — Comecei a trabalhar quando me aposentei — diz ele, rindo de uma frase que, tenho certeza, ele usou muitas vezes. — Setenta e seis, tenho hoje.

— Nunca acreditaria — diz Dani. — Você não parece ter mais de sessenta anos.

— Ela é um tesouro — responde Ted, sorrindo para mim. Acho que ruborizo. — Ótima. Ele é um rapaz de sorte — diz ele para Dani, olhando para seu anel de casamento.

— Não somos casados — digo, apressadamente.

— Isso não me preocupa, não nos dias de hoje. Como vivem suas vidas, depende de vocês.

— Não, quero dizer, ela é casada com outra pessoa. — Agora eu realmente fico vermelho.

— Somos colegas — diz Dani. — Jornalistas.

— Entendo, é assim, né? — E eu vejo o sorriso desaparecer do rosto de Ted. — É por isso que vocês estavam tão ansiosos para eu vir me sentar com vocês. Aqui estou eu, pensando que belo casal vocês eram. Às vezes, até eu tenho a primeira impressão errada. Não é suficiente que a pobre moça esteja morta?

— Não, Ted, não é nada disso — digo, tentando voltar atrás rapidamente. — Paramos aqui para um café da manhã, nada mais. Trabalhamos na rádio esportiva; Dani é minha produtora. Viemos de Manchester para o jogo do United nesta hora do almoço. — Dani concorda com a cabeça e sorri.

— É isso mesmo? — responde Ted. — Eu mesmo gosto um pouco de futebol. Qual é o seu nome?

— Oliver Hughes; você pode ter me ouvido. Eu faço os comentários e depois um telefonema após a partida.

Ted concorda com a cabeça.

— Acho que sim, embora na metade do tempo eu não tenha certeza se você realmente sabe do que está falando.

— Concordo plenamente — diz Dani, e todos rimos.

— Você gosta das chances do Leeds hoje? — pergunto.

— Nenhuma maldita esperança — responde Ted, esvaziando dois sachês de açúcar em seu chá. — Desculpem-me por ter ficado um pouco irritado agora.

— De jeito nenhum — diz Dani suavemente, estendendo a mão para Ted. — Você disse que algo aconteceu com alguém na loja: uma garota morreu? Deve ter sido um momento difícil.

— Terrível — diz Ted, esfregando o rosto com as mãos. — O gerente nos disse ontem que Demi havia falecido. Como ela não apareceu para o trabalho, não demorou muito para somar dois e dois, quando soubemos da descoberta do corpo na cidade.

— Isso deve ter colocado uma pressão sobre todos — digo, mordendo meu sanduíche de café da manhã. — As pessoas estão tendo que cobrir o trabalho de Demi?

— Não é como se ela fizesse muito — responde Ted, baixando a voz. — Ela só fazia reposição de prateleiras, na verdade. Fazia muitos turnos noturnos. Eles nunca a deixariam no caixa. "Não de frente para o cliente", o que quer que isso signifique.

Por um momento, nós nos sentamos em silêncio. Posso ver que Ted está gostando de nós e não quero assustá-lo. Certamente, ele logo continua.

— Suponho que ela era uma moça bastante agradável. Às vezes, era um pouco temperamental, mas nada muito ruim. Um pouco de passado, pelo que as pessoas disseram.

— De que maneira? — digo, evitando o olhar de Dani.

— Não quero julgar, mas aparentemente ela havia se envolvido em algumas coisas muito ruins quando era mais jovem. — Ted abaixa a voz, de maneira conspiratória. — Drogas.

Dani e eu tentamos parecer chocados.

— É mesmo?

— Dizem que ela podia até estar traficando.

— Sério? — digo.

— Eu mesmo não tenho tanta certeza — continua Ted.

— Às vezes você simplesmente não tem como saber — diz Dani.

— Sim, é verdade. Mas esses traficantes, você os vê na TV, eles sempre têm muito dinheiro. Demi só morava em um apartamento de um quarto, acima da casa de curry, na rua principal. Ela vivia na pindaíba. Toda semana, ela pegava emprestado para comprar cigarros ou bebida. Eu não tenho ideia de como ela conseguia dinheiro suficiente para pagar o aluguel.

— Ela tinha muitos amigos aqui? — pergunta Dani.

— Agora você está me interrogando — diz Ted, abanando o dedo para Dani. — Vamos apenas dizer que ela se guardava para si mesma.

— O tipo quieto? — digo.

— Não tenho certeza sobre isso. Ela nunca teve problemas em encontrar algum idiota disposto a pagar um drinque para ela no pub.

Ofereço-me para comprar outra xícara de chá para Ted antes de sairmos, mas ele nos diz que vai correr para o banheiro masculino se beber mais. Saímos da loja juntos. Enquanto caminhamos de volta pelo estacionamento, pergunto a ele:

— Com tudo em que ela pode estar envolvida, Demi já pareceu assustada?

— Não. Ela sempre pensava que iria se safar, de uma forma ou de outra. Acho que dessa vez ela estava errada.

38

O beco atrás das lojas da rua principal de Farsley está deserto. Um vendedor de garrafas está limpando as vazias, enquanto Dani e eu passamos pela entrada dos fundos do bar da esquina. Vapor sobe quando passamos pela lavanderia; de pé, na entrada dos fundos do salão de cabeleireiro Gracie's, está um cabeleireiro acendendo um cigarro matinal. As escadas descem do primeiro andar de cada edifício ao longo do terraço, com cada conjunto levando a dois andares de acomodação. O portão na parte de trás da casa de curry está aberto, e o pátio está cheio de caixas descartadas, ao lado de sacos azuis, prontos para reciclagem.

Dani esfrega meu braço. Ela olha para um policial uniformizado, inclinado letargicamente no parapeito dos fundos de um dos apartamentos. Sua cabeça está caindo para a frente, e suas pálpebras estão fechando.

— Esse deve ser o apartamento dela — diz Dani.

Não hesito. Rapidamente, dou dois passos de cada vez, sinalizando para Dani me seguir.

— Ben, não... — diz Dani, mas já estou no topo da escada.

— Policial — digo, em um tom rápido e afiado. Virando-se para mim, ele freneticamente tenta ficar de pé e endireitar seu uniforme. — Sargento-detetive Leslie Barnsdale, Polícia Metropolitana. Essa é a policial Dani Cash. Desculpas se o acordamos.

— Senhor, não, desculpe, senhor — responde o policial. — Eu estava apenas...

— Descansando o peso dos pés? — digo, com um sorriso. — Eu pude perceber isso.

— Sim, senhor — responde ele, agradecido. — Descansando o peso dos pés.

— Sabe, estamos cooperando com a polícia de West Yorkshire nisso. Negócio desagradável.

— Sim, senhor. De Londres, não é, senhor?

— Eu poderia conversar um pouco, senhor — Dani diz para mim com os olhos arregalados.

— Não agora, policial — respondo.

— Estamos aqui apenas pela manhã — digo ao policial local. — Abra, sim?

Ele tateia atrás de uma chave antes de abrir a porta do apartamento de Langdon.

— Não vamos demorar mais de dez ou quinze minutos. — Entro, e Dani segue logo atrás de mim. — Feche a porta, Cash — digo, assim que estamos dentro.

— Você sabe que pode ser preso por se passar por um policial? Leslie Barnsdale?

— Gênero fluido — respondo. — Comece a procurar. Qualquer coisa que possa nos dizer sobre a vida dela desde sua libertação. Ou qualquer coisa para ligá-la a Haddley.

— Ben, você sabe que a equipe da cena do crime da polícia já esteve por todo o apartamento.

— A mesma equipe que não sabia que sua identidade foi comprometida há mais de uma década? — respondo, abrindo gavetas e armários no espaço confinado da cozinha. — Ela era incrivelmente organizada — digo, percebendo a limpeza e a precisão dos poucos pertences de Langdon.

— Onze anos de prisão — responde Dani. — Você aprende muito rapidamente que tudo tem seu lugar. E se você quiser manter, guarda à noite.

— Legal que algo de bom tenha saído disso — digo, enquanto entro em uma sala de estar separada. — Caralho — digo baixinho antes de me virar para o outro lado, depois de ver um sofá cinza claro coberto de sangue. Dani entra na minha frente e olha para a cena do crime.

— Muito sangue — diz ela, calmamente —, mas nenhuma grande perturbação ao redor da cena. Nenhum rasgo de faca no sofá, nada que sugira que houve uma luta. Eu diria que uma única facada e ela estava morta — continua ela, enquanto esfrego meus dedos em volta do meu pescoço.

— Alguém entra pela cozinha, vem por trás dela e, antes que perceba, ela está acabada — sugiro, ficando de pé na lateral da sala.

— Não há sinal de arrombamento — diz Dani.

— É bom saber que você estava verificando enquanto eu distraía a atenção do policial. Acha que Langdon convidou o assassino para entrar? Se assim for, podemos supor que, com grande probabilidade, eles já eram conhecidos. Poderia ser um negócio de drogas que deu errado?

— Não é impossível. Alguém descobre como Nick e Simon foram mortos, então a mata da mesma maneira para criar uma distração.

— Ou, muito mais provável — digo —, era alguém ligado a ela e aos assassinatos originais. E conectado a Haddley.

Do outro lado do quarto há uma cortina, que eu puxo para trás para revelar uma cama de solteiro bem-feita, com roupas penduradas ordenadamente em um trilho aberto. — Dificilmente vivendo a vida boa — digo, enquanto me ajoelho e abro uma gaveta, debaixo do divã. — Toalhas limpas e um travesseiro sobressalente.

— Parece que ela fez pouco mais do que existir — diz Dani.

Olho para ela.

— Ela teve mais existência do que Nick.

Rastejo pelo quarto e puxo uma segunda gaveta, sob a extremidade superior da cama. Está bloqueada por uma pequena mesa de cabeceira. Olho dentro da mesa, mas não há nada além de um romance de E. L. James. Empurro a mesa para um lado e abro a segunda gaveta da cama. Sou atingido por um cheiro de mofo de jornais úmidos. Imediatamente, eu os reconheço. Edições nacionais de dez anos atrás. Enquanto os remexo, vejo a mesma imagem, repetidas vezes, olhando para mim. Minha mãe naquela noite, nas margens do Tâmisa.

Estes são os relatos de sua morte.

— Encontrei algo — digo, enquanto puxo os papéis e os espalho sobre a cama. Vejo Dani olhando o rosto da minha mãe. Viro a página de um tabloide. Novamente, vejo a infame imagem de Nick e Simon, parados lado a lado, sorrindo, com os braços em volta das duas assassinas. O dia de celebração agora só traz horror.

Enquanto me viro, sinto a mão de Dani esfregar suavemente as minhas costas.

— Você está bem? — pergunta ela.

— Vendo-os aqui — respondo, incapaz de esconder um tremor na minha voz —, com ela. É como se ela ainda tivesse controle sobre eles.

Há uma batida na porta da cozinha. Ouvindo-a abrir, coloco os jornais de volta na gaveta.

— Com licença, senhor — chama o policial, da cozinha.

— Estarei com você em um momento, policial — respondo, e Dani corre de volta para a sala.

— Estamos quase prontos para ir embora — escuto-a dizer.

Coloco os últimos jornais na gaveta e, ao fazê-lo, de dentro de um exemplar do *The Times*, cai um envelope. Instantaneamente, reconheço a caligrafia da minha mãe. Enfio a carta no bolso interno da jaqueta antes de fechar a gaveta silenciosamente e colocar a mesa de cabeceira de volta no lugar.

— Tudo certo, policial? — pergunto enquanto ando rapidamente pela sala, passando por ele e indo direto para a porta dos fundos do apartamento.

— Sim, senhor. Eu só queria que vocês soubessem — responde ele, enquanto Dani e eu começamos a descer as escadas traseiras, do lado de fora — que falei com o inspetor Kavanagh, e ele gostaria de se encontrar com vocês aqui na cena do crime, em trinta minutos.

— Excelente — digo quando chegamos ao pé da escada. — Vamos pegar um café e encontrá-lo aqui.

— A única coisa, senhor: depois de sua ligação de ontem, ele estava com a impressão de que o senhor fosse uma mulher.

39

Com o canto do olho, vejo Dani olhar por cima do ombro enquanto a conduzo pelo quintal e de volta para o beco.

— Feliz agora? — diz ela, quando saímos para a rua principal de Farsley.

Retiro o envelope do meu bolso e o seguro para ela. Vejo o reconhecimento em seus olhos, antes que eles se estreitem.

— Você mente com uma facilidade exasperadora, se faz passar por um policial, e agora remove evidências de uma cena de crime — diz ela.

— Três boas habilidades — respondo, sorrindo.

— Não tem graça, Ben.

— Vamos entrar no carro — respondo, pegando minhas chaves, antes de começar a descer o morro em direção ao estacionamento do pub. — Estaremos de volta à estrada muito antes da chegada do inspetor Kavanagh.

Destranco as portas, e Dani abre a do lado do passageiro. Ela não diz nada até estarmos quase de volta ao anel viário.

— O que acontece quando ele ligar para Barnsdale?

— Poderia ter sido qualquer um — respondo. — E por que você se personificaria? Não faz sentido.

— Alguém se fez passar por mim, até os cachos loiros?

— Isso pode ser complicado, admito.

— E quem saberia que Barnsdale e eu estamos trabalhando no caso?

— Bem, o que diabos Barnsdale estava fazendo em Londres, afinal? Foda-se tudo, é isso.

— Devagar — diz Dani quando chego a sessenta. — Não queremos ser parados. E lembre-se das câmeras.

— Sim, senhora — respondo.

— Tenho a sensação de que você não leva nada disso a sério!

— Aprendi a não me preocupar com as pequenas coisas da vida. Vou descobrir a verdade e não me importo com o que tenho que fazer para chegar a ela. Barnsdale pode me prender se quiser, mas boa sorte com a merda de imprensa que vai desencadear. Vou descobrir o que aconteceu com minha mãe, e a pessoa que assassinou Abigail Langdon vai me ajudar.

— Vou deixar você vender a ideia para Barnsdale. Você não deveria subestimá-la.

Seguimos em silêncio até a rodovia. Porém, ao passarmos por um comboio de equipamentos militares em direção ao sul, viro-me para Dani e pergunto se ela pode alcançar minha jaqueta. Ela se contorce e a puxa do banco de trás.

— Está no bolso com zíper — digo.

— Tem certeza de que quer fazer isso agora? — pergunta ela, descansando o envelope no colo.

Olho para a carta.

— Eu reconheceria a caligrafia da minha mãe em qualquer lugar — digo, vendo o envelope endereçado a Demi Porter.

— Por que não lemos isso quando pararmos? Isso é uma prova.

— Não, vamos fazer isso agora — digo, mudando de faixa para passar por uma van branca. — Quero saber o que minha mãe disse. Se você não quer fazer isso, eu faço.

Dani pega lentamente o envelope e retira a carta de dentro, cuidadosamente. Reconheço o papel de carta — creme, com nosso endereço impresso no topo. Minha mãe gostava de enviar notas pessoais e manuscritas sempre que podia. Enquanto Dani desdobra a carta, vejo que é apenas uma folha, de um lado.

— Quer que eu leia?

— Sim, por favor — respondo.

— *Prezada Abigail* — começa Dani. — *Quero começar agradecendo por me escrever. Isso, por si só, exigiu coragem real de sua parte, e sou grata por isso. Como prometi, destruí sua carta.*

"Como disse em meu bilhete anterior, não tenho o dinheiro que você está pedindo. Entendo que suas circunstâncias atuais são difíceis, mas acredito que posso ajudá-la de outras maneiras.

"Eu gostaria de tê-la ajudado quando era uma menina. Estou começando a entender o quanto você estava infeliz e desesperada. Eu gostaria de tê-la conhecido naquela época. Eu poderia ter ajudado você a encontrar outro alívio para sua raiva contra todos que a cercavam. Lendo sua carta, comecei a entender a animosidade que mantém em relação a Haddley e a algumas das pessoas que ainda vivem aqui.

"É por isso que estou escrevendo para você novamente. Tenho certeza de que você guarda um segredo profundo, que lhe foi dito para carregar pelo resto de sua vida. Como mãe que perdeu um filho, sei que é um fardo enorme para carregar sozinha. Não estou em posição de ajudá-la da maneira que você pede, Abigail. Mas acredito que posso ajudar seu filho. Você só precisa me dizer o que sabe.

"Atenciosamente, Clare Harper."

SEIS

"O AMOR DE UM PAI PODE SER UMA FORÇA IRRESISTÍVEL. É ALGO QUE NUNCA DESAPARECE."

40

Empurro meu sanduíche de queijo torrado meio comido para o lado. No café da autoestrada, bem acima da M1, Dani está sentada à minha frente comendo uma salada de quinoa, lentamente. O som de carros correndo abaixo de nós se mistura com o barulho do restaurante e com o zumbido baixo de conversas tímidas, mantidas em volume baixo, no espaço aberto. Dani e eu, porém, nos sentamos em silêncio.

Estou ciente da brecha que se abriu entre nós desde que lemos a carta de minha mãe. Para Dani, a carta é evidência em um caso de assassinato, e eu comprometi sua posição. Para mim, tenho certeza de que, se não tivéssemos ido a Farsley, a carta não teria sido descoberta e ninguém jamais teria sabido o verdadeiro motivo pelo qual minha mãe entrou em contato com Abigail Langdon. Agora sei que o desejo de minha mãe de entrar em contato com Langdon nunca teve a ver com redenção ou perdão. Teve a ver com sua crença de que Langdon havia dado à luz um filho e com sua esperança de que o filho pudesse ser de Nick. Há mais perguntas que preciso fazer a Madeline e à Sra. Woakes. Não vou parar agora.

— Poderia sua mãe ter guardado a carta que recebeu de Abigail Langdon? — pergunta Dani, finalmente quebrando nosso silêncio.

— Não. Ela sempre cumpriu sua palavra — respondo.

— Você vasculhou todas as suas coisas?

— Sim — respondo.

— Isso deve ter sido difícil — diz Dani, depois de um momento.

— Limpar as coisas da minha mãe foi apenas mais uma tentativa de recomeço na vida. No momento em que havíamos terminado, a Sra. Cranfield e eu estávamos chamando a equipe da loja de caridade Shooting Star pelo primeiro nome. — Levanto e arrumo os pratos de nossa mesa. — Vou pegar um café para tomar na estrada — digo. — Você quer um?

— Não, obrigada — responde Dani. — Vou ao banheiro rapidamente. Te encontro no carro.

De pé no balcão, vejo Dani atravessar o café e descer as escadas. Peço minha bebida, abrindo meu telefone para pagar antes de ligar para o número de Elizabeth Woakes. Enquanto o barista espuma meu leite, a voz da Sra. Woakes me diz que ela não pode atender o telefone agora, mas, se eu deixar uma mensagem, ela me retornará. Desligo. Digito uma série de mensagens curtas, dando um aceno rápido para o barista, que pergunta se quero chocolate no meu *cappuccino*.

Estive em Farsley esta manhã.

Sei por que minha mãe entrou em contato com AL.

Por que você não me contou?

Você sabia sobre a criança também?

Ainda estou com a polícia.

Por favor, espere eu ligar.

De volta ao carro e indo para o sul, vejo as pálpebras de Dani caírem lentamente e fico feliz. Ouço o comentário de futebol de Oliver Hughes. Ao norte de Londres, saímos da autoestrada, e estou feliz por estar de volta às estradas familiares que atravessam a capital em direção a Haddley. No meio da tarde, estamos nos aproximando da rua principal, e chamo o nome de Dani baixinho. Ela se mexe, e eu posso ver que está surpresa por estar quase em casa.

— Você deveria ter me acordado antes — diz ela.

— Achei que você precisava descansar. Posso te deixar em algum lugar? — pergunto, percebendo que não sei onde Dani mora.

— Não, não, não precisa — diz ela, parecendo confusa. — Deixe-me na sua casa. Vou andar de lá.

Dirigimos ao longo da rua do rio e viramos para a praça de Haddley.

A sargento-detetive Lesley Barnsdale está parada do lado de fora da minha casa.

Olho para Dani, mas ela está olhando para a frente.

— Você chamou Barnsdale? — digo, parando rapidamente em um espaço no final da rua.

— Eu não tive escolha, Ben. Desculpe.

— O que aconteceu com em *off*?

— Aquela carta é uma prova. — E, antes que eu possa dizer mais alguma coisa, ela abre a porta do passageiro e sai.

— Eu confiei em você! — digo, batendo minha porta, frustrado tanto comigo mesmo quanto com Dani. Passando por ela, ando em direção a Barnsdale.

— Sr. Harper — diz a detetive enquanto me aproximo. Passo direto por ela. — Sr. Harper — repete ela.

Chego à porta da frente e coloco a chave na fechadura.

— Precisamos conversar — continua ela.

Abro a porta e, sem convite, ela me segue para dentro. Entro na cozinha e, quando me viro, ela está parada na porta.

— Sr. Harper, o senhor está andando em corda bamba.

Abro a porta da geladeira, tirando uma garrafa de água.

— Removendo provas de uma cena de crime, se passando por um policial. Eu poderia prendê-lo agora.

— Mas você não vai — digo, abrindo a garrafa —, porque a história do assassinato de Abigail Langdon estaria na primeira página de todos os sites de notícias e todos os jornais do país, expondo sua investigação incompetente.

— Onde está a carta? — pergunta ela.

— Está comigo, senhora — responde Dani, agora de pé, atrás de sua superior.

— Me dê isto — diz a detetive, estendendo a mão sem olhar para Dani. Ela abre um saco de provas, e desliza a carta para dentro. — Espere por mim na porta da frente, policial.

Dani olha para mim, mas eu viro meus olhos para a janela. Quando olho para trás, ela se foi.

— Sr. Harper, estou conduzindo essa investigação — diz Barnsdale, dando um passo adiante e ficando bem na minha frente. — Seu trabalho como jornalista investigativo não lhe dá liberdade para interferir em provas ou procedimentos policiais.

— Detetive, farei o que for preciso para descobrir a verdade sobre o que aconteceu com minha mãe. Se isso significa pisar no seu calo ou no de qualquer outra pessoa, é exatamente isso que farei.

— Compartilhei informações com o senhor na mais estrita confidencialidade. O senhor traiu essa confiança.

— Não quebrei nenhuma confiança.

— O senhor acessou uma cena de crime! — Barnsdale deixa sua raiva transparecer. — Um assassinato ao qual o senhor e Elizabeth Woakes estão intrinsecamente ligados.

— Como *vítimas* — respondo.

— Ainda vamos averiguar — diz Barnsdale, e a ameaça em seu tom é quase palpável. — O que espero do senhor agora, Sr. Harper, é total cooperação com nossa investigação do assassinato de Abigail Langdon.

É minha vez de mostrar raiva.

— Detetive, tenho cada vez mais a impressão de que estou sendo visto não como vítima, mas como suspeito. Se quiser me interrogar com base nisso, vá em frente e me prenda, aí podemos ficar à vontade em uma sala de interrogatório.

— Não pense que eu não faria isso — responde Barnsdale. — Estou tendo uma sensação muito desconfortável de que cometi um erro ao compartilhar informações com o senhor.

— Talvez tenha cometido — respondo.

Barnsdale me encara do outro lado da cozinha.

— Exigimos uma amostra adicional da caligrafia de sua mãe para verificar a veracidade das cartas.

— Tenho certeza de que posso encontrar algo. — Atravesso a cozinha, passo pela policial e saio para o corredor. — Qualquer coisa para ajudar sua investigação.

Dani olha para mim, mas eu subo as escadas sem olhar de volta. De pé no topo da escada, ouço Barnsdale abaixar a voz enquanto caminha em direção a Dani.

— Dei uma chance a você em um momento em que outros não o fariam. Espero que você não me decepcione.

— Não, senhora — responde Dani.

— Temos novas provas e um potencial suspeito para perseguir. Se eu aceitar sua explicação de que as coisas simplesmente saíram do controle, com o Sr. Harper agindo impulsivamente, tenho certeza de que posso encontrar uma maneira de posicionar isso como um bom trabalho policial.

— Obrigada, senhora — escuto Dani responder.

— Cash, preciso estar cem por cento certa de onde está sua lealdade.

— Sim, senhora. Absolutamente.

— Bom. Agora vá e espere no carro — diz ela à sua subordinada, dispensando Dani.

Nunca tendo tido o desejo de redecorar o quarto no topo da casa, que ainda considero o espaço de Nick, deixei-o gradualmente se tornar mais uma despensa do que um quarto. Estou cercado pelo lixo que acumulei ao longo dos anos — caixas de livros que trouxe da universidade para casa, a coleção de CDs da minha adolescência, a velha mesa da cozinha de minha mãe junto com os últimos pertences dela que decidi guardar. Quando afasto a mesa, a porta para o depósito sob o beiral é revelada. Eu me agacho para abri-la. Ao lado de outra pilha empoeirada de livros, estão as velhas decorações de Natal da minha mãe e duas velhas caixas de sapatos esfarrapadas. Dentro da primeira, encontro um leão de brinquedo gasto, com sua juba laranja brilhante achatada e sua cauda solta. Vou pegá-lo, mas então rapidamente fecho a tampa e empurro a caixa de volta para baixo do beiral. A segunda caixa de sapatos contém os papéis finais do espólio de minha mãe. Dentro estão as instruções manuscritas que ela deixou para seu próprio funeral, instruções que a Sra. Cranfield e eu seguimos até o último detalhe. Olho para elas, reconhecendo a mesma caligrafia precisa que vi em sua carta no início do dia. Dobro o papel e o coloco no bolso de trás do meu jeans.

Depois de abrir a caixa pela primeira vez em anos, folheio o conteúdo — documentos antigos do seguro, certidões de nascimento e os documentos legais que transferem a propriedade da casa da minha mãe para mim. Folheio os papéis até o fundo da caixa e encontro um pacote desbotado de fotografias.

Pela segunda vez hoje, sou confrontado com a imagem infame de Nick e Simon com Langdon e Fairchild. Dessa vez é a cor original. Inspiro profundamente, absorvendo as cores vibrantes do dia — o céu azul brilhante, as camisas brancas de rúgbi dos meninos, o brasão vermelho brilhante da escola em seus peitos, o rosto sardento de Simon Woakes, o preto suntuoso do cabelo de Nick, do mesmo jeito que o meu e o da minha mãe. Olho o resto das fotos e percebo que é o conjunto completo de imagens tiradas no dia do triunfo de rúgbi da Haddley Grammar.

— Sr. Harper — ouço Barnsdale chamar do andar de baixo e começo a empurrar as fotos de volta para o pacote.

— Vou descer em um segundo — grito e, na minha pressa, coloco a pilha de fotos na caixa. As fotos se espalham e vejo o nome do fotógrafo impresso no verso de várias das imagens.

O nome é Madeline Wilson.

41

Passo a amostra da caligrafia da minha mãe para a sargento-detetive Barnsdale. Depois de um rápido olhar, ela balança a cabeça, satisfeita. Ela me devolverá a amostra assim que os peritos tiverem a oportunidade de comparar suas características com a carta.

— Espero que possamos contar com sua total cooperação a partir de agora, Sr. Harper — diz ela da porta aberta, virando-se para olhar para mim. — Todos nós queremos encontrar o assassino de Abigail Langdon, o mais rápido possível.

Não digo nada, e ela me dá um breve aceno de cabeça antes de sair. Fecho a porta atrás dela, depois corro de volta para o quarto de Nick e espalho as fotos na cama dele.

Encaro a imagem de Nick e Simon juntos. Em seguida, em outra, vejo o Sr. Woakes de pé com o filho, com o orgulho irradiando dele. Pego uma imagem em que o sr. Woakes está com toda a equipe júnior de Nick. Os meninos estão reunidos sob uma bandeira da escola Haddley Grammar — muitos dos amigos mais próximos de Nick: Simon Woakes, Will Andrews, Gavin Chance, que emigrou para a Austrália, e Neil Milton, que dirige um centro de esqui na Escócia. Tudo de uma outra era.

Olho mais fotos. Imagens de ação do jogo dos seniores mostram Phil Doorley chutando uma conversão bem-sucedida e Jake Richardson correndo pela ala, aplaudido por seu pai, Francis. Elizabeth Woakes apertando a mão dos membros da equipe vencedora antes de entregar o troféu ao capitão James Wright. E, no verso de cada um, está impresso o nome do fotógrafo. Parece que, sob cada pedra que viro, Madeline se revela.

Cercado pelas imagens, disco o número de Elizabeth Woakes. A resposta dela é instantânea.

— Ben, onde você está?

— Estou em casa. A polícia acabou de sair. Encontrei outra carta no apartamento de Langdon, da minha mãe. A polícia está com ela agora.

— O que ela dizia?

— Acho que você provavelmente pode adivinhar. — Aguardo a resposta da senhora Woakes.

— Uma criança?

— Você sabia?

Há uma pausa.

— Nós nos encontramos, sua mãe e eu — ela finalmente diz. — Algumas semanas depois que Langdon e Fairchild haviam sido libertadas. Eu estava tão brava. E Clare também, exceto que ela já tinha seguido em frente. Ela tinha lido *on-line* artigos sobre Langdon e Fairchild. Nunca lhe disse isso, porque eu queria protegê-lo, proteger nós dois.

Não digo nada.

— Houve muita discussão em torno da libertação. Não preciso lhe contar, Ben, algumas das coisas malucas que as pessoas dizem *on-line*, quando o anonimato as protege. Há um milhão de teorias da conspiração diferentes, sobre cada caso famoso. E há muitas pessoas bastante cruéis...

— Eu sei — respondo.

— Clare tinha começado a entrar em salas de bate-papo. Ela havia começado a acreditar cada vez mais no que ouvia. As pessoas diziam coisas estúpidas — que Simon e Nick estavam vivos, que tinham sido abduzidos, que tinham sido levados como parte de uma invasão alienígena. Ela sabia que tudo aquilo era bobagem, é claro, mas uma história foi repetida várias vezes, e ela se convenceu de que era verdade.

— Ela se convenceu de que Abigail Langdon tinha um filho — respondo.

— Sim — diz a Sra. Woakes —, e de que Nick ou Simon poderia ser o pai. Com a chegada de Madeline Wilson, algumas semanas depois, sua mãe não podia acreditar em sua sorte. De repente, ela poderia estar em contato direto com Langdon, descobrir a verdade por si mesma.

— Mas Langdon não queria contar nada a ela?

— Não sem um grande pagamento e sabe-se lá, mesmo assim, o que ela teria dito a sua mãe.

— E você? O que você achava?

— Eu nunca acreditei.

— Por que não?

— Eles eram quatro crianças na mesma classe na escola. Porém, todas as evidências que ouvimos no tribunal nos disseram que não tinha havido nenhum relacionamento preexistente particularmente próximo entre eles. Simon e Nick ainda eram apenas meninos. Naquele dia, quando eles desceram do ônibus, as meninas estavam esperando na praça. Simon e Nick as seguiram até Haddley Woods. Acredito que, quaisquer que fossem os meninos que Langdon e Fairchild tivessem encontrado naquele dia, elas os teriam matado. Aconteceu de ser os *nossos* meninos.

Penso em Nick e Simon hesitando enquanto desciam do ônibus para o terreno baldio. Propositalmente seguindo as meninas, com suas mochilas jogadas sobre os ombros. Nada foi combinado, tudo foi por acaso. Horrível acaso.

— Ben, eu disse a Clare o que pensava, mas ela não quis ouvir. Ela estava determinada a seguir em frente para encontrar a criança. — Eu me sento na beirada da cama de Nick e olho para as imagens espalhadas à minha frente. Pego a imagem de Nick e Simon com Langdon e Fairchild.

— Encontrei algumas fotos do dia das finais de rúgbi — digo.

— No apartamento de Langdon?

— Não, entre alguns papéis antigos da minha mãe. Tantos rostos conhecidos – você e o Sr. Woakes, Simon e Nick. Todo mundo parece tão feliz — digo.

— Brevemente, nós fomos — responde a Sra. Woakes. — Langdon e Fairchild?

— Sim — respondo.

— Duas adolescentes bobas, foi tudo que vi naquele dia.

— Tudo que qualquer um viu.

— Talvez — diz a Sra. Woakes, antes de deixar a linha silenciar.

— Sra. Woakes?

— Você está certo, eu sei que está, Ben. Porém, quando você passa a vida inteira pensando em um único dia, não pode deixar de se perguntar o que perdeu, que oportunidade fugaz pode ter passado por você.

— O que você pode ter perdido?

— Um milhão de coisas, tenho certeza.

— Mas algo em particular?

Mais uma vez, ela faz uma pausa antes de continuar.

— Você se lembra do jogo do campeonato sênior? Foi tão disputado. Alguns dos *tackles* durante a partida tinham sido brutais.

Olho para as imagens espalhadas na minha frente. Meus olhos são atraídos para o rosto coberto de sangue do East Mailer.

— A Twickenham Duke não estava acostumada a perder, e a animosidade entre as duas escolas transbordou. Quando Jake Richardson marcou a jogada vencedora nos últimos segundos, toda a escola se derramou em campo. Os meninos estavam em êxtase. Fiquei feliz por Jake — ele passou metade da partida olhando para a linha lateral, com o pai berrando instruções durante todo o jogo. Na confusão, as camisas foram rasgadas. Peter recebeu um olhar irônico de E. E. Hathaway e imediatamente despachou vários meninos para se trocar, antes da entrega de prêmios.

Pego uma foto de James Wright e Jake Richardson, vestindo camisas brancas imaculadas da Haddley Grammar.

— Continue.

— Pouco antes da entrega de prêmios, Peter mandou Will Andrews de volta ao vestiário. Sua camisa estava rasgada quase até a cintura. Instantaneamente, Langdon e Fairchild o perseguiram. Abigail levou Josie pela mão, e elas o seguiram direto para dentro. Fui atrás delas, abrindo a porta com um golpe quando entrei. As duas garotas rapidamente correram de volta, gritando de tanto rir. Will afirmou não tê-las visto. Não havia nada que eu pudesse ter dito. Apenas uma vida inteira refletindo sobre duas adolescentes bobas, que eram tudo, menos isso.

42

Corrine esvaziou uma terceira garrafa de cidra antes de tropeçar em direção à geladeira para pegar uma quarta.

— Você quer outra? — disse ela para Chad, enquanto ele se espreguiçava em seu surrado sofá de dois lugares.

— Melhor não, não quero decepcionar você — respondeu ele, com seu sorriso tolo mostrando o dente de ouro na lateral da boca.

Corrine abriu a tampa e tomou um gole da nova garrafa enquanto Chad olhava novamente para o relógio.

— Está preocupado em chegar em casa para sua esposa? — disse ela, com uma risadinha. Ela se sentou em frente a ele, na poltrona manchada, que ela havia resgatado de Sunny Sea depois de uma doação, de um morador, de novos móveis para o salão. Ela duvidava que Molly tivesse gastado o dinheiro se o testamento não tivesse estipulado claramente. Quando os móveis novos chegaram, ela perguntou se podia pegar uma das poltronas velhas do quintal, e Molly havia dito que poderia ficar com uma por trinta libras. Corrine disse para ela se foder. Duas noites depois, Chad trouxe sua van para a porta dos fundos. Molly nunca sequer notou que a poltrona estava faltando.

Acho que ele tem sido bom para mim, pensou ela e foi sentar-se ao lado dele no sofá. Enrolando as pernas para cima, ela se inclinou para a frente e começou a beijar seu pescoço; então, ela parou.

— Chad! Pare de olhar para a porra do seu relógio.

Houve uma batida na janela, na parte de trás da sala de estar.

— Quatro horas, bem na hora — disse Chad, pulando de pé.

— Que porra...? — disse Corrine.

— Eu queria nos dar tempo para comer o peixe e batatas fritas. — Corrine observou Chad abrir a janela traseira antes de ajudar Dean, o Manchado, a subir do topo da escada de incêndio.

— Seu desejo é uma ordem — disse Chad. — Dois pelo preço de um. É o seu dia de sorte, Corrine.

— Você deve estar brincando. De jeito nenhum, de jeito nenhum, porra — respondeu ela enquanto Dean ficava imóvel perto da janela. Um corpo alto e muito magro, em sua camiseta branca e jeans justos.

— Oi, Corrine — disse ele.

— Vá embora — foi a resposta dela, cruzando em direção a eles. — Porra, deem o fora daqui vocês dois!

Dean congelou, mas Chad saltou para a frente e agarrou Corrine pelo braço, puxando-a de lado para a cozinha.

— Você me deve, lembre-se. Aqueles dois policiais voltaram esta manhã. Dei algumas notas a eles e disse que você tinha ido embora por alguns dias, que não havia nada para eles verem aqui, e eles ficaram felizes com isso.

Corrine se pressionou contra Chad.

— Você é um querido, mas é a você que eu quero agradecer.

— Não funciona assim, querida. Eu lhe faço um favor, e você faz um para mim. E para Dean.

Corrine fechou os olhos. Ela faria como sempre. Fechar os olhos e deixar sua mente levá-la a algum lugar muito, muito longe.

— Estamos todos bem aqui, Corrine? — Ela abriu os olhos e concordou. — Vamos, então, Dean, vamos ver o que você tem — disse Chad, segurando com força o braço de Corrine, e levando-a para o quarto. — Pegue aquela garrafa vazia da mesa — ele pediu a Dean —, podemos encontrar uma utilidade para ela.

Entrando no quarto, Corrine viu Dean olhar para as janelas.

— A vadia acabou de colocar papelão na janela.

Ela sentiu seu rosto ficar vermelho.

— Não se preocupe, Dean — respondeu Chad. — Você não vai foder a janela.

43

Holly segurou a filha pela mão enquanto Alice dançava pelas poças à beira do lago do vilarejo de St. Marnham. Uma fileira de patos seguia atrás, perseguindo os pedaços de pão velho que Alice estava espalhando em todas as direções. Ela se agachou e estendeu um grande pedaço para os patos mais próximos dela, guinchando de alegria quando eles bicaram a comida em sua mão.

— Agora chega — disse Holly, enquanto os pássaros batiam as asas ao lado dela. — Jogue o pão na água.

— Mas, mamãe, os patos gostam de ficar perto de mim — respondeu Alice.

— Eu sei que eles gostam. É porque você os está alimentando — disse Holly, pulando para trás enquanto mais dois pássaros pousavam a seus pés.

— Não tenha medo, mamãe — disse Alice, alegremente cercada pelos animais, que batiam as asas. — Eles não vão te machucar.

Holly sorriu para a filha.

— Obrigada, querida, mas acho que alimentamos toda a população de aves de St. Marnham. Jogue o resto de seu pão na água.

Alice rasgou o saco de papel e esvaziou o conteúdo restante na beira do lago.

— Venha, vamos — disse Holly, enquanto três gansos corriam em direção a elas. — Vovó está esperando por nós.

Holly se afastou da água e subiu a margem inclinada que cercava o lago. Vendo sua mãe sair, Alice espirrou água ao longo da beira do lago e correu atrás dela.

— Mamãe? — disse ela, pegando a mão de Holly enquanto elas cruzavam em direção à casa dos Richardson. — Vou precisar tirar minhas botas enlameadas para entrar na casa da vovó?

— Você definitivamente precisará.

— Mas eu não tenho nenhum outro sapato comigo, então talvez eu precise ficar com eles.

— Você pode brincar dentro de casa vestindo suas meias.

Alice pensou por um momento.

— Meus pés podem ficar frios — disse, olhando para a mãe.

— Na casa da vovó, eles não ficarão.

— Não — respondeu Alice. — Vovó tem pisos aquecidos.

— Ela tem — disse Holly. — Seus pés ficarão superaconchegados.

— Podemos ter pisos quentes em nossa casa?

— Custa muito dinheiro. Então, provavelmente, agora não.

— Vovô poderia pagar por isso. Ele tem muito dinheiro.

— Ele tem? — respondeu Holly.

— Ele comprou meu balanço, minha casa no jardim e o carro do papai. — Holly não disse nada. — Ele compraria para nós um piso aquecido, se lhe pedíssemos.

— Vovô não pode pagar por tudo — disse Holly, mais bruscamente do que pretendia. Alice olhou para ela, surpresa. — É muita gentileza do vovô quando ele compra alguma coisa... — Holly se agachou, para olhar para a filha — ... mas, Alice, dinheiro não é tudo. Estarmos juntas e felizes é muito mais importante.

— Vovô diz que, com dinheiro, você pode comprar quem quiser.

— Bem, às vezes o vovô está simplesmente errado.

Holly pegou a filha pela mão e a conduziu pelo caminho de cascalho curvo que dava para a casa de Francis e Katherine Richardson. *Art déco* em design, a casa comandava uma posição imponente. Com uma vista sobre St. Marnham, lançava uma sombra sobre todos os habitantes do vilarejo. Janelas de vidro em arco dominavam a propriedade, com um terraço ao ar livre alongado no primeiro andar, onde aconteceria a celebração daquela noite.

Ao se aproximarem da porta azul brilhante da frente, Katherine Richardson estava esperando do lado de fora. Ela estava imaculadamente vestida com um terninho creme e com o cabelo penteado para trás com precisão.

— Eu vi você alimentando os patos? — disse Katherine para sua neta.

— Três patos vieram e comeram na minha mão — respondeu Alice.

— Eu a vi da minha janela, no andar de cima.

— Você deveria ter saído e se juntado a nós — disse Holly.

— Não gosto de chegar muito perto da lagoa.

— É muito lamacento, vovó — disse Alice. — Você precisaria ter galochas como as minhas.

— E veja quanta lama tem nas suas!

— Eu posso tirá-las aqui — respondeu Alice, imediatamente se sentando na calçada.

— Você é uma boa garota — respondeu Katherine. — Quando você estiver pronta para ir para casa, lavaremos a lama na torneira do jardim.

— Você não pode ver, vovó, mas minhas botas são cor-de-rosa e têm flores amarelas.

— Que adorável. Eu gostaria de ter umas assim.

— Tenho certeza de que o vovô compraria para você — disse Alice, antes de morder o lábio e olhar para Holly.

— Vamos entrar? — disse Katherine. — Está quase tudo pronto para esta noite.

— Você tem muitos balões? — perguntou Alice.

— A casa está cheia deles.

— Posso ver?

— Corra para cima e veja se você consegue encontrar todos — disse Katherine, afastando seu corpo alto e esguio enquanto a neta corria para dentro. — Entre, querida — continuou ela, levando Holly para dentro de sua casa.

Atravessando o corredor de ladrilhos em espiral preto e branco e subindo a vasta e sinuosa escada de pedra, Holly se sentia constantemente oprimida. Ela seguiu a sogra até a sala de estar, onde a luz entrava das janelas do chão ao teto, com sua visão abrangente do vilarejo. Katherine havia levado anos para refinar essa sala, obter cada um dos requintados originais *art déco*, a iluminação dramática, o papel de parede folheado a ouro e os móveis curvos de veludo. Acima da lareira aberta, havia uma imagem que causava medo em Holly toda vez que entrava na sala. Dominando seus arredores, havia uma pintura original de seu sogro. Retratava-o apenas do pescoço para baixo, vestido com um terno preto, camisa branca e gravata vermelha.

Apesar de não mostrar o rosto, inequivocamente retratava Francis Richardson — e o controle que ele exercia.

— Sem Francis esta tarde? — perguntou Holly, enquanto Alice passava segurando três balões.

Sob o céu brilhante, Katherine e Holly saíram para o terraço, onde os designers estavam dando os toques finais nas decorações florais.

— Ele está se divertindo — respondeu Katherine, antes de convidar Holly para se sentar ao lado dela na mesa de jantar de mosaico, com um aquecedor externo aceso atrás delas. — Estou feliz, desde que ele se mantenha longe de mim — continuou ela, servindo três copos de limonada fresca. Holly concordou com a cabeça, gentilmente. — Duvido que ele volte muito antes das sete — continuou Katherine. — Desde que ele tenha tempo suficiente para se arrumar.

Ainda segurando seus balões, Alice veio até a mesa e pegou uma bebida.

— Cuidado — disse Holly para a filha. — Vovó não quer nenhum derramamento.

— Eu sou cuidadosa — disse Alice antes de colocar o copo na mesa e passar a mão na boca.

— Boa garota — disse Katherine. Alice correu de volta pelo terraço para olhar os patos na lagoa. — O pai dela adorava aqueles patos. Ela deve ter herdado isso dele.

— Tanto Jake quanto eu somos imensamente gratos a você e a Francis. A casa inteira está incrível — disse Holly enquanto dois garçons, carregando a base de uma torre de champanhe, saíam cautelosamente.

— Sob o toldo — disse Katherine, instruindo os garçons para um canto coberto do terraço.

— Realmente, não era necessário fazer tanto esforço.

— Gosto disso.

— Mas o custo! É tão generoso de sua parte.

— Deixo Francis se preocupar com isso. Para mim, o prazer é poder fazer isso por vocês dois. Eu só queria poder dar mais.

— Isso é mais do que suficiente.

Katherine sorriu, mas fracamente, e Holly pensou nos presentes acumulados no quarto do loft. Como se ela também pudesse vê-los, Katherine disse, pensativa:

— Jake sempre valorizou sua independência. Ele é assim desde pequeno. Lembro-me de que, depois da escola preparatória, ele estava desesperado para ir para o internato, como todos os seus amigos. Francis recusou, disse que ele aprenderia o valor do trabalho pesado ficando na Haddley Grammar. Ele pensou que isso iria mantê-lo com os pés no chão. Jake ficou arrasado. Nos dois anos seguintes, ele mal saiu de seu quarto, como se fosse seu próprio dormitório pessoal.

Holly sorriu.

— Ele pode ser muito teimoso.

— Isso definitivamente vem do pai — respondeu Katherine.

— Esse sempre foi um relacionamento difícil?

— De alguma forma, eles sempre falharam em atender às expectativas um do outro. Ocasionalmente, suas aspirações colidem, assim como quando Jake montou seu negócio, mas, como sabemos, rapidamente divergem novamente em direções diferentes.

— Deixando você numa posição delicada?

— Algo parecido. Sempre quis dar a Jake o máximo que pudesse; Francis queria que ele conquistasse tudo, incluindo seu amor. Em algum lugar no meio de tudo isso, suponho que deveríamos ter sido capazes de encontrar um meio-termo.

— Nenhum de nós jamais fingiria que criar filhos é fácil — respondeu Holly. — Onde está Francis esta tarde, afinal? Ele está jogando golfe? — perguntou ela, antes de imediatamente se arrepender de sua pergunta.

— Não acho que ele esteja com seus tacos, querida — respondeu Katherine. Sob o olhar da sogra, Holly sentiu o rosto começar a corar.

44

A umidade pairava no ar enquanto Dani Cash caminhava lentamente de volta para Haddley Hill, em direção a sua casa. Ela podia sentir o *frizz* do seu cabelo na umidade. Porém, exausta, ela não se importou. Imaginou-se tomando um banho longo e quente enquanto Mat lhe trazia um copo gelado de *sauvignon blanc* e ela submergia sob as bolhas. Tentando se lembrar de tal momento durante seu breve relacionamento, ela descobriu que era uma imagem impossível de conjecturar.

Sua conversa com Barnsdale na delegacia havia sido curta. Depois de repreendê-la novamente por suas ações e buscar mais garantias de sua lealdade, a sargento-detetive tinha concentrado sua atenção em Ben Harper e Elizabeth Woakes.

— Informei o inspetor-chefe-detetive, e, deste ponto em diante, ambos devem ser tratados como suspeitos — Barnsdale tinha dito.

— Eu simplesmente não vejo isso — opôs-se Dani.

— Não vê o quê? Ele se fez passar por um policial e removeu provas de uma cena de assassinato. Elizabeth Woakes mentiu para nós diretamente. De uma forma ou de outra, ambos estão claramente envolvidos.

— Se a mãe de Ben tivesse dito a ele a localização de Langdon dez anos atrás, por que ir matá-la agora? Isso não faz sentido. Ben não é um assassino — Dani havia argumentado enquanto estava sentada com sua oficial superior em uma das claustrofóbicas salas de interrogatório da delegacia.

— Ben... — Barnsdale havia respondido. — Espero que seu julgamento não esteja ficando nublado. Eu não gosto dele. Ele é muito insistente.

— Por que ele descobriu coisas que nós não descobrimos?

— Eu avisei você, Cash. Você precisa recuar. Quero você aqui amanhã e quero que encontre tudo que puder sobre Ben Harper e Elizabeth Woakes. Estarei trabalhando com a polícia de West Yorkshire para obter acesso aos arquivos originais do caso.

— Você sabe se havia uma criança, senhora?

— Isso é algo que eu vou ter que descobrir.

Dani havia se direcionado para sair pela frente da delegacia só para ver a policial Karen Cooke sentada ao lado do sargento à mesa.

— Por favor, não me diga que eles não estão deixando você trabalhar em algum crime real — ela havia dito, enquanto Dani caminhava em direção à saída. — Ouvi dizer que fez um trabalho clandestino ontem à noite. Se passando por um oficial superior. Você deveria se cuidar.

— Ou o quê? — Dani havia respondido, antes de se arrepender imediatamente de se envolver.

— Só achei estranho você sair em sua pequena viagem, deixando Mat em casa sozinho o dia todo.

Ao ver Cooke sem sapatos, com os pés para cima, descansando atrás da mesa, Dani sentiu vontade de estrangulá-la.

— Tenho certeza de que Mat lidou bem com isso.

— Ele lidou — disse ela, com um sorriso conhecedor. — Eu me certifiquei disso. — Dani deu um único passo para trás em direção a Cooke.

— Sem confusão, por favor, senhoras. — Tinha sido a inútil contribuição do sargento.

— Fique longe de Mat — disse Dani.

— Eu já disse a ele que voltarei no final da semana. Odeio pensar nele sendo deixado sozinho.

Dani empurrou o livro de assinaturas sobre a mesa na direção de Cooke.

— Chega — disse o sargento.

— Tem o temperamento do seu pai, não tem? — disse Cooke.

— Eu disse chega.

Saindo da estação, Dani sabia que tinha sido estúpida. Ela continuou olhando para a frente, subindo a colina e passando pelo Departamento de Acidentes e Emergências do Haddley General. Cada vez que passava pelo prédio, ela era transportada de volta para o último Halloween e para o pânico cru que havia sentido viajando atrás da ambulância enquanto corria levando Mat para o hospital.

Momentos depois de o alarme ter sido acionado, Mat havia entrado nos fundos do supermercado gourmet. Dani havia se libertado, mas o caos tinha irrompido. Apenas alguns minutos depois, ela estava sentada em um carro da polícia com outro policial conduzindo-a com a sirene ligada. Dani tinha ficado desesperada para manter a ambulância à vista. Saltando do carro na vaga da ambulância, com o uniforme coberto de sangue, ela havia corrido ao lado da maca, enquanto os médicos da A&E haviam levado Mat para a cirurgia. Durante o tempo em que ela estava esperando, o medo havia tomado conta. O alívio caiu sobre ela com a notícia de que ele viveria. Em seguida, a devastação a havia consumido, quando lhe disseram que era improvável que ele voltasse a andar.

Sentada ao lado de sua cama de hospital, ela ficou desesperada para devolver a Mat a vida que eles poderiam ter desfrutado.

Sim, ela disse, ela o amava.

Sim, eles deveriam comprar uma casa.

E, sim, eles deveriam se casar.

Quatro semanas depois, no dia em que Mat recebeu alta, eles se casaram.

Nos meses que se seguiram, o otimismo inicial de Mat desvaneceu rapidamente. Em vez disso, sua raiva se amplificou. A cada dia, Dani entendia mais profundamente o erro desesperado que tinha cometido.

E sua culpa havia se tornado total.

Agora, ao chegar em casa, não poderia enfrentar mais uma noite de discussões. Sem fazer barulho, ela abriu a porta da frente. Discretamente, subiu as escadas para preparar um banho longo e quente.

45

Com o cabelo encaracolado suavemente em volta do rosto, Alice Richardson dançou pelo terraço em seu vestido de festa azul brilhante. Acenando para o avô enquanto caminhava, ela encantou os convidados à medida que mostrava seus sapatos especiais, de bico dourado. Holly e Jake cumprimentaram amigos, alguns dos quais eram deles, mas muitos outros de seus pais. Com sorrisos brancos e brilhantes, eles continuaram avançando, ambos pegando uma taça de champanhe em uma bandeja cheia enquanto ela passava. Os três então posaram para fotos, com um jardim murado iluminado por pisca-piscas abaixo deles.

Enquanto o fotógrafo tirava fotos, Holly olhou através do terraço e viu seu sogro em uma conversa descontraída com Sarah e seu namorado, Nathan. Ela viu os três caírem na gargalhada. Enquanto riam, Francis avançou imperceptivelmente, tocando o braço de Sarah antes de deixar a mão curvar-se por seu corpo e repousar fugazmente em sua cintura. Holly queria abrir a boca para gritar e avisar a amiga.

Sentindo um toque em seu braço, ela se virou.

— Ele está apenas sentindo o clima — disse Katherine, de repente ao lado de Holly enquanto o fotógrafo se dissolvia na festa, e Alice rodopiava pela pista de dança com o pai. — Caminhe comigo — continuou ela, sorrindo educadamente para um par de recém-chegados. Holly esvaziou o champanhe. Ao pegar outra taça, porém, sentiu a mão de Katherine firmemente sobre a sua. Sua sogra segurou seu braço antes de levá-la através do terraço para a sala de estar mais silenciosa.

— Tenho observado você — disse Katherine.

— É uma festa maravilhosa — respondeu Holly, ansiosa para esconder seu desconforto.

— Não quero dizer esta noite. Quero dizer nas últimas semanas, meses. Não desejo lhe causar desconforto — continuou Katherine, enquanto Holly sentiu que estava ficando vermelha —, mas, às vezes, dentro de um casamento, existe um entendimento; algo que permite que um casamento sobreviva.

Da sala de estar, Katherine levou Holly para a sala de música, onde ficava um piano de cauda preto polido, ao lado da janela ricamente drapeada.

— Francis e eu temos esse entendimento. Com você eu nunca tive certeza, não até esta tarde. — Holly sentiu seu rosto ficar vermelho. — Diga-me por quê — disse Katherine. — É o que você precisa para fazer seu casamento funcionar?

— Não, nada disso. — Houve um estremecimento na voz de Holly.

— Eu temia que não. Por favor, então, me diga por quê.

— Não posso.

— Não acredito que Francis alguma vez force relações com uma mulher, mas ele não tem medo de usar qualquer influência que tenha. É dinheiro? Eu sei que ele paga a maioria de suas contas.

Holly balançou a cabeça.

— Por favor — disse ela —, não vai acontecer novamente, eu prometo.

Katherine pegou a nora pela mão e a levou até o banco do piano.

— Sente-se — disse ela. — Eu não me importo com Francis. É você que eu quero ajudar.

Holly engoliu em seco. Katherine olhou para ela, com firmeza.

— Jake sabe?

— Ele não tem ideia — respondeu Holly.

— Bom, ele nunca deve. Isso o destruiria. E... Alice? — perguntou Katherine, hesitantemente.

— Não, Deus, absolutamente não!

— Não, quero dizer, ela é filha de Jake?

Holly baixou a cabeça, e Katherine passou os dedos pela lateral do piano polido.

— Eu sempre quis tocar — disse ela. — Eu deveria ter tido aulas quando era mais jovem. Minha mãe tinha um velho *Steinway*, que havia pertencido à avó dela. O tom havia desaparecido, mas ela ainda insistia em recitar uma peça a cada manhã. Ela era tecnicamente adequada, não mais do que isso. Passei a odiar suas performances pesadas ao nascer do sol enquanto reverberavam pela casa. Você pode achar difícil de acreditar, mas eu me rebelei, me recusei a ter aulas. Lamento isso agora, é claro, mas nunca senti qualquer desejo de agradá-la. Ao longo de minha vida, quando mais precisei dela, ela era estranhamente ausente. — Katherine fez uma pausa. — Quem sabe Alice gostasse de aprender? Parece um desperdício tê-lo aqui sem ninguém tocando. Gostaria que ela tivesse aulas.

— Isso seria legal — respondeu Holly, olhando para Katherine.

— Seus olhos me dizem outra coisa.

— Não, seria adorável, realmente.

— Eu me pergunto se você preferiria escapar de todo o clã Richardson. Não devemos ser fáceis de conviver.

— Eu não quero machucar Jake.

— Especialmente enquanto ele pode ter controle sobre sua filha?

Katherine voltou para a lateral do piano e sentou-se com Holly no banco do piano. Tocando suavemente as teclas mais altas, ela ficou de frente para a nora.

— O vínculo entre mãe e filha deve ser impenetrável. Isso é o que eu queria, e é por isso que quero ajudá-la. — Ela ergueu a mão das teclas e pousou-a sobre a mão de Holly. — Você tem que acreditar em mim. Assumi o compromisso, desde o primeiro dia, de que tudo seria diferente com minha própria filha. E foi. Mas tudo o que isso fez foi aumentar a agonia quando a perdi. Eu não quero que você sinta essa dor, nunca.

46

Depois de passar o dia dirigindo oitocentos quilômetros antes de enfrentar a sargento-detetive Barnsdale, não tenho muita vontade de passar a noite de sábado na festa de Holly e Jake e já estou atrasado. No entanto, ciente de que Madeline está na lista de convidados e provavelmente comparecerá, atravessei a praça de Haddley. Repetidamente, durante a tarde, ela não atendeu a nenhuma das minhas ligações nem respondeu a nenhuma das minhas mensagens. Quando penso em suas fotos do Clube de Rúgbi de Richmond, sei que ela ainda me disse apenas metade da verdade.

— Almoço à uma, amanhã? — convida a Sra. Cranfield enquanto ando para a praça. Eu me viro e volto para o jardim, onde ela está arrumando as ferramentas de jardinagem do marido. — Melhor parte do dia — continua ela, olhando para o céu avermelhado. — Para onde você está caminhando?

— Festa da Holly — respondo, sentado no muro na frente de sua casa.

— Você parece exausto — diz ela. — Fora de casa antes do amanhecer e depois festejando a noite toda. — Ela arruma meu cabelo para trás da testa. — Se pudéssemos pelo menos ver seu rosto.

— Vou cortar, mas tenho estado ocupado.

— Meu pobre Ben — responde ela. — O que você precisa é de alguém para cuidar de você.

— Você nunca desiste! — rio. Enquanto tranca o cadeado no galpão, ela me convida para uma bebida rápida.

— Apenas dez minutos, o Sr. C. adoraria vê-lo. Ele o leva para St. Marnham.

Incapaz de dizer não, eu a sigo até a cozinha cheia de vapor, onde panelas estão borbulhando no fogão.

— Algo cheira bem — digo.

— Nada especial. Carne de porco com cidra.

— Parece bom para mim.

— Um dos meus favoritos — diz a Sra. C. — Lembro-me de minha mãe fazendo isso para mim, no dia em que voltamos para County Clare. Eu estava perturbada com o pensamento de voltar para casa, e ela sempre sabia como me animar. Mas, sem dúvida, todos vocês comerão algo adorável esta noite.

— Só canapés, imagino.

— Vai ser tudo muito chique. Nenhuma economia na casa dos Richardson.

— Estou esperando por mini-hambúrgueres! — respondo.

— Cerveja, Ben? — pergunta o Sr. Cranfield, entrando no ambiente e abrindo a geladeira.

— Não, obrigado. — Minha resposta é ignorada e ele abre uma garrafa. — Apenas um copo pequeno para mim, e nada forte — digo.

— Para onde você estava indo no meio da noite? — pergunta ele enquanto a Sra. C. começa a descascar batatas na pia.

— Nada lhe escapa — respondo.

— Quando você chega à minha idade, sempre há algumas visitas noturnas ao banheiro.

— Ele é como uma caixinha de surpresas em algumas noites — diz a Sra. C.

— Dirigi até Yorkshire — respondo. — Encontrei algumas pessoas com quem pensei que deveria falar.

— Sobre sua mãe? — pergunta a Sra. C.

— Mais ou menos. — Eu me sento na mesa da cozinha, coberta por um pano. — Estou começando a ter uma ideia do que poderia estar em sua mente.

— Naquela manhã? — continua ele, puxando sua cadeira bem almofadada da mesa e se sentando à minha frente.

— Eu não deveria estar lhe contando isso, mas parece que, durante as últimas semanas de sua vida, minha mãe esteve em contato com Abigail Langdon.

Uma tensão repentina aparece no rosto do Sr. Cranfield, e ele olha para a esposa.

— Ben, sei que você quer respostas, mas me prometa que está sendo cuidadoso — diz ela, virando-se da pia.

— Não se preocupe, eu prometo — digo, com um sorriso.

— O que te faz pensar que ela fez contato? — pergunta o Sr. C.

— Trocaram cartas. Eu vi uma delas; não posso dizer como. Acho que tinha algo a ver com uma criança.

A Sra. Cranfield larga a faca e lava as mãos na torneira quente, antes de limpá-las no avental. Tirando uma taça de vinho do armário, ela diz:

— Eu só vou tomar meio copo, George. — E depois se junta a nós, na mesa. Eu os vejo compartilhar um olhar, enquanto o Sr. C. serve uma generosa meia taça de vinho tinto e empurra a rolha de volta na garrafa.

A Sra. Cranfield descansa o copo entre as mãos antes de tomar seu primeiro gole.

— Estávamos sentadas juntas, nesta mesa — começa a Sra. C. — Sua mãe e eu. Nunca pareceu certo contar a você antes, mas talvez devêssemos ter dito. Estávamos protegendo um segredo que ela havia descoberto.

Minha boca fica repentinamente seca, e eu engulo.

— Você sabia disso?

— Ela me contou o que havia descoberto. Ou o que ela suspeitava, devo dizer. Ela não me contou como sabia e me fez jurar segredo. Eu disse que ela não deveria ouvir fofocas bobas, mas ela estava convencida – *convencida* – de que Abigail Langdon tinha um filho.

— Quando foi isso? — pergunto. Quando a Sra. C. olha para o marido, vejo que ela ainda acredita que esteja traindo a confiança da minha mãe. — Por favor.

— Deve ter sido duas ou três semanas antes de ela morrer — diz a Sra. Cranfield, tomando outro gole de seu copo antes de colocá-lo na mesa à frente dela, gentilmente. — Ela se desesperou com o pensamento de Nick ter um filho e ele não estar com ela. Eu disse a ela que poderia ser impossível sequer descobrir se aquela garota realmente tinha tido um bebê, e seria mais difícil ainda descobrir onde ele poderia estar. Ela não se importou. Daquele jeito dela, estava absolutamente determinada.

Lentamente, concordo com a cabeça. A Sra. C. está confirmando o que eu já pensava ser verdade.

— Eu queria ajudá-la, claro que sim, mas não sabia como. Sua mãe disse que nunca desistiria até que soubesse a verdade. — A Sra. C. enxuga uma lágrima, e eu coloco minha mão na dela. — Tudo o que eu podia fazer era pedir a ela para me fazer a mesma promessa que eu peço a você. — Ela me olha com atenção. — Para sempre ter muito cuidado. — Levantando-me para sair, abraço a Sra. Cranfield e faço-lhe a promessa.

Quando o Sr. C. sai da nossa rua e paramos nos semáforos temporários da Lower Haddley Road, ele se vira para mim.

— Há oito semanas, eles estão cavando essas tubulações. Aposto que os vitorianos as construíram mais rápido.

Sorrio.

— Desculpe fazê-lo sair — digo. — Eu poderia facilmente ter ido a pé.

— Sem problemas — responde ele. — O jantar será em meia hora ainda, e não queremos que você se atrase para a grande festa.

— Eu realmente só estou indo por causa de Hol — respondo. — Duvido que vá ficar até muito tarde.

Nós avançamos em direção ao semáforo, mas ele fica vermelho novamente antes de chegarmos ao cruzamento.

— Você sabia? — pergunto, olhando para o Sr. Cranfield sob a luz vermelha brilhante.

— Não até depois que sua mãe se foi. A Sra. C. e eu conversamos sobre isso e decidimos que era melhor deixar as coisas descansarem. Não queríamos esconder isso de você, Ben — nós simplesmente queríamos dar a você o espaço para viver sua própria vida.

Sem sentir raiva, pergunto.

— Se minha mãe estava tão convencida de que havia uma criança, e isso lhe dava esperança, então por quê…?

— Por que ela se mataria? — O Sr. C. se vira para mim. — Não sei, Ben. Nunca entendi isso.

— Ela se colocaria em perigo pelo filho de Abigail Langdon?

— Pela chance de descobrir um vínculo com Nick, acho que ela o faria. O amor de uma mãe pode ser uma força irresistível. É algo que nunca desaparece.

— Se havia um bebê, acho difícil acreditar que seria de Nick. Não há evidências de um relacionamento real entre ele e Langdon. Falei com Elizabeth Woakes, e ela sente o mesmo a respeito de Simon.

Seguimos em frente, passando por Haddley Woods e entrando em St. Marnham. O Sr. C. para o carro ao lado do lago da aldeia e se vira para mim.

— Ben, nenhum de nós pode saber com certeza se aquela criança era de Nick ou mesmo se havia uma. Porém, se eu tivesse que apostar dinheiro, diria que havia mais nessa história do que isso.

— O que você está dizendo?

— Quando nos mudamos para Haddley, fazia quase um ano que o julgamento havia terminado. Todos os dias, eu via Peter Woakes fazendo a mesma caminhada implacável ao longo da margem do rio e pela floresta. Ele estava lamentável. Você não podia deixar de sentir por ele. A essa altura, ele estava basicamente vivendo uma vida difícil e, sempre que tinha chance, eu lhe dava algumas libras. Ninguém quer ver um homem nesse estado, especialmente depois de tudo o que ele havia passado. Algumas vezes, sentei com ele na beira da água e levei-lhe uma cerveja do pub. Ele era um ser humano quebrado.

— Eu me lembro.

— A perda de um filho é algo desesperador, mas era mais do que isso: ele sentia culpa. Seu arrependimento foi não agir quando teve a oportunidade, e isso o corroeu. Cada vez que eu o via, ele percorria o mesmo terreno. Se ele apenas tivesse agido quando teve a chance, se ele tivesse agido...

Penso em meu café da manhã com a senhora Woakes e depois no desconforto dela no dia das finais de rúgbi.

— Antes dos assassinatos, ele tinha ouvido histórias sobre Langdon e Fairchild? — pergunto.

— Não muito antes de ele desaparecer de vez, encontrei-o sentado em um banco na margem. Comprei-lhe uma cerveja. E, como sempre, ele falou de seu arrependimento por não ter agido quando poderia.

— Mas no que ele sentiu que deveria ter agido? — pergunto, querendo um vislumbre das memórias fraturadas do Sr. C.

— Durante o último período de verão, houve um telefonema para a escola. Ele havia descartado isso como pouco mais do que fofoca, mas, em retrospecto, ele estava agonizando. Ele disse que continuou repassando isso em sua mente.

— O que a ligação disse?

— Não sei. Nunca mais o vi. — O Sr. C. olha do outro lado do lago, em direção à festa iluminada dos Richardson. — Se eu for honesto comigo mesmo, Ben, meu maior arrependimento é não ter feito mais para ajudá-lo.

Dessa vez sou eu quem estende a mão e aperta o ombro do Sr. C. Saio do carro e caminho ao redor da beira do lago. Quando chego à entrada da casa iluminada dos Richardson, viro e vejo o Sr. Cranfield caminhando lentamente de seu carro em direção ao pub do vilarejo.

SETE

"UMA DAQUELAS TARDES ÚMIDAS E ENEVOADAS,
NAS QUAIS VOCÊ NÃO PODE SE AQUECER E DEVERIA
ESTAR SEGURO DO LADO DE DENTRO."

47

— Ben! Aqui! — grita Jake Richardson quando entro na sala de seus pais, e ele me chama para me juntar a ele e a um pequeno grupo de amigos. — Uma taça de champanhe para este homem — diz ele, enviando um dos garçons correndo em minha direção. Pego um copo meio cheio antes de Jake devolver seu copo vazio e pegar outro. — Traga uma garrafa — diz ele, despachando o garçom de volta para o bar. — Você conhece Martin e Duncan, do vilarejo. Seus filhos vão para a creche com Alice.

Trocamos breves acenos introdutórios. Rapidamente, examino a sala em busca de amigos que possam me resgatar.

— Foi assim. Entediado, bebo uma segunda cerveja, termino minha torta de porco e dirijo por este pequeno vilarejo sonolento, que fez St. Marnham parecer uma maldita metrópole. — Martin e Duncan riem quando necessário, e percebo que cheguei enquanto Jake recitava, bêbado, os destaques de sua semana de trabalho. — Estou absolutamente exausto, tendo passado dois dias enchendo os bolsos daqueles merdas, para quem meu próprio pai vendeu minha empresa — a empresa que eu *comecei*. Então, decidi me dar a tarde de folga, começando com um cochilo debaixo de uma árvore. Estou cochilando e escuto uma batida irritante na janela do meu Audi. Eu entreabro um olho e vejo um velho militar espiando pela janela. A princípio, acho que estou tendo um maldito pesadelo e que é meu velho — isso lhe dirá exatamente o tipo com o qual eu estava lidando. Fecho meus olhos e o ignoro, mas ele começa de novo – *rá-tá-tá-tá, rá-tá-tá-tá*. Abro a janela. Ele se chama Major Edwards — não suporto esses tipos ex-militares que ainda usam sua patente — e pergunta se eu me importaria de ir embora. "Maldito país livre", digo a ele, e é claro que ele não perde tempo em me dizer que lutou por essa liberdade. Então, ele diz que minha presença está causando nervosismo entre "as senhoras do vilarejo". "A maldita sorte pode ser uma coisa ótima", digo. Eu me levanto em meu banco e peço que ele explique. Ele logo dá um passo para trás, quando me mexo em direção à porta, mas ainda continua falando sobre a ansiedade entre "as senhoras". Pergunto ao maldito intrometido se ele realmente falou com alguma delas. Porém, antes que ele possa dizer mais alguma coisa, eu faço como se estivesse prestes a pular para fora. Rápido como você gosta, ele tropeça para trás e cai de costas na lama espessa. Não resisti e tirei uma foto.

Jake alcança seu telefone enquanto pega uma garrafa de champanhe do garçom. Ele reabastece o próprio copo, depois enche os de Martin e Duncan. Quando ele o faz, sinto um toque no meu cotovelo. Me viro e vejo Will Andrews parado ao meu lado.

— Precisando ser resgatado? — pergunta ele, baixinho.

— Você é uma dádiva divina — respondo, pedindo licença ao grupo de Jake. Enquanto atravessamos a sala de estar, ainda posso ouvir Jake planejando ridicularizar publicamente o rosto marrom-avermelhado do major Edwards.

— Desculpe por não ter lhe dado mais tempo ontem, Ben. Você me pegou em um dia um pouco ruim — diz Will.

— Não há necessidade de se desculpar. Nada pior do que ser interrompido por um jornalista intrometido quando você está tentando trabalhar.

Will ri e sugere que saiamos da sala lotada e entremos no escritório de Francis, que foi preparado para os bebedores de uísque, no final da noite.

— Isso tudo é muito *Francis* — digo enquanto entramos na sala com painéis de madeira. Olho para as estantes, cheias de primeiras edições.

— Não tenho certeza de quantos deles foram realmente lidos — diz Will —, mas eles parecem impressionantes.

— E isso é muito importante para Francis.

— É claro. Vamos ser os primeiros a provar o uísque? — pergunta Will, pegando um dos quatro *single malt* colocados em exposição.

— Acho que já tive o suficiente para esta semana — digo, levantando a mão.

Will se serve de uma dose dupla antes de se sentar ao meu lado, em uma das cadeiras de couro de espaldar alto.

— Eu realmente queria ter um momento para me desculpar. Não há alegria para nenhum de nós em lembrar aquele verão, mas se houver alguma maneira de ajudá-lo... — Sua voz vai abaixando.

— Você me perguntou no restaurante, na quarta-feira à noite, o que significaria se minha mãe não tivesse tirado a própria vida — respondo —, e eu disse que era impossível dizer. Se você me perguntasse agora, eu diria que significa que alguém a matou.

Will toma um gole de seu copo. No frio do escritório, é sua única reação.

— Acredito que a morte da minha mãe esteja ligada ao que aconteceu naquele verão, à possível existência de uma criança e a alguém que estava mais envolvido com Langdon e Fairchild do que poderíamos imaginar. — Eu me viro para Will. — Diga-me o que você quis dizer quando me enviou uma mensagem sobre “todos os tipos de homens”. Você as viu com alguém?

— Não, eu nunca as vi. — Will continua a beber de seu copo, lentamente. — Durante o ano letivo anterior, porém, circulou a conversa de que Josie havia estado com alguns dos meninos mais velhos. Isso lhe deu uma reputação na escola. Vamos apenas dizer que, uma vez que se tornou conhecido... bem, as crianças podem ser muito cruéis. Eu não estou dando justificativas para ela, mas ela recebeu um tratamento duro, mesmo de Abigail, no início.

— Meu coração chora — digo, friamente.

— Josie foi condenada ao ostracismo, intimidada sem remorsos, e não apenas por nossa classe, mas por todo o ano. As agressões psicológicas eram implacáveis. — Will faz uma pausa, então começa a sussurrar. — Josie é uma vadia, Josie é uma vadia. Esse era o canto repetido toda vez que ela entrava em uma sala. Em qualquer lugar da escola, a cada hora, todos os dias. E então, a batida viria a seguir, baixinho, no início... — Will começa a bater o ritmo rápido na mesa de Francis. *Rá-tá-tá-tá. Rá-tá-tá-tá.* — Josie é uma vadia, Josie é uma vadia. Crescendo e crescendo. — *Rá-tá-tá-tá. Rá-tá-tá-tá.* — Subindo em um crescendo, aonde quer que ela fosse. Cada vez mais rápido. Mais alto e mais alto. Josie é uma vadia...

— Chega! — grito. Por um momento, ficamos em silêncio.

— Todo menino, toda menina, todo dia. Quando não podíamos cantar, simplesmente fazíamos a batida.

— Não há desculpas para o que Langdon e Fairchild fizeram — digo. — Nenhuma.

— Sei disso — diz ele. — Abigail viu a fraqueza dela e se tornou sua única amiga. Cada uma seduzida pelo mal na outra. Tudo o que estou dizendo é que não teria demorado muito para outra pessoa testemunhar sua alienação — e encontrar uma maneira de se aproveitar dela.

48

Holly parou na porta da sala de visitas e observou, horrorizada, uma bandeja de prata, carregada de taças de champanhe, voar pelo terraço. Quando Jake caiu em cima de um garçom infeliz, ela levou as mãos ao rosto e se viu desejando que a noite acabasse, desesperadamente.

— Ele já está bêbado — gritou Francis Richardson com uma risada insensível. — Maldita vergonha — continuou ele, gritando para a esposa, que apareceu na porta ao lado de Holly. — Alguém o coloque de pé.

— Nada para ver aqui — disse Katherine, com uma severa repreensão ao marido. Com um aceno rápido de sua mão, dois garçons instantaneamente colocaram Jake no canto de um sofá de veludo bordô. — Café preto forte e um copo de água — continuou ela, disparando instruções enquanto o vidro quebrado era rapidamente varrido. — E depois, algo para comer. Nada muito pesado: algumas fatias de torrada, provavelmente é melhor. — Ela pegou o braço do garçom-chefe e falou com ele tão baixinho que apenas Holly, a mais próxima deles, podia ouvir. — Deixe-o beber o café e depois leve-o para a cozinha. Segure-o lá por pelo menos trinta minutos. E mantenha-o longe do pai.

— Sinto muito — disse Holly. — Eu me sinto horrível. Você se empenhou tanto na festa e é assim que nós lhe retribuímos.

— Não pense mais nisso — respondeu Katherine. — Todos sabemos que a festa é realmente para Francis. Isso só aumentou sua diversão. — Holly se virou para olhar para Katherine, chocada. — Cada um deles tem um prazer cruel nas falhas do outro — disse ela, passando o braço pelo de Holly e levando-a para fora da sala de estar. — Eles sempre foram assim. Jake já lhe contou sobre seu décimo segundo aniversário?

Holly balançou a cabeça.

— Por volta dos onze anos, Jake ficou obcecado por basquete. Francis tinha uma viagem de negócios para Manhattan. Então, Jake e eu nos juntamos a ele por alguns dias — continuou ela, descendo lentamente a escada em caracol antes de atravessar o corredor lotado em direção à porta da frente da casa. — Levamos Jake ao Madison Square Garden para ver o New York Knicks. Foi uma noite feliz, Jake adorou. Quando chegamos em casa, ele estava desesperado por sua própria rede. Seu aniversário estava chegando, e eu construí uma pequena quadra nos fundos do jardim. Eu sei — não fazemos nada pela metade aqui. Em seu aniversário, ele tinha alguns amigos por perto, e o pai montou dois times, um capitaneado por ele mesmo e outro por Jake. A equipe de Jake era boa e, apesar dos melhores esforços de Francis, eles chegaram à frente no jogo. Jake estava adorando isso, mas é claro que Francis não aguentou. Ele ficou mais agressivo e, sem querer, tenho certeza, derrubou Jake no chão. Não teria sido nada demais. Porém, quando Jake caiu, o anel de sinete de Francis cortou o canto do seu olho. Quando Jake se levantou, o sangue escorria pelo lado esquerdo de seu rosto. Ele se recusou a me deixar cuidar do corte e se sentou sozinho, ao lado da quadra, enquanto o jogo continuava. Ele deixou o sangue intocado. Seu único desejo era que seus amigos testemunhassem as falhas do pai.

Deixando o clamor da festa para trás, Katherine conduziu sua nora pela entrada de sua casa antes que as duas contornassem cuidadosamente as margens mal-iluminadas do lago do vilarejo.

— Não seremos incomodadas aqui — disse Katherine ao chegarem a um banco recém-envernizado, com uma pequena placa de bronze. — Eu queria te mostrar isso. Este é o banco de Lily.

Holly olhou para a inscrição. Ela nunca tinha reparado.

Risos e alegria foram os presentes que ela nos deu.

— Você nunca falou dela — disse Holly, só agora vendo a tristeza que Katherine sempre havia escondido.

— Não — respondeu Katherine —, nós nunca o fazemos. Dizemos a nós mesmos que é muito doloroso. Porém, pergunto-me se as coisas seriam melhores se o fizéssemos. Ela era tudo que eu sempre havia desejado. Minha própria filha. Assim como você e Alice, tenho certeza.

— Eu não poderia imaginar o mundo sem ela.

— Era o mesmo para mim. Eu adorei cada momento que passei com ela. Todas as pequenas coisas — vesti-la no início de cada dia, ler seu livro favorito, horas juntas no banho, envolvê-la em uma toalha enorme depois. De muitas maneiras, foi o mesmo para Francis; de alguma forma, foi mais fácil com Lily.

— Posso perguntar o que aconteceu? — disse Holly.

Katherine olhou para o lago. As luzes da casa dos Richardson dançavam sobre a água.

— Era um fim de tarde de novembro. Uma daquelas tardes úmidas e enevoadas, nas quais você não pode se aquecer e deveria estar seguro do lado de dentro. Lily adorava estar ao ar livre, correndo, pulando nas poças. Ela usava galochas roxas... — Ela hesitou.

— Podemos voltar para dentro, se você preferir — disse Holly, com uma suavidade na voz.

— Não — disse Katherine. — Eu não venho aqui o suficiente. — Depois de um momento, ela continuou. — Eu me distraí do lado de dentro, nada importante. Acho que estava descascando cenouras ou algo igualmente inútil. Lily saiu pelo portão, nos fundos do jardim. Estava escuro, mas mesmo assim ela encontrou o caminho até o lago. Ela adorava os patos. Gritava de prazer sempre que algum se aproximava dela. Nós os alimentávamos juntos quase todas as manhãs. Ela não tinha medo; assim como Alice, ela os alimentava direto de sua mão.

"As folhas ao redor do lago estavam encharcadas; e a lama, muito espessa. Eu disse a ela várias vezes para não chegar muito perto da borda, mas ela era tão curiosa. 'Nunca chegue perto da borda, era o que eu dizia. Ela conhecia a regra, mas, de alguma forma, deve ter escorregado.

"Um transeunte a encontrou, puxou-a para fora. Os médicos vieram correndo do consultório do outro lado da rua. Eles fizeram tudo o que podiam, mas era tarde demais."

Enquanto Katherine estava perdida em suas memórias desesperadas, Holly lutou contra a vontade de correr para dentro, agarrar Alice e nunca mais soltá-la.

— Eu emparedei o portão — disse Katherine. Então, as duas mulheres se sentaram juntas em silêncio. O zumbido baixo vindo da festa era o único som.

49

Ao ouvir um clamor na sala de estar, Will e eu saímos do escritório de Francis para testemunhar Katherine Richardson dando uma série de instruções. Jake está esparramado no chão e há vidros quebrados por toda parte. De pé, no fundo da sala, com o rosto pálido, está Holly. Eu me aproximo dela. Porém, quando chego perto, sua sogra enlaça seu braço no dela, e elas se afastam. Peço licença a Will e saio em busca de Madeline.

Próxima ao pé da escada em espiral, há uma pequena alcova no corredor, onde a vejo conversando com East Mailer. Ao me ver me aproximar, ele se levanta.

— Ben, bom te ver — diz ele estendendo a mão, antes de nos darmos um meio abraço, como os homens fazem.

— Bom te ver também.

— Vamos tomar um drinque, seria bom conversar.

— Eu odiaria interromper você e Madeline. Vocês dois pareciam bastante conspiratórios — digo, olhando para minha chefe.

— Nada do tipo — responde ela, saindo de dentro da alcova e colocando seu casaco impermeável comprido em volta dos ombros.

— Madeline e eu nos conhecemos há anos. Ela escreveu algumas fantásticas críticas iniciais para mim, quando estava no *Richmond Times* — diz East, apressadamente.

— Tenho certeza de que qualquer bom dono de restaurante gosta de manter a imprensa local ao seu lado — digo.

— Ela nos apoiou desde o primeiro dia em que abrimos, e tenho o prazer de dizer que ela continua voltando, desde então. Apenas não o suficiente!

— Eu realmente preciso correr — diz Madeline, alcançando distraidamente seu telefone. — Adorável ver você, East. E você também, Ben.

— Espere, eu preciso falar com você — digo, indo para o lado de Madeline.

— Saio daqui a dois minutos; temos notícias de última hora. Você se lembra das notícias de última hora?

— Você tem evitado minhas ligações o dia todo.

— Ben, realmente seria bom ter aquela conversa — diz East, aproximando-se de mim pelo lado.

— Você terá que me dar cinco minutos — respondo. — Trabalho, sinto muito.

— Eu não tenho cinco minutos, Ben — diz Madeline. — Meu motorista está a caminho. Isso terá que esperar.

— Isso não pode esperar — respondo.

— Eu provavelmente deveria deixar vocês à vontade — diz East, recuando desajeitadamente. — Eu tenho que ir checar o restaurante, de qualquer maneira, mas, Ben, nós temos que conversar mais tarde, hoje à noite.

— Claro. — Eu aceno com a cabeça, e East beija Madeline.

— Maddy, que bom ver você. Prometa-me que irá jantar, muito em breve.

— Prometo — diz Madeline.

— Ben, estarei de volta em trinta minutos. Eu vou te encontrar. — E com isso, ele desaparece no corredor lotado, onde grande parte da festa agora se congrega.

— Eu não posso fazer isso agora — diz Madeline.

— Grande casaco, por sinal — digo, andando a seu lado enquanto ela passa pelos convidados dizendo alguns breves olás. — Você e East pareciam muito íntimos — eu sussurro.

— Um velho colega de escola — responde Madeline, concisamente. — Bem, nos últimos dois anos de escola, quando Twickenham Duke se dignou a deixar as meninas entrarem no sexto ano.

— Eu não tinha percebido — digo, enquanto saímos para a entrada de cascalho.

— Sério, Ben, isso não pode esperar até segunda-feira?

Seguro o braço de Madeline e a conduzo até o meio-fio.

— Não, isso não pode esperar. Você precisa começar a me dizer a verdade, *toda* a verdade.

— Eu não sei do que você está falando — responde ela, dando um passo para trás, passando por mim, enquanto seu carro estaciona. — Mas eu sei que já me cansei de você tentando me intimidar.

— Eu sei sobre o filho de Abigail Langdon — digo.

Madeline para.

— Você nunca pensou em me contar sobre isso. Você não disse algo sobre sempre querer o melhor para mim e para minha família?

Sob as luzes da rua, os olhos verdes brilhantes de Madeline brilham para mim.

— Você já parou por um minuto para pensar que talvez seja exatamente por isso que eu escolhi não contar?

A janela do lado do passageiro do carro de Madeline desce, e ela pede ao motorista para lhe dar sessenta segundos. Ela dá um passo para trás em minha direção e caminhamos pela frente da casa dos Richardson.

— Você seguiu em frente com sua vida — diz ela. — Quando exatamente teria sido o momento certo para algo assim?

— Que tal agora? — digo.

— Se é o que você quer — responde ela. — É tudo bem simples. A data do julgamento de Langdon e Fairchild continuava sendo adiada. Elas haviam recebido o anonimato, mas é claro que todos nós em torno de Haddley e St. Marnham sabíamos exatamente quem elas eram. Ninguém tinha ideia de por que a data do julgamento continuava mudando, mas entre a imprensa havia um boato persistente. Quando comecei no *Richmond Times*, meu editor foi bastante aberto sobre isso. Na época, ele tentou falar com o Serviço de Proteção à Criança, em *off*, mas eles mantiveram a história de que o atraso era simplesmente para permitir a preparação de provas. Alguns anos depois, quando me mudei para os nacionais, foi tomado como fato — uma das meninas havia estado grávida. A data do julgamento foi adiada para depois que ela desse à luz, para não influenciar o júri, de uma forma ou de outra.

O telefone de Madeline vibra e ela olha para ele, antes de colocá-lo de volta no bolso do casaco, imediatamente.

— Agora eu realmente tenho que ir — diz ela, virando-se de volta para seu carro.

— Não terminamos — digo.

— Sinto muito, Ben, mas não há mais nada a dizer. Procurei a criança durante anos, mas estávamos todos operando sob restrições judiciais tão rígidas que era impossível descobrir qualquer coisa.

— Então, em vez de desperdiçar seu bocado de fofoca, quando surgiu a oportunidade, você a usou para atrair minha mãe.

— Você está distorcendo os fatos.

— Mas você a usou, não foi?

— Ela já tinha uma ideia, mas, sim, eu a usei, e eu estava errada — responde Madeline. — E aí, você está feliz? Eu estava errada.

Não digo nada.

— Isso lhe deu esperança, Ben. Isso é um crime?

— Se isso a matou, sim — respondo. — E não vamos fingir que você estava fazendo outra coisa além de procurar a melhor história para contar.

— Você e eu somos jornalistas, Ben. Fim — diz Madeline, enquanto se vira para mim. — Eu concordei que você poderia escrever a história que quisesse sobre Clare, mas não concordei que você pudesse sair em seu habitual milhão de tangentes diferentes. A história aqui não é sobre nenhuma suposta criança, e eu não quero que você vá atrás desse ângulo.

— A criança é *tudo* — respondo. — Foi o que minha mãe descobriu e foi o que matou Langdon agora. A criança é o coração dessa história, junto com o pai dela e o que ele fez com aquelas meninas.

— Desista, Ben — diz Madeline. — Eu disse que você poderia escrever sobre sua mãe, mas isso não vai mais longe.

— Se você não quer minha história, alguém vai querer. — Madeline alcança a porta do carro.

— Só vou deixar você ir até aqui.

Coloco minha mão na porta para impedi-la de abri-la.

— Você não me disse que havia encontrado Elizabeth Woakes. O que você estava buscando?

— Tire sua mão do carro, Ben.

— *O que você estava buscando?* — repito, energicamente.

— Eu peguei algo sobre o marido dela. Houve uma ligação para a escola, enquanto ele era diretor — diz Madeline, confirmando o que soube através do sr. C.

— Sobre Langdon e Fairchild?

— Mais amplo do que isso, acho, mas eu nunca poderia ter certeza. Alunas envolvidas com homens mais velhos, essa era a sugestão.

— E ele falhou em agir? — pergunto.

Madeline dá de ombros.

— Foi uma ligação, mas algumas pessoas disseram que isso o levou ao limite.

— E as fotografias? — pergunto.

— Que fotografias?

— Foi você quem tirou a foto de Nick e Simon com Langdon e Fairchild.

— Eu nunca quis crédito por essa foto. Não é o tipo de imagem que vou pendurar na parede do meu escritório.

— E passar o set completo para minha mãe foi o quê? Apenas mais um ato de bondade?

Madeline fecha os olhos e puxa o cabelo para trás.

— Pode ter sido — diz ela. — Ou eu poderia estar usando tudo o que tinha para chegar aonde estava indo. É isso que você quer ouvir? — Ela abre a porta do carro e entra. — Mas, quer saber, Ben? Talvez eu simplesmente tenha pensado que sua mãe pudesse gostar delas.

50

Holly segurou a cabeça nas mãos, espalhando os dedos pelo rosto. Ao ouvir as gargalhadas do jardim dos Richardson, ela lutou contra uma vontade crescente de tapar os ouvidos. Do outro lado da lagoa, seus olhos foram atraídos para Ben, engajado em uma conversa animada com Madeline Wilson.

— Foi Francis quem a convidou — disse Katherine. — Ele acompanha sua carreira desde que ela estava no *Richmond Times*; diz a si mesmo que tem "contatos influentes na mídia". Eu tinha esquecido de que ela era a chefe de Ben. Você ainda é próxima dele?

— Ele é meu melhor amigo — respondeu Holly, com sua sogra mantendo o olhar nela. — Nunca nada mais do que isso — adicionou ela. — Eu deveria lhe contar sobre Alice.

— Só se você quiser. Eu lhe falei sobre Lily porque queria que você soubesse. Nós a mantemos escondida muito profundamente.

— Me apavora até mesmo imaginar a dor que vocês sofreram. Todos vocês. Se eu tivesse sabido antes.

— Foi há muito tempo, antes de você nascer. Que diferença teria feito? — perguntou Katherine, e Holly se viu incapaz de responder. — Cada um de nós teve que encontrar sua própria maneira de lidar com isso. Cada vez mais, Francis tinha a vida dele e eu a minha. Fechei os olhos para as coisas que ele fez, e agora percebo que estava errada.

Ela olhou para Holly com medo, e Holly balançou a cabeça.

— Francis não é o pai de Alice — disse Holly, sentindo Katherine expirar ao lado dela. — Nada aconteceu com ele até depois que ela nasceu. Eu nunca quis machucar Jake, mas quando me casei com ele, eu estava apaixonada por outro homem. Talvez eu não soubesse — ele era um homem que eu conhecia desde que tínhamos apenas a idade de Alice —, e eu tento dizer a mim mesma que meus sentimentos estavam confusos.

"Seu nome era Michael. Ele, Ben e eu começamos a escola juntos, no mesmo dia. Durante anos, nós três fomos inseparáveis. Para ser honesta, algo dentro de mim me disse que eu o amava de uma maneira que nunca amaria mais ninguém. Na Haddley Grammar, Michael e eu nos tornamos próximos e, quando partimos, pensei que estivéssemos destinados a passar o resto de nossas vidas juntos. Porém, na escola, todos tinham certeza de que Michael jogaria rúgbi profissional algum dia e, mais cedo do que ele poderia imaginar, ofereceram-lhe um contrato com o Bath. Na época, ainda éramos pouco mais que crianças e sabíamos que tínhamos que deixar um ao outro ir. Eu queria permanecer em Londres para ficar perto da minha mãe, e ele estava jogando ou treinando todos os dias. Nossas vidas foram em direções diferentes.

"Michael e Ben ainda continuaram próximos e, depois que a mãe de Ben morreu, eles viajaram juntos. Quando Ben voltava para Haddley, Michael ficava em sua casa. Eu havia me casado com Jake recentemente, mas nós três começamos a tomar um drinque ocasionalmente para conversar sobre os velhos tempos."

Holly virou para Katherine.

— No momento em que o vi novamente, eu soube. Tudo o que eu queria era encontrar uma razão para passar o tempo com ele, estar perto dele. Ele é o pai da Alice.

— Jake faz alguma ideia disso?

— Nenhuma — respondeu Holly. — Eu nunca quis machucá-lo, você tem que acreditar em mim. — Katherine concordou com a cabeça. — Só Ben sabe. E agora, você.

— Ele morreu, não foi? Michael? — perguntou Katherine, depois de uma pausa. — O atropelamento na floresta?

Holly lutou para controlar as lágrimas. Ela se levantou e, envolvendo os braços em volta de si mesma, ficou na beira da água. Depois de um momento, ela sentiu a mão de Katherine em suas costas, gentilmente.

— Ele sabia que tinha uma filha?

Holly acenou com a cabeça.

— Ele conseguiu passar algum tempo com ela?

— Sim. Pretendíamos ir embora juntos. Michael havia recebido uma oferta para jogar na Austrália. Eu estava providenciando um passaporte para Alice. Na semana anterior à nossa partida, fomos visitar a mãe dele para Michael se despedir. Ela não estava bem. Ela havia sido atingida pela doença de Alzheimer, quando tinha apenas cinquenta e poucos anos. Foi tão triste ver. Quando Michael falava com ela, havia momentos em que ela parecia entendê-lo. Ela estava sentada em sua cadeira olhando para o outro lado da sala quando ele perguntou se ela gostaria de abraçar Alice. Sua resposta sempre ficou comigo. Ela olhou para ele e simplesmente perguntou: "Devo?". "Eu acho que você deveria", disse ele, e eu coloquei Alice em seus braços. Observei enquanto ela apertava a mão de Michael. Eu sempre me perguntei se ela sabia.

— Ela sabia — respondeu Katherine, parada ao lado de sua nora, imóvel. — E eu vou ajudá-la.

51

Voltando à casa dos Richardson, Holly correu até o quarto onde Alice estava. Ao abrir a porta, encontrou a filha dormindo profundamente. Exausta com a excitação do dia, Alice estava enrolada no meio da enorme cama com seu vestido de festa pendurado ordenadamente na porta do guarda-roupa.

Holly entrou no quarto, subiu na cama e se deitou ao lado da filha. Acariciando suavemente seus cachos macios, ela fez uma promessa a Alice, de cuidar dela para sempre. Fechando os olhos, ela se viu começando a divagar enquanto sonhava com uma vida longe de Haddley.

Em seguida, ela sentiu uma respiração em seu pescoço.

— Dormindo como um anjo — sussurrou uma voz em seu ouvido. Confusa e atordoada, não totalmente acordada, por um momento ela pensou em Michael. Então, seus olhos se ajustaram, e ela se sentou, totalmente reta.

— Francis! — exclamou ela.

— Shhh — disse ele, colocando o dedo nos lábios de Holly. — Você vai acordar nossa princesinha. Venha comigo — continuou ele, pegando Holly pela mão.

Enquanto Francis a conduzia pelo corredor em direção à suíte máster que dividia com Katherine, Holly sentiu o medo correr por ela. Lá embaixo, o burburinho da festa continuava. Porém, quando Francis fechou a porta do quarto atrás deles, eles ficaram em silêncio. Ele deu um passo à frente, forçando-a a dar um passo para trás, em direção à cama gigante com sua cabeceira Gatsby.

— Não, Francis, não aqui, não agora. Não — disse Holly, mas Francis agarrou seus braços, guiando-a para trás. — Não, eu disse. — Mas ela se viu tropeçando no divã que estava na ponta da cama e ela caiu para trás. — Francis, eu disse não! — E ela escalou a cama para o canto mais distante do quarto.

Francis veio calmamente em direção a ela, com um sorriso ameaçador brincando na borda de sua boca.

— Você não me diz não — disse ele, baixinho. — Você nunca me diz não.

Holly podia ouvir o aço em sua voz. Ela sentiu suas costas pressionarem contra o canto da sala. Ela não tinha para onde ir.

— Francis, você vai me deixar passar por você e sair deste quarto agora ou eu vou gritar.

— Eu não negocio — respondeu ele, com seus olhos fixos nela. — Sou seu dono.

— Não mais. Isso tem que parar.

— Eu decido quando isso para. Nós fizemos um acordo.

— Não. Não é justo com Jake. Não é justo com Katherine.

— Não me diga o que é justo.

— Eu não posso mais fazer isso.

— Eu não acho que essa escolha seja sua. — Francis avançou e, ao fazê-lo, Holly deslizou para o lado e pulou para trás, na cama.

— Não brinque comigo — continuou ele, virando-se para dar a volta ao redor do quarto.

Holly pegou um abajur da mesa de cabeceira e puxou com força, arrancando o plugue da tomada da parede. Segurando-o, ela disse:

— Eu o avisei, Francis, isso tem que parar.

— Não seja estúpida — respondeu ele. — A última coisa que você quer fazer é acabar com nosso acordo.

— Deixe-me ir — disse Holly, segurando o abajur como um taco de beisebol e dando um passo em direção a Francis.

— Você vai se arrepender disso.

— Deixe-me ir! — gritou Holly e, quando seu sogro deu um passo para o lado, ela avançou em direção à porta, jogando o abajur de vidro no chão de madeira.

O vidro quebrou, e os cacos voaram pela sala. Francis se virou para proteger o rosto.

— Você vai pagar por isso — rugiu ele, enquanto Holly abria a porta. — Você vai pagar por isso, porra — foi tudo o que Holly ouviu enquanto corria para fora do quarto e descia o corredor, em direção ao quarto da filha. Correndo para o quarto, ela pegou Alice da cama e fugiu em direção às escadas.

52

Tarde da noite, entro na cozinha com teto de vidro dos Richardson, um ambiente que compartilha uma grandeza semelhante ao resto da casa. Espiando uma bandeja de pequenas pavlovas de morango, caminho até a ilha de granito branco.

— Eu te amo, Ben — diz uma voz atrás de mim. Como um cadáver, Jake se levanta do assento estofado azul brilhante da mesa de banquete. — Você é como um irmão para Hol e eu. — Antes que eu possa responder, ele cai de volta e fecha os olhos. Enquanto isso, Will caminha pelo corredor cheio de arte que liga a cozinha ao hall de entrada de azulejos pretos e brancos.

— Sobremesa? — digo, pegando um bolo de chocolate em seguida à minha pavlova.

— Vou continuar com isso — responde Will, pegando um cubo de gelo do freezer para refrescar seu copo de uísque. — Dei uma volta pelo jardim — continua ele, encostado na parte de trás do assento. — Eu não acho que tenhamos terminado nossa conversa de antes.

— Interrompida pelas travessuras de Jake — digo, olhando para ele enquanto dorme profundamente.

— Não quero que você tenha a impressão de que eu estava inventando desculpas para Josie ou Abigail. Nunca pode haver qualquer defesa para o que elas fizeram.

— Eu não achei isso — respondo. — Minha mãe sempre apreciou a maneira como você cuidava dela, desde o início, quando você era pouco mais que uma criança.

— Nós éramos todos crianças — responde Will, puxando uma cadeira. — O que eu estava tentando dizer era que eu sabia o que era ser condenado ao ostracismo, ser o garoto que era diferente de todos os outros.

— Mas você e Nick sempre continuaram sendo bons amigos.

— Éramos, mas eu era um garoto de quatorze anos que acabara de perceber que era gay. Logo aprendi que crianças podem ser cruéis. A mentalidade de bando toma conta. De repente, eu era o garoto ao lado de quem ninguém queria se trocar na educação física. Eu me vi fora do círculo de amigos próximos. Por um tempo, eu estava desesperado para não ser quem eu era. Isso me fez sentir um merda. Aquele verão foi difícil. Quase não vi nenhum dos meus colegas de escola, de alguma forma comecei a me afastar.

— Isso deve ter sido difícil.

— Eu não apenas esbarrei em Nick naquele dia nas férias de verão. Eu havia combinado de encontrá-lo. Era uma quinta-feira, e nós caminhamos até Haddley Hill Park. Eu disse a ele que tinha visto Josie e Abigail no início da semana.

— Você era amigo delas?

— Não, eu as tinha visto na ponte, rondando. Estávamos todos na mesma classe na escola.

— No dia das finais de rúgbi, elas te seguiram até o vestiário.

— Isso foram elas sendo estúpidas, nada mais.

— E nesse dia?

— Eu havia concordado em encontrá-las na floresta, naquela noite. Eu queria que Nick viesse comigo.

— O que ele disse?

— Ele disse que estava levando você para nadar naquela tarde e não sabia a que horas estaria de volta.

Olho pelas portas francesas, para o jardim traseiro iluminado dos Richardson. Enquanto penso em Nick me ensinando a mergulhar em Tooting Bec Lido, vejo East acender um cigarro, enquanto ele fica sozinho na beira da piscina.

— Você ainda foi?

Will bebe seu uísque e acena com a cabeça.

— Nos encontramos na clareira. De cara, Abigail perguntou se eu queria experimentar.

Olho para Will.

— Você fez sexo com ela?

Will balança a cabeça.

— Você tem que se lembrar, Ben, eu era uma criança. Não é algo de que me orgulho.

— O que aconteceu?

— Ela estava me oferecendo Josie. Era como se ela a estivesse aliciando. Abigail se sentou e observou. Uma semana depois, elas mataram Nick e Simon.

OITO

"AO LONGO DOS ÚLTIMOS VINTE E UM ANOS,
ELA HAVIA PASSADO A ODIAR ABIGAIL.
COMO SUA VIDA TERIA SIDO DIFERENTE SE
ELAS NUNCA TIVESSEM SE CONHECIDO."

53

Não digo mais nada, e Will fica em silêncio ao meu lado. Nossos olhos são atraídos para o jardim. Observamos o vapor que sobe da piscina aquecida, lançando uma névoa ao redor de East enquanto ele fica parado sozinho.

— Eu deveria ir ver como ele está — diz Will, finalmente.

Eu o deixo ir, e ele me deixa sozinho na janela aberta enquanto vai ficar com East. Eles andam pela beira da piscina, conversando, antes de irem para o outro lado do jardim. Eu me viro para entrar e, ao fazê-lo, Jake rola para o chão da cozinha e fica de pé, cambaleando.

— Eu vou encontrar Hol — diz ele, dando um aceno cansado enquanto vai. — Amo você, Ben.

Eu me levanto e bebo minha água, então o sigo pelo corredor até o hall de entrada.

Com a tranquilidade de fim de noite, os convidados dos Richardson estão começando a ir embora, de volta às suas casas em St. Marnham e além. Jake já desapareceu, mas vejo Nathan Beavin tomando um gole de um copo de conhaque de cristal de chumbo enquanto se senta no sofá curvo, que contorna a base da escadaria principal.

— Por favor, não me diga que você vai sair para correr às seis da manhã — digo, sentando-me ao lado dele.

— Eu poderia dormir até as sete — responde ele. — A regra é nunca se dar uma desculpa para não ir.

Eu me pego desejando ser dez anos mais jovem.

— Espere até ter a minha idade — digo e, assustadoramente, acabo lembrando o Sr. Cranfield. Nathan olha para mim com pena, como se eu fosse de meia-idade. Instantaneamente, arrependo-me de minha resposta automática. — Talvez eu o veja na praça às sete. — Eu já sei que é um compromisso que dificilmente vou cumprir.

— Que casa eles têm aqui! — diz Nathan, enchendo seu copo com o conhaque Hennessy de Francis, com a garrafa aninhada ao lado dele ordenadamente. — Você já esteve aqui antes?

— Algumas vezes — respondo. — Holly e Jake fizeram sua recepção de casamento em uma marquise no jardim.

— Aposto que foi uma festa e tanto.

— Como você deve ter percebido, o Sr. e a Sra. Richardson não fazem nada pela metade.

— Ele deve valer um pouco. Dinheiro de família, não é?

— Não tenho certeza — digo. — Ele se deu bem nos negócios, mas eu não acho que ele veio de uma família pobre. — Nathan ri. — Seu pai tinha algum tipo de negócio de manufatura — têxteis, acho. Francis estava no exército no início, mas logo percebeu que estava muito mais interessado em ganhar seu próprio dinheiro.

— E Jake simplesmente se casou com uma garota local?

— Você quer dizer Hol? Sim, ela viveu em Haddley por toda a sua vida.

— Não arranjaram para ele alguém que viesse com mais influência?

— Acho que não — respondo. — Francis já tinha o suficiente.

— Você a conhece a vida toda?

— Você adora fazer perguntas, não é?

— Acho que sou um pouco curioso, nada mais do que isso.

— Sério? Eu não tenho tanta certeza.

Nathan toma um grande gole de seu copo, que deve queimar enquanto ele engole.

— Por que não me conta sobre você?

— Sobre mim? — diz ele, e eu espero. — Eu realmente não tenho uma história para contar. Nascido no País de Gales, infância comum, uma irmã, fomos para uma boa escola, tivemos ótimos pais.

— Legal — digo. — E?

— Fui para a universidade em Cardiff, depois quis um tempo. Vim a Londres para uma aventura. É isso. Nunca imaginei que conheceria uma mulher como Sarah.

— Você a conta bem.

— Conta o quê?

— Sua história. Já ouvi um milhão e uma vezes. Agora, um milhão e duas.

— Não sei o que você quer dizer — diz Nathan, girando os restos de seu drinque em seu copo.

— O que você realmente está fazendo aqui?

— Exatamente como eu disse: um pouco de aventura na cidade grande.

— A verdade. Você me perguntou sobre minha mãe, meu irmão, meus amigos, James Wright, meu trabalho. Por quê?

Nathan abaixa o copo com uma expressão de alarme no rosto.

— Ben! — ouço a voz de Holly gritar. Pulando de pé, procuro seu rosto entre os foliões restantes. — Aqui em cima — ela chama. Viro e a vejo descendo precariamente a escada em caracol, com Alice dormindo em seus braços.

— O que está acontecendo? — digo. Conforme ela se aproxima, posso ver uma vermelhidão em seus olhos. — Hol?

— Você pode pegar um carro para nos levar para casa? E encontrar Jake.

Ouço a urgência em sua voz. Imediatamente, pego meu telefone.

— Eu deveria ir e encontrar Sarah — diz Nathan, ficando de pé e correndo.

— Haverá um Uber aqui em quatro minutos. Venha e se sente — digo, mas Holly se recusa.

— Quero esperar lá fora — responde ela, enrolando um cobertor firmemente em torno de Alice. Enquanto ela se dirige para a porta da frente, Sarah e Nathan rapidamente saem da cozinha pelo corredor.

— Holly, você está bem? — pergunta Sarah.

— Estamos partindo. Preciso encontrar Jake e ir.

— Ele não está na cozinha — responde Sarah.

— Vou verificar a sala de estar — diz Nathan, subindo as escadas aos pulos enquanto vou para o solário, na parte de trás do corredor. Ao abrir a porta, encontro Jake dormindo em um dos sofás de pelúcia, enrolado como um bebê.

— Jake, você vai embora — digo, acordando-o com um sobressalto. — Acho que Alice está um pouco doente, então Holly quer levá-la para casa.

Ele rola para fora do sofá e cambaleia atrás de mim pelo corredor. Caminho com ele até a entrada.

— A festa acabou? — pergunta ele, apenas semiconsciente.

— Quero levar Alice para casa — responde Holly, enquanto Sarah e Nathan se juntam a nós do lado de fora.

— Meu bebê se sentindo mal — diz ele, olhando para Alice.

— Expliquei que ela não estava se sentindo bem — digo a Holly. — Muito bolo, misturado com um sonho ruim. — Jake acena com a cabeça e tropeça na nossa frente. — Hol, você está bem? — pergunto.

— Só preciso ir.

Não digo mais nada até chegarmos ao final da entrada, quando East Mailer atravessa o jardim, vindo dos fundos da casa.

— Ben, você já vai embora? Eu estava realmente esperando que tivéssemos a chance de conversar.

— Preciso levar a pequena para casa — respondo enquanto nosso Uber chega. — Vamos tomar um drinque em breve.

East desliza a porta, e Sarah e Nathan sobem nos bancos traseiros. Jake cai na fileira do meio da minivan antes de Holly subir, ao lado dele. Seguro Alice, então a passo gentilmente de volta para a mãe. Alice se enrola em Holly, e vejo Holly apertá-la com força. Dou um passo à frente para me sentar na frente, com o motorista, olhando para a casa dos Richardson, onde os últimos convidados continuam bebendo no terraço. Uma figura solitária nos observa cuidadosamente através da janela em arco que dá para o alto da casa. Enquanto nos afastamos lentamente, ao redor do lago do vilarejo, eu me viro e vejo Katherine Richardson parada ali, imóvel.

Parando nos semáforos temporários da Lower Haddley Road, ligo meu telefone e abro nosso aplicativo de notícias. Lendo a manchete espalhada, tenho que lutar para respirar.

ENFIM, VINGANÇA! ABIGAIL LANGDON ASSASSINADA!

— Estou em apuros — digo, enquanto dirigimos pela parte inferior de Haddley Woods. — Você pode diminuir a velocidade? — pergunto ao motorista, precisando de tempo para pensar. — Basta encostar aqui, por um segundo.

— Ben? — diz Holly, e eu passo meu telefone de volta para ela.

Olho através da praça, para a frente da minha casa.

Do lado de fora, estão estacionados dois carros de polícia. Apontando para eles, digo:

— Acho que eles vieram atrás de mim.

— O que eles estão fazendo aqui? — pergunta Sarah do fundo do carro. Holly entrega a ela meu telefone.

— E esse artigo não tem nada a ver com você? — diz Holly.

Jake e Alice continuam dormindo profundamente ao lado dela.

— Não, nada — respondo, enquanto Sarah se inclina para a frente e me devolve meu telefone.

— Alguém abriu o bico — diz Holly.

Já estou mandando mensagem para Madeline.

Que porra é essa?

Sua resposta é instantânea:

Não fomos os primeiros. Veja o The Sun on Sunday. Eu não tive escolha a não ser seguir.

Preciso de um advogado.

Vou cuidar disso.

— Vocês todos sigam — digo, abrindo a porta do carro. — Melhor vocês ficarem fora disso.

— Você quer que eu vá com você? — pergunta Sarah.

— Certamente é melhor não se envolver, não é? — diz Nathan, com a voz calma.

— Madeline está mandando alguém — respondo olhando para ele pelo espelho retrovisor.

— É o mínimo que ela pode fazer — diz Holly. — Tem certeza de que não quer que um de nós vá com você?

— Vou ficar bem. Ligo para você amanhã.

Atravessando a área comum, vejo as luzes traseiras vermelhas do carro desaparecerem. Quando me aproximo de casa, vejo a sargento-detetive Barnsdale sentada sozinha em um dos carros de polícia que aguardam. Passo direto por ela. Instantaneamente, ela me persegue.

— Sr. Harper — grita ela. — Por favor, espere. Temos uma série de perguntas que gostaríamos de fazer ao senhor. — Olho por cima do ombro. Dani Cash aparece do segundo veículo e segue três passos atrás de sua superior. Ignorando as duas, abro a porta da frente. Vou batê-la, mas Barnsdale a empurra com o pé. — Sr. Harper — diz ela, empurrando a porta para abrir. — Precisamos conversar.

Começo a tirar minha jaqueta.

— É quase meia-noite — digo, de costas para a detetive. — Não posso imaginar o que seja tão urgente que não possa esperar até de manhã.

— Temos uma série de perguntas que gostaríamos que o senhor respondesse — diz ela, entrando sem ser convidada. — Na delegacia.

Eu a encaro, do outro lado do corredor.

— Não contei a história nem ninguém do meu site. — É melhor que Madeline esteja me dizendo a verdade.

— Alguém contou — responde Barnsdale, movendo-se em minha direção —, caso contrário, como diabos isso teria acabado aqui? — Ela me entrega uma impressão da primeira página da primeira edição do *The Sun on Sunday*. Na capa, está a imagem de Langdon. — Quando estiver pronto, Sr. Harper, adoraria ouvir sua explicação.

O vazamento a humilhou. Eu modero meu tom.

— Como disse, eu não tive nada a ver com isso. Mas eu posso ver que esta é uma situação muito difícil, então ficarei muito feliz em ir à delegacia logo de manhã, por minha própria vontade. — Barnsdale não diz nada, e eu olho para ela. — Uma reportagem de jornal realmente muda alguma coisa?

— Nada, além da legitimidade de toda a investigação.

— Langdon está morta. Ia sair em algum momento. Minha participação em um interrogatório fajuto no meio da noite não vai mudar isso.

— Posso prendê-lo agora, se o senhor preferir. — Ela é implacável.

— Com que fundamento?

— Já passamos por isso, Sr. Harper. Passando-se por um policial, removendo evidências da cena de um crime. Você gostaria que eu continuasse?

Dani Cash está estudando o próprio reflexo em seus sapatos muito polidos.

— Você não gosta do fato de que a história foi vazada, então está me punindo.

— O senhor está tornando as coisas muito fáceis para nós, Sr. Harper. O senhor mesmo disse que teria matado Abigail Langdon se tivesse tido a chance. Sua mãe era uma das poucas pessoas que sabia onde ela estava.

Percebo que não tenho escolha.

Saímos pela frente da minha casa, com Dani Cash me escoltando até o banco de trás do carro de polícia que aguardava. Quando ela abre a porta, eu abaixo minha cabeça e um flash pisca em meus olhos. A mão de Dani me guia para o banco de trás e, enquanto ela fecha a porta, ouço o disparo rápido de uma lente de câmera de imprensa, empurrada contra a janela.

— Obra de Barnsdale, presumo? — digo, afastando-me da janela. Sob a luz das lâmpadas da rua, lentamente nos afastamos do lado da praça. Olho através do espaço aberto e penso naquele dia extremamente quente e cheio de ódio que tem assombrado minha vida desde então.

A noite de sábado em Haddley não é diferente de qualquer outra cidade, e entrar na delegacia é uma visão deprimente. Três bêbados, um com um corte acima do olho direito, estão esparramados em um banco na minha frente. Tendo deixado claro para Barnsdale que estou esperando meu advogado, passo as próximas duas horas sentado sozinho em uma sala de interrogatório sem ar. Dani me traz uma caneca de chá, mas, novamente, não fazemos contato visual.

Algum tempo depois das duas da manhã, Morgan Turner, a chefe de nossa equipe jurídica interna, chega.

— Suponho que estejam apenas buscando informações, e nada mais do que isso, certo?

Eu a informo sobre minha visita a Farsley.

— Então, estamos falando de um pequeno puxão de orelha, mas o que mais eles esperariam que você fizesse na sua situação? Você estava aflito e desesperado.

— E fazendo o que qualquer policial de investigação competente já teria feito.

— Podemos ir com calma nessa afirmação até tirá-lo daqui — responde Turner. — Quero que você evite responder a qualquer uma das perguntas, a menos que eu diga o contrário.

— Absolutamente — respondo.

Quando a porta se abre, e Barnsdale e Cash se juntam a nós, sinto uma onda de raiva e apreensão. Enquanto Dani configura o dispositivo de gravação, a detetive se senta à minha frente.

— Vamos concordar em deixar de lado as atividades de hoje e focar no assunto em questão — o assassinato de Abigail Langdon. Sr. Harper, antes dos acontecimentos das últimas quarenta e oito horas, o senhor sabia que Abigail Langdon, mais tarde conhecida como Demi Porter, estava morando na cidade de Farsley, em West Yorkshire?

— O conhecimento de Harper sobre o paradeiro de Abigail Langdon é irrelevante — diz Turner.

— Eu discordo — responde Barnsdale, abrindo seu caderno. — Citando: "Se eu soubesse onde Langdon estava, eu mesmo a teria matado". Essas são as suas palavras, Sr. Harper?

— Para que conste, sargento, esta é a mulher que assassinou brutalmente o irmão do Sr. Harper. Eu ficaria mais surpresa se ele não tivesse ameaçado matá-la, em muitas ocasiões, ao longo de sua vida. Suas palavras eram simplesmente uma expressão compreensível de dor e indignação.

Barnsdale continua com sua próxima pergunta, como se ela não tivesse falado.

— Antes desta manhã, o senhor alguma vez visitou a cidade de Farsley, em West Yorkshire?

— Novamente irrelevante, sargento. O Sr. Harper é livre para visitar qualquer cidade do Reino Unido e além. Ele não está sob nenhuma restrição.

— Sr. Harper, o senhor sabia que sua mãe estava em contato com Abigail Langdon?

Turner se vira para mim, e eu respondo.

— Não.

— Mas o senhor sabia que Elizabeth Woakes estava em contato com ela?

— Elizabeth Woakes não estava em contato com Langdon.

— Erro meu. Mas o senhor sabia que ela visitou Farsley?

— Não — respondo novamente.

— É mesmo?

— Descobri ontem que a Sra. Woakes havia visitado uma vez. Isso é tudo. — Olho para Dani.

Morgan Turner segura meu braço. Respiro fundo e me inclino para trás em minha cadeira.

— Elizabeth Woakes explicou ao senhor o propósito de sua visita a Farsley? — continua Barnsdale.

— Não — respondo.

— E ela havia visitado Farsley em várias ocasiões?

Morgan Turner se vira para mim e acena com a cabeça.

— Que eu saiba, não — digo.

— Sr. Harper, eu estaria certa em dizer que o senhor acredita que Elizabeth Woakes estava protegendo seu marido, protegendo sua memória, de alguma forma?

— Isso é pura suposição — diz Morgan Turner.

— Policial, você poderia ler em seu caderno? — A mão de Dani treme enquanto ela abre as páginas, em resposta ao pedido de Barnsdale. — Vá em frente, policial, estamos esperando.

— "Simplesmente que, ao conversar com ela, tive a impressão de que ela o estava protegendo ou senti que precisava proteger a memória dele." — Dani registrou minhas palavras, literalmente.

— O que o fez pensar que Elizabeth Woakes estava protegendo o marido?

— Era apenas um sentimento. Nada específico.

— Você sabe do que ela poderia estar protegendo-o?

— Não.

— Estamos andando em círculos aqui, sargento — diz Turner.

— Tudo bem, vamos seguir em frente — diz Barnsdale. — Você sabe quem informou sua mãe e Elizabeth Woakes sobre a nova identidade e localização de Abigail Langdon?

Faço uma pausa, e Barnsdale espera minha resposta.

— Sr. Harper?

— Não — respondo. Não há nenhum benefício em colocar Madeline na frente de Barnsdale.

— Se o senhor pudesse esclarecer para mim, para que eu tenha isto correto em minha mente: o senhor se encontrou com Elizabeth Woakes na sexta de manhã?

— Sim.

— Ela lhe disse que havia sido informada da verdadeira identidade de Demi Porter, ela lhe disse que havia visitado Farsley, e o senhor, como um premiado jornalista investigativo, nunca pensou em perguntar a ela como sabia?

— Sargento-detetive Barnsdale, aonde você quer chegar com isso? — pergunta Turner.

— Estou apenas procurando a ajuda do Sr. Harper para estabelecer os fatos.

— Nesse caso, posso sugerir que trazê-lo aqui no meio da noite pode não ser a melhor maneira de garantir sua cooperação total?

Barnsdale coloca as mãos na mesa à sua frente.

— Elizabeth Woakes falou com o senhor sobre por que o marido fugiu de Haddley?

— Fugiu? — respondo, antes que Turner possa me parar. — Ele não fugiu.

— Não fugiu? Ele não fugiu, com medo de que seu relacionamento anterior com Langdon e Fairchild fosse descoberto?

54

Mal havia amanhecido quando Corrine atravessou o pátio da garagem duramente iluminado, deixando para trás outro turno de quatorze horas. Um caminhão subindo a costa em direção a Dover passou na frente dela. Dando um passo atrás, ela segurou o capuz de seu anoraque sobre a cabeça. Nuvens negras pairavam pesadas, e ela envolveu seu casaco firmemente contra o vento implacável, que a cortava enquanto soprava da beira-mar.

Não havia outros clientes dentro da oficina. Um funcionário adolescente, distraído, levantou a cabeça do telefone enquanto ela entrava e pegava uma cesta de compras, mas olhou para baixo novamente, desinteressado. Corrine estava exausta de três semanas consecutivas de turnos noturnos, e nesta manhã ela percebeu que precisava desesperadamente de um drinque. Durante a noite, dois dos moradores haviam passado mal. Nenhum dos casos parecia ser sério, e ela se perguntou se era o fricassé de salmão que eles haviam comido na noite anterior. Molly ainda a havia feito anotar os dois incidentes nos registros de saúde, e não havia achado engraçado quando ela havia escrito no registro da Sra. Bell: "teve caganeira às 3h30". Discutir com Molly sobre limpar a bagunça pelo menos a tinha feito parar de pensar em Chad e Dean. Nesta manhã, ela sabia que precisaria de algo mais forte para mantê-los fora de sua mente.

Ela odiava seu trabalho.

Ela odiava sua vida.

Abrindo a bolsa, ela viu que tinha dinheiro suficiente para quatro latas de Skol. Juntando isso com um pequeno pão branco e um pedaço de queijo, ela comeria seu sanduíche tostado na cama. Quando estava pegando um grande saco de batatas fritas com sal e vinagre, uma voz escondida gritou da pequena cozinha atrás do balcão da padaria.

— Tyler, se eu tiver que sair e desempacotar os papéis eu mesma...

Ela não pôde deixar de observar como, revirando os olhos, o adolescente tirou os pés da prateleira atrás do balcão e atravessou a loja. Letargicamente, ele abriu a primeira pilha de jornais, acumulada na entrada da loja.

— Estou fazendo agora — foi sua resposta mal-humorada.

Um súbito aroma de doce dinamarquês de bordo e noz-pecã recém-saído do forno a deixou com água na boca. Corrine tateou em seu bolso na esperança de descobrir troco para que pudesse se deliciar com um doce. Nada. Ela ainda tinha a nota de dez libras do senhor Talisbrook, mas não queria desperdiçá-la. Ela teria que colocar de volta duas das latas de Skol e não estava disposta a fazer isso.

O atendente ainda estava debruçado sobre os jornais quando ela foi até a máquina de autoatendimento. Passando preguiçosamente os itens pelo caixa, ela olhou para ele. Foi quando ela viu.

A manchete gritava na primeira página do *The Sun on Sunday*, enviando um tremor através dela. Ela precisou estender a mão para se equilibrar. Forçou-se a respirar, incapaz de desviar o olhar da manchete.

ASSASSINA DE CRIANÇAS ABIGAIL ASSASSINADA.

Em transe, ela se abaixou para pegar uma cópia. Em um movimento, escaneou o jornal no caixa para então dobrá-lo apressadamente. Abrindo sua bolsa, ela derramou todas as suas moedas apenas para a máquina dizer a ela "Aprovação necessária". Virando-se para o atendente, ela podia sentir o suor escorrendo pelo lado do rosto.

— Dê-me um segundo — disse ele, com total descaso. Corrine abriu o casaco, mas ainda manteve o capuz sobre o rosto. Sentindo seu coração acelerado, ela disse a si mesma para respirar. Ela concentrou toda a sua atenção na tela à sua frente. Quando o atendente digitou distraidamente um código, só então ela se virou. Enquanto ele olhava para os itens que ela havia digitalizado, ela deu dois passos para trás em direção à porta. Quando ele clicou em aprovar, olhou diretamente para ela. Sua mão instintivamente foi para seu rosto, onde ela sentiu a umidade em sua bochecha. Seu coração bombeou agressivamente o sangue para mantê-la de pé.

— Você pode colocar seu dinheiro novamente agora — disse ele, prestando-lhe pouca atenção.

Com a mão trêmula, Corrine empurrou apressadamente a nota de dez libras do Sr. Talisbrook na abertura do caixa, antes de enfiar suas compras em sua bolsa enorme. Saindo da loja, ela não conseguia parar de olhar para os jornais, agora alinhados no chão. Paralisada novamente pela manchete do jornal, ela ouviu o atendente dizer:

— Teve o que merecia. — Sua reação foi abrir apressadamente a porta e correr para fora.

Ela voltou pelo pátio e respirou fundo. A brisa do mar estava se acalmando, e ela estava na esquina da rua lateral com terraço, encostada na janela da casa de *curry*, onde gostava de se deliciar todas as sextas-feiras, na hora do almoço. Só quando teve certeza de que a rua estava deserta, tirou o jornal da bolsa. Rapidamente, ela virou para a segunda e terceira páginas. Ela examinou o artigo até chegar ao parágrafo final. Lá estava o detalhe que ela estava procurando.

O paradeiro de Josie Fairchild, cúmplice da assassina de crianças Langdon, ainda é desconhecido.

Corrine fechou o jornal e o enfiou de volta em sua bolsa. Como ela odiava aquele nome.

Corrine Parsons.

Se ela pudesse ser Josie mais uma vez.

E viver sua vida novamente.

55

Corrine se protegeu do vento que soprava do Canal antes de cruzar a estrada que corria ao longo da costa de Deal. A pequena cidade litorânea, que para ela parecia uma prisão da qual ela nunca seria libertada, estava lentamente despertando para sua monótona vida cotidiana. Ciclistas pedalavam ao longo do caminho marítimo, um limpador de rua coletava os detritos da noite de sábado e uma passeadora de cães solitária apertava o lenço enquanto se dirigia para o castelo.

Desesperada para ficar sozinha e a salvo de interrupções, Corrine atravessou o parque à beira-mar, subindo a margem gramada até o coreto isolado. Sentou-se nos degraus que davam para a praia e tirou uma lata de cerveja da bolsa. Ela sentiu o formigamento do líquido frio e amargo na garganta e fechou os olhos, ouvindo as ondas quebrarem na praia de seixos. Tentou se imaginar longe daqui — uma praia quente com ondas batendo em seus pés. Porém, tudo em que ela conseguia pensar era em sua segunda lata de Skol e no quanto ansiava pelo conforto que isso traria. Só depois que ela terminou, seus nervos começaram a se acalmar, e ela subiu os degraus do coreto em busca de um local mais protegido. Abrindo sua bolsa, ela tirou o jornal amassado e começou a ler.

Abigail Langdon, a assassina de crianças condenada, foi encontrada morta em sua casa em West Yorkshire, na noite de quarta-feira. De maneira exclusiva, podemos revelar que, em um reflexo macabro do próprio assassinato selvagem dos dois estudantes, Nick Harper e Simon Woakes, a garganta de Langdon foi brutalmente cortada.

Corrine parou e apertou o jornal contra o peito. Ao longo dos últimos vinte e um anos, ela havia passado a odiar Abigail. Como sua vida teria sido diferente se elas nunca tivessem se conhecido. Se ao menos ela a tivesse ignorado naquele dia em que ficou sozinha na fila do almoço, segurando seus vales-refeição da escola, com o ritmo insuportável das provocações de seus colegas de escola zumbindo em seus ouvidos. Em vez disso, ela havia se agarrado a uma amizade fugaz; um momento de triunfo para substituir a vergonha ardente que sentia em sua própria pele. Foi um momento de triunfo pelo qual ela pagou caro desde então.

O dia em que elas haviam deixado o tribunal como assassinas condenadas foi a última vez em que ela havia visto Abigail. Rumores haviam surgido sobre sua localização, mas ela nunca havia ficado interessada. Sua amiga a havia controlado, criado a tempestade ao redor dela, apenas para buscar vingança por sua própria existência.

Após sua libertação, Corrine havia mantido sua vida *off-line*, deliberadamente. Ela evitava as redes sociais e não possuía um *smartphone*. Até mesmo alguns dos residentes da casa de repouso tinham celulares, mas Corrine não desejava estar conectada a nada nem a ninguém. Ela nunca procurou por Abigail Langdon ou Josie Fairchild. Para ela, elas não existiam mais.

Agora, por um momento passageiro, ela sentiu aquela amizade fugaz novamente. O amor que Abigail havia lhe dado. As duas juntas contra o mundo. A promessa de estar sempre lá, uma para a outra. Ninguém havia conhecido um amor como elas tiveram.

Abigail estava morta.

Assassinada.

A única amiga que ela já havia tido.

Corrine continuou lendo.

A assassina de crianças vivia na cidade de Farsley, nos arredores de Leeds. Trabalhando no supermercado local, ela alugou um pequeno apartamento de um quarto acima da casa de curry local, na rua principal. Era aqui que Langdon passava suas noites e foi aqui que o assassino a atacou.

Corrine estremeceu. Foi um choque perceber que a vida de Abigail tinha sido tão deprimente quanto a dela. Vivendo sozinha e com medo de ser descoberta, Corrine sentiu que seus dias eram dominados pelo arrependimento. Pelo menos no trabalho ela estava cercada por outras pessoas, por mais deprimente que fosse. Dormir durante as tardes a fazia se sentir mais segura, não tendo que enfrentar a escuridão sozinha. Uma faca debaixo do travesseiro a havia convencido de que estava segura. Mas ela estava?

Na cidade de Haddley, onde as assassinas adolescentes cometeram seus crimes vis, a repulsa pela dupla ainda queima. Dos pais dos meninos, apenas a mãe de Simon, Elizabeth Woakes, permanece por perto, mas não estava disponível para comentar. Um vizinho disse ao The Sun on Sunday: "Nunca haverá perdão pelo que Langdon e Fairchild fizeram. Elas roubaram duas vidas e arruinaram muitas outras. Todos ficaram felizes por ela estar morta. Espero que Fairchild seja a próxima".

Corrine amassou o jornal em uma bola. Com as gaivotas gritando acima, ela correu de volta pelo parque em direção a seu apartamento. Quando ela se aproximou do fliperama, jogou o jornal em uma lixeira. Ela não queria isso dentro de sua casa. Procurando as chaves na bolsa, ela abriu a porta e rapidamente subiu as escadas, então ligou a televisão na sala de estar. Ligou o noticiário, e o rosto de Abigail olhou para ela.

Depois o dela mesma.

"A forma como Langdon morreu deu origem a especulações de que este é um assassinato por vingança, pelas mortes dos estudantes Nick Harper e Simon Woakes", dizia o âncora do noticiário. "A pergunta que a polícia deve estar se fazendo é: por que agora?"

Corrine não estava particularmente interessada naquela pergunta. Para ela, as mortes de Simon e Nick poderiam ter sido ontem. Outra pergunta a atormentava.

Josie seria a próxima?

56

Da entrada da delegacia de polícia de Haddley, no início da manhã de domingo, olho para fora. Vejo três fotógrafos e uma equipe de câmeras de televisão esperando na calçada do lado de fora. Meu coração se entristece. Acreditei em Madeline quando ela me disse que nosso site seguiu o *The Sun on Sunday*, mas quem lhes deu a história? Poderia ter sido Barnsdale? Ela não tem problema em tornar minha vida desconfortável, mas ela está tão desesperada para que eu me vire contra a família Woakes?

Exausto, eu me preparo para as perguntas prestes a ser lançadas. Quando chego à porta, porém, olho para o outro lado e vejo um homem sentado no banco de madeira, onde eu havia me sentado na noite anterior. Ele está mais velho do que quando o vi pela última vez — um pouco desgrenhado, barba por fazer e cabelo despenteado, agora grisalho. Estou surpreso em como eu sinto pouco.

— Você parece mais velho — digo ao meu pai.

— Ben! — responde ele, rapidamente se levantando e vindo em minha direção. Dou um passo para trás. — Sylvie viu sua foto no noticiário. Dirigi a noite toda para chegar aqui. Eu lhe trouxe isso — diz ele, oferecendo-me uma xícara de chá frio. — Ah, e isso — continua ele, remexendo no bolso do casaco e tirando uma escova de dentes e um tubo de pasta de dente. — Eu não sabia quanto tempo eles iriam mantê-lo aí dentro.

— Eu moro a apenas dez minutos de distância — respondo.

— Claro que sim. Eu só não sabia... — Ele se abaixa lentamente e coloca a escova de dentes no banco atrás dele. — Então, como você está suportando? — pergunta ele, voltando-se para mim.

— O que você está fazendo aqui?

— Eu queria ver se você precisava de alguma coisa.

— Não preciso.

— Ou se eu podia ajudar de alguma forma.

— Você não pode — é a minha resposta, exausto. Avanço, forçando-o a recuar contra o banco. Ele abaixa a mão para se firmar. — Depois de dez anos, você aparece do nada, perguntando se pode ajudar. Por que você acha que eu iria querer algo de você? Você achou que eu ia te receber de braços abertos?

— Eu não sabia do que você poderia precisar — diz ele, defensivamente.

Posso sentir os olhos do sargento da mesa sobre nós.

— Eu não preciso de nada de você — respondo, conduzindo meu pai para a porta. — Ao longo da minha vida, tudo o que você fez foi aparecer quando não era desejado, e sempre com alguma bugiganga. — Pego a escova de dentes e empurro-a em seu peito.

— A última vez em que o vi, foi você quem me mandou embora. Nem me deixou sentar com você — diz ele.

— Era o enterro da mamãe. Você nunca esteve lá quando precisávamos de você. Por que eu iria querer você, então?

— Estou aqui agora.

— Bem, você perdeu seu tempo. Você só aparece quando é uma má notícia.

— Ben, isso não é justo.

— Não é justo? — respondo. Minha voz sobe, pela primeira vez. — No dia em que você deveria estar lá, no dia em que sua existência sem valor faria a diferença, onde você estava, então? *Onde você estava?* — Mal estou ciente de cerrar o punho. Meu pai se encolhe, agachando. — Onde você estava? — grito.

Sinto uma mão em meu braço.

— Você precisa vir comigo — diz Dani Cash, de pé atrás de mim com o sargento de mesa.

Não me mexo.

— Ben — diz Dani —, venha comigo. Posso levá-lo pelos fundos.

Olho para meu pai. Ele está se encolhendo no canto da recepção da delegacia.

Ando com Dani pela delegacia e sigo por uma saída de incêndio, na parte de trás do prédio. O ar da manhã enche meus pulmões, e Dani me deixa respirar fundo algumas vezes, sem dizer nada.

— Sinto muito — digo. — Eu não deveria ter reagido assim.

— Você sente que ele te decepcionou?

Rio.

— De todas as maneiras fodidas. Posso perdoá-lo pela maioria das coisas — digo, pressionando as palmas das mãos nos olhos —, mas nunca vou perdoá-lo por Nick. Se eu soubesse que ele não apareceria naquele dia, eu estaria com Nick. E então, teríamos vindo direto para casa. — Eu me viro para Dani, e ela toca uma lágrima do meu rosto. — Eu nunca vou perdoá-lo. Nunca.

— Você tem que começar se perdoando — diz Dani, mas eu simplesmente desvio o olhar. Por um momento nos sentamos juntos em silêncio até que Dani diz: — Permita-me deixá-lo em casa. Você parece despedaçado.

— Uma noite sendo interrogado em uma delegacia pode fazer isso com você.

Caminhando em direção a um Ford Focus policial, Dani se vira para mim.

— Eu não sabia que Barnsdale ia fazer isso. Eu nunca quis trair sua confiança.

— Você não sabia? — explodo. — De onde eu estava, parecia que você mal podia esperar para falar com Barnsdale. Você ligou para ela dos banheiros da Mı!

— Tínhamos encontrado provas em um caso de assassinato.

— Não vamos fazer isso agora. Eu ouvi tudo de Barnsdale — respondo.

— Foi mais do que isso. Tenho sorte de não ter sido suspensa — diz Dani, com uma pitada de irritação na voz, enquanto entramos no carro. — Barnsdale me apoiou quando muitos outros não o fizeram.

Viro para Dani, para entender o que ela quer dizer.

— Vamos apenas dizer que minha carreira não está na melhor forma — diz ela. — Não tenho muitos apoiadores na delegacia nem mesmo em minha própria casa. Barnsdale ficou ao meu lado quando precisei dela, me deu uma chance. Eu devo a ela.

— Então, assim que você teve uma boa informação interessante, você foi direto para o telefone.

— Não foi assim. Eu não o traí — responde ela, ligando o motor e andando lentamente para a frente antes de parar na barreira de saída. — Lutei por você, tanto quanto ousei. Disse a ela que não acreditava que você estivesse envolvido de forma alguma, mas que nós dois tínhamos perguntas sobre Elizabeth Woakes, sobre o que ela poderia estar escondendo.

— É isso que você chama de me proteger?

— Fui com você a Farsley para que pudesse conversar com algumas pessoas da vizinhança. Não para que você se passasse por um policial e removesse provas de uma cena de assassinato. — A barreira sobe, e Dani acelera o carro, antes de parar no entroncamento. — Eu argumentei contra chamar você aqui, mas ela estava furiosa. Ela ficou envergonhada com o vazamento na imprensa. Está convencida de que foi você.

— Não fui eu.

— Elizabeth Woakes e sua mãe podem ser ligadas diretamente a Langdon e ao fato de ela estar morando em Farsley como Demi Porter. Barnsdale pode traçar uma linha reta entre elas.

— Ela está desesperada — respondo. — E ela está muito errada sobre Peter Woakes. Ele não fugiu. Lembro-me dele vivendo sob a ponte de Haddley. Ele estava muito perturbado.

— Ainda há perguntas que precisam ser respondidas — diz Dani enquanto seguimos pelas ruas residenciais. — Estamos trazendo Elizabeth Woakes para um interrogatório esta tarde.

— Se ela ia matar Langdon, por que fazer isso agora? Ela já conhecia sua identidade dez anos atrás. Ela é o foco errado. Minha mãe chegou perto demais de descobrir um segredo, um segredo que Langdon havia jurado proteger. O segredo do filho de Langdon.

Observo Dani checar seu espelho e parar ao lado da praça de Haddley.

— Estamos recebendo novas informações o tempo todo — diz ela. — A maioria dos documentos relacionados ao caso original foram selados pelo tribunal na época, mas, por causa do assassinato de Langdon, Barnsdale está tendo acesso limitado.

— O que você está me dizendo?

— Definitivamente havia uma criança — diz Dani, desligando o motor e virando-se para me encarar. — Testes de DNA foram feitos para ver se Nick ou Simon eram o pai. — Olho além de Dani para os corredores, que lutam contra os ventos contrários no caminho de sirga, em direção a St. Marnham. — Os testes não deveriam ter sido feitos sem o consentimento dos pais, mas quem tomou a decisão provavelmente achou melhor saber e depois informar os pais, se necessário.

— A criança não era de Nick? — digo, voltando-me para Dani.

— Não. Sinto muito.

Pela primeira vez, faço uma pausa e me permito pensar em como eu teria me sentido se a criança fosse do meu irmão. Minha conexão com Nick seria renovada. Eu teria uma família. Por mais difícil que pudesse ser, seria minha família, e eu não estaria mais sozinho.

De repente, posso entender o que minha mãe estava procurando.

57

Nathan estava na ilha da cozinha e folheava os jornais de domingo. A inquietação o havia dominado na noite anterior, quando tinha visto pela janela Ben ser conduzido pela polícia sob o olhar da imprensa reunida. Lendo os jornais agora, com os relatos implacáveis do crime cometido por Langdon e Fairchild, ele estremeceu com os detalhes horríveis. Depois de tudo o que havia acontecido com Ben e sua família, alguém poderia culpá-lo se ele tivesse se vingado de Langdon? Nathan sabia que ele, certamente, não.

O *Sunday Times* tinha um mapa detalhado de Haddley Woods, exatamente onde ele havia corrido, no dia anterior. Ao lado, havia imagens de Langdon e Fairchild adolescentes. Nathan estudou suas fotos. O que havia motivado uma brutalidade tão extrema? Elas nasceram más? Ou momentos na vida teriam conspirado contra elas? Foram seus pais que desencadearam suas ações? Ou o mal delas veio daqueles ao seu redor? Ele tinha mais certeza do que nunca de que havia maldade em Haddley ainda esperando para ser descoberta.

— Não são nem sete horas — disse Sarah, entrando na cozinha, aparentemente meio adormecida. Nathan fechou o jornal enquanto ela estava atrás dele, envolvendo seus braços ao redor de sua cintura. — Volte para a cama — disse ela, apoiando a cabeça nas costas dele. — James não vai deixar Max em casa antes das oito. Temos uma boa hora.

Nathan riu e se virou para beijar Sarah.

— Prometi que trabalharia um turno extra na hora do almoço — respondeu ele. — E eu poderia correr para tirar as teias de aranha da noite passada.

— Pode ir — disse Sarah, beijando-o na bochecha e atravessando a cozinha para apertar o botão da chaleira. — Ainda há alguns jornalistas rondando a praça — disse ela, pegando duas canecas do armário.

— Você acha que eles vão ficar aqui o dia todo?

— Será que não há mais nada em Haddley para filmar? Suponho que eles possam estar esperando para obter uma declaração de Ben. Chá?

— Por favor — respondeu Nathan. — Você não acha que ele está envolvido de alguma forma, acha?

— Na morte de Abigail Langdon? Sem chance. Ele é o melhor amigo de Holly.

— Quando você sofreu da maneira que a família dele sofreu...

— Absolutamente não — respondeu Sarah, seus olhos procurando ao redor da cozinha. Nathan tateou embaixo do jornal e entregou o telefone a Sarah. — Obrigada

— disse ela. Nathan a viu digitar uma mensagem. — Isso não faz dele um assassino — continuou ela, pousando o telefone sobre a mesa. — Não Ben. Por mais que ele odiasse aquelas duas garotas, aquelas duas mulheres, ele nunca faria isso.

— Alguém fez — disse Nathan. — E nos jornais há uma sugestão clara de que pode estar ligado aos assassinatos originais.

O telefone de Sarah tocou, e ele olhou para baixo.

Não ouvi nada. Ainda preciso da sua ajuda.

— Como eles podem saber disso? — respondeu Sarah, colocando saquinhos de chá em suas xícaras. — As paixões sempre foram fortes em torno dessas garotas, em todo o país. Qualquer louco poderia ter tropeçado em Langdon e decidido se vingar. — Sarah fez uma pausa por um momento. — E sabe o que mais? Se eles o fizeram, ótimo.

— Essa é a sua opinião profissional?

— Às vezes, o sistema de justiça criminal não atende as vítimas tão bem quanto deveria.

Sarah pegou o telefone. Nathan a observou digitar uma resposta e colocar o telefone no balcão, cruzando a cozinha para pegar a chaleira. A resposta à mensagem de Sarah foi instantânea.

Assim que eu puder. Preciso escapar.

Nathan olhou para a tela e começou a virar as páginas do *The Sun on Sunday*.

— Quem a matou queria que ela sofresse — disse ele, examinando os detalhes doentios no jornal. — Eles queriam que ela sofresse da mesma forma que os meninos. Para mim, isso torna tudo pessoal.

— Impossível para nós sabermos — disse Sarah, despejando leite no chá de Nathan.

— Quem mais passava tempo com elas, as meninas, quando eram crianças?

— Não faço ideia — respondeu ela, entregando a caneca a Nathan, antes de pegar o telefone. — Era muito antes do meu tempo em Haddley.

— Você falou sobre isso com Holly? — perguntou Nathan, enquanto Sarah digitava outra resposta.

— Nathe, são sete horas da manhã de domingo e estou um pouco de ressaca. Nós realmente temos que falar sobre isso agora?

— Holly era bem mais nova que aquelas duas garotas? — continuou Nathan, sem ouvir.

— Cinco ou seis anos, eu acho, mas isso importa?

— Seis — respondeu Nathan. — Se ela tem a mesma idade de Ben, ela teria oito anos na época. — Sarah olhou para Nathan. — Está aqui no jornal — disse ele.

— Nick e Simon tinham quatorze anos. Langdon e Fairchild o mesmo — disse Sarah, antes de acrescentar. — E meu querido ex-marido tinha dezoito anos.

— Ele estava na mesma escola?

— James era o monitor-chefe. Ele é Haddley por completo.

— Você acha que algum dia ele iria querer voltar?

— Não, enquanto ele tiver seu quarto à beira do rio para trepar com Kitty.

Nathan riu.

— Alguma vez ele falou sobre os assassinatos?

— Nathe!

— Faça-me feliz.

— Só para dizer que foi uma época horrível. Até mesmo James era sensível o suficiente para reconhecer isso.

— Ele conhecia alguma delas?

— Não que eu saiba. Eu suponho que naquela época ele realmente namorava mulheres da idade dele.

Nathan sorriu.

— Eu me pergunto se as meninas tinham namorados.

— Nathan, não faço ideia — respondeu Sarah. — Foi tudo há muito tempo. A única coisa que importa agora é ter certeza de que Ben esteja bem.

— Só acho interessante — disse Nathan. — Aposto que a outra está nervosa. Josie Fairchild.

— Não há razão para pensar que sua identidade esteja ameaçada. Muito provavelmente, esse foi um caso de Langdon sendo descuidada, falando com as pessoas erradas.

— Mesmo assim, isso não me impediria de me preocupar, se eu fosse ela.

— A polícia provavelmente vai mudá-la por precaução.

— Eles não mudaram Langdon.

— Duvido que soubessem que ela corria esse tipo de risco. Fairchild poderia estar do outro lado do mundo, quem sabe.

Nathan observou Sarah ler a primeira página do *The Sun on Sunday.* Afastando-se, ele não conseguia se livrar das imagens adolescentes de Langdon e Fairchild.

Rá-tá-tá-tá.

Rá-tá-tá-tá.

— Eu vou — disse Nathan, pegando sua camisa de corrida e puxando-a sobre a cabeça enquanto se dirigia pelo corredor.

— Nathan! — gritou Max abrindo a porta da frente e pulando em seus braços enquanto Nathan se ajoelhava para dizer olá.

— Esta é a mala de Max — disse James Wright, perto da porta.

— Eu fui ao grande dragão na Legoland! E tomei dois sorvetes.

Nathan encarou James Wright.

— Vou colocar aqui, certo? — continuou James, entrando e largando a bolsa no corredor. — Você deve ser o famoso Nathan. Ele fala muito sobre você.

— Ele é um bom garoto — respondeu Nathan.

— A essa hora? — disse Sarah, caminhando da cozinha.

— Estou uma hora adiantado. E daí?

— Mamãe, eu fui ao grande dragão e tomei dois sorvetes — disse Max, pulando e correndo para ela.

— Você é um garoto de sorte — disse Sarah, pegando-o nos braços. — Um telefonema teria sido bom — continuou ela por cima do ombro de Max.

— Surgiram coisas com as quais preciso lidar hoje.

— Sim, como cuidar de seu filho — disse Sarah, baixando a voz. — São sete horas de uma manhã de domingo.

— Você está de pé e seu garoto aqui está pronto para uma corrida. — Nathan não disse nada. — Até semana que vem, campeão — disse James, beijando o filho no topo da cabeça. — Pode ser que eu volte a vê-lo em algum momento — disse ele a Nathan, ao sair.

— Posso comer um muffin de chocolate no café da manhã? — disse Max para a mãe.

— Você não tomou café da manhã no apartamento do papai?

— Não, Kitty estava dormindo. Ela está sempre dormindo.

— Vamos fazer ovos cozidos moles? — disse Sarah.

— Não! Muffin de chocolate.

— Estou saindo — disse Nathan, enquanto Sarah carregava o filho para a cozinha. Ao descer correndo os degraus da frente da casa, ele parou na calçada e observou James Wright subir em seu Range Rover branco, com sua namorada cochilando ao lado dele. Quando o carro avançou, diminuiu a velocidade ao lado de Nathan e a janela do lado do motorista desceu.

— Um conselho. Troque sua namorada por um modelo mais jovem — disse James, apertando a coxa de Kitty. — Você vai se divertir muito mais.

58

Era fim de tarde, quando Corrine Parsons desceu do trem e subiu na plataforma três da estação de Haddley. Sua respiração ficou presa na garganta. Nunca tinha imaginado voltar a este lugar. Ela subiu os degraus e saiu para a rua principal para descobrir que pouco havia mudado desde sua adolescência. Lojas, cafés e bares — tudo parecia muito familiar. Deveria ter se sentido em casa, mas não se sentia. Nenhum lugar parecia um lar para Corrine.

Por um momento, ela tinha quatorze anos novamente. Percebeu que estava meio que esperando ver Abigail — debaixo da ponte ou no parque, perto da casa de barcos ou na floresta. Corrine balançou a cabeça. Ela não tinha vindo aqui à procura de fantasmas.

Parada do lado de fora da estação, ela não pôde deixar de parar e olhar para o morro, em direção ao Haddley Hill Park. As casas onde ela havia morado. Algumas por apenas alguns dias, outras por meses; nenhuma por mais do que isso. Nunca uma para chamar de lar. Cada uma trouxe seu próprio medo. Às vezes, simplesmente o desconhecido, Josie sendo uma estranha em um lugar estranho.

Ela puxou o capuz com força sobre a cabeça e começou uma caminhada rápida pela rua principal em direção ao Tâmisa. Pisando na trilha, avistou o rio e seu ânimo se elevou brevemente. A maré estava subindo em uma corrente de fluxo rápido. Ela parou para deixar passar uma equipe de remadores. Eles agradeceram, levando o barco para a casa de barcos. Quando ela se sentou no aterro, queria que o momento durasse para sempre.

Uma olhada em seu relógio lhe disse que não poderia.

Ela se afastou do rio e olhou para a praça de Haddley. E então para a floresta além dela.

Um lugar que ainda a assombrava.

Um lugar que ela nunca havia desejado ver novamente.

Porém, ela estava desesperada e precisava de ajuda. Abigail estava morta e não havia razão para pensar que ela não seria a próxima.

Ela caminhou rapidamente ao longo da beirada da praça. À sua frente, o ônibus número vinte e nove diminuiu a velocidade e parou para um passageiro sair. Ela observou enquanto o homem, gentilmente apoiado em sua bengala, descia lentamente os degraus e seguia para o caminho à sua frente. Com cabelos brancos que tocavam seu colarinho, ele a lembrou do Sr. Talisbrook enquanto, curvando-se, cruzava em direção à praça. Descansando contra a parede de inundação, ela observou e esperou. Uma vez que o homem estava fora de vista, ela avançou, lentamente. Precisava ter certeza de que estava sozinha. Olhou por cima do ombro e viu cada uma das casas brilhando por toda a praça. Entre elas, estava a casa de Nick Harper, com o sol poente refletindo em suas janelas.

Acompanhada apenas pelo som da própria respiração, ela continuou em direção à floresta. Ela deveria continuar andando pela Lower Haddley Road e cortar pelas árvores apenas quando se aproximasse do vilarejo de St. Marnham. Ao fazer aquela curva, olhou para o relógio. Ela tinha dez minutos para esperar pela única pessoa no mundo que ela sabia que a ajudaria.

59

No final do dia, querendo esfriar a cabeça, desço até o rio e compro um sanduíche de ovo na barraca popular entre todos os remadores de domingo. Sento-me em um banco para comê-lo, observando o último dos competidores subir o rio em direção a St. Marnham. Sem dormir na noite anterior, passei o dia deitado na frente da TV, assistindo a notícias 24 horas recontarem a história da minha família.

Dani me disse que Simon Woakes não era pai da criança. Eu não fui capaz de parar de me perguntar se o verdadeiro pai não faria de tudo para manter esse segredo.

O sol está desaparecendo e está esfriando. Então, termino meu sanduíche e caminho de volta pela trilha em direção à Haddley Bridge. Um sem-teto está dormindo sob os arcos enquanto eu passo, e deixo meu troco em sua lata de coleta.

Quando anoitece, subo os degraus do caminho do rio até a rua principal, cruzando nos semáforos e indo em direção ao Watchman. Lá dentro, sou direcionado para o bar de coquetéis, onde encontro Nathan reabastecendo o estoque para a noite.

— Preciso falar com você — digo enquanto me aproximo.

— Ben! — responde ele. — O que você está fazendo aqui?

— Eles me deixaram ir.

— Claro que deixaram — responde ele. — Eu quis dizer, o que você está fazendo aqui no bar? Posso pegar algo para você? Um uísque, talvez?

— Pela primeira vez, eu poderia tomar um duplo, mas acho que agora vou passar. — Sento-me no bar em frente a Nathan enquanto ele começa a descarregar copos da máquina de lavar.

— Que tipo de perguntas eles te fizeram na delegacia? Havia algo específico que eles queriam saber?

— Isso não tem a ver comigo — respondo. Há um lampejo de atitude defensiva em seu rosto. Por um momento, acho que ele vai dizer não. — Você precisa me dizer o que sabe.

— Eu não sabia sobre Abigail Langdon, eu juro.

— Então é melhor você me dizer o que sabe.

Nathan coloca a garrafa que está segurando no balcão. Ele fica de frente para mim, com as mãos descansando no bar entre nós.

— Meu registro de adoção foi selado. Embora eu tivesse dezoito anos, negaram-me qualquer informação. Minha mãe e meu pai me disseram que eu fui adotado de uma mãe solteira que morreu no parto. Eu disse a eles que não faria isso, mas uma das razões pelas quais fui para a Universidade de Cardiff é que eles têm um ótimo departamento jurídico. Os alunos se envolvem com esquemas *pro bono*, e quatro deles trabalharam comigo para que meu registro de adoção fosse aberto.

— E você ganhou?

— Sim — responde Nathan, suando mais do que quando corre pela praça. — O registro foi aberto para mim e apenas para mim. Não compartilhei com ninguém. Vim aqui querendo entender de onde eu era. Você tem que acreditar em mim.

— Como isso fez você se sentir?

— Desesperado — responde ele. — Amo minha mãe e meu pai, mas, de repente, saber quem eu sou... eu nunca imaginei isso.

— E agora, sua mãe biológica está morta.

— Ben, não faço ideia do que aconteceu com ela. — Meus olhos se estreitam, e ele diz: — Abigail Langdon não é minha mãe biológica.

E, de repente, sou atingido pelas suposições que fiz. Repito em minha cabeça a conversa que tive com Will ontem à noite.

— Sua mãe é Josie Fairchild.

NOVE

"EU DEVERIA TER DITO ALGO ANTES.
NÃO PLANEJEI TE CONTAR ASSIM,
MAS TUDO ESTÁ SAINDO DO CONTROLE."

60

Posso brincar lá fora agora? — perguntou Alice enquanto terminava seu último bocado de cereal.

— Ainda é muito cedo — respondeu Holly, olhando para o relógio da cozinha para ver que eram quase oito horas.

— Por favor! Eu prometo que vou ficar quieta. Eu não vou acordar o papai. — Holly sorriu. — Mamãe, você acha que o papai ainda está com a barriga ruim?

— Espero que ele esteja se sentindo muito melhor hoje.

— Não gosto quando estou com a barriga ruim — disse Alice, pegando suas galochas na porta dos fundos. — Só posso comer torradas sem mel.

— É verdade — disse Holly, sentando a filha no colo. — Vai brincar na sua bicicleta?

— Não, eu vou entrar na minha casinha e fazer uma torrada para o papai.

— Faça isso em silêncio, então — disse Holly, enquanto Alice descia e cruzava a porta da cozinha.

— E talvez um pouco de mingau — disse Alice, ao sair —, com muitos mirtilos e geleia de morango — gritou ela correndo pelo jardim.

Holly se levantou e observou a filha abrir a porta da frente de sua casa de brinquedo. Quando ela se virou, encontrou Jake parado atrás dela, do outro lado da cozinha.

— Mingau com mirtilos me parece bom — disse ele.

— A receita especial da Alice — respondeu Holly, deixando a porta dos fundos aberta. — Você está se sentindo mais humano hoje?

— Ainda um pouco delicado, mas tenho o prazer de dizer que não é bem uma ressaca de dois dias.

— Café da manhã?

— Parece que Alice tem tudo na mão.

Holly sorriu e olhou para a filha, que cavava no jardim.

— Não tenho certeza de que ela esteja usando os melhores ingredientes.

Jake se jogou no pequeno sofá que ficava embaixo da janela da cozinha. Quando ele bateu na janela, Alice se virou e acenou.

— Você está melhor, papai? — disse ela.

— Muito — respondeu ele.

— Estou fazendo mingau para você. Você vem comer na minha casinha?

— Vou, em um minuto.

— Posso trazer para você o de verdade, se quiser — disse Holly.

— Isso seria ótimo — disse Jake, levantando-se e pegando um smoothie da geladeira. Ele pegou um suéter da parte de trás de uma cadeira da cozinha e se esforçou para colocá-lo, depois encontrou um par de tênis que combinava, perto da porta.

— Você está bem em deixá-la na creche esta manhã? — perguntou Holly. — Prometi encontrar sua mãe em St. Marnham.

— Sem problemas — respondeu Jake. — Conversar com minha mãe, que surpresa. Ocasião especial?

— Queria agradecê-la pela noite de sábado — disse Holly, começando a esquentar o leite.

— E pedir desculpas pelo comportamento do filho dela.

— Tenho certeza de que ela já o perdoou.

— Que bom que você passou um tempo com ela — disse Jake. Ele ficou parado na porta. — Vocês também passaram algum tempo juntas no sábado à noite. Eu não vi vocês duas entrando juntas na sala de música? Tenha cuidado ou você correrá o risco de se tornar muito próxima.

Mexendo a aveia no leite, Holly desviou o olhar do marido.

— Ela me perguntou se Alice gostaria de aulas de piano. É um instrumento tão bonito, e ninguém nunca o toca.

— Vamos esperar até que ela esteja um pouco mais velha — respondeu Jake. — Um pouco cedo demais, eu diria. Legal da parte dela oferecer, mas ela provavelmente se sentiu obrigada. Ela realmente não gosta de ninguém tocando o piano. Quando criança, eu nunca tinha permissão para chegar perto dele.

Holly baixou o gás do fogão e atravessou a cozinha para se sentar no braço do sofá.

— É porque era para ser o piano de Lily um dia?

Holly observou a mão do marido agarrar a maçaneta da porta.

— Nós nunca falamos sobre ela — disse ele, antes de sair para o jardim, silenciosamente.

61

Holly colocou uma tigela fumegante de mingau na mesa de madeira do pátio, que ficava do lado de fora da casa. Olhando através do jardim, ela viu Jake espremido dentro da casinha de Alice.

— Alice, é hora de o papai vir tomar seu café da manhã.

— Estamos tomando nosso café da manhã na minha casinha — respondeu a filha. — Eu fiz mingau.

— Tenho certeza de que está gostoso, mas eu também fiz o café da manhã do papai. Ele só vai demorar cinco minutos, depois poderá voltar e brincar um pouco mais. — Pela janela da casinha, Holly podia ver o marido permanecer firmemente de costas para ela. — Jake, vou deixar aqui.

Momentos depois, Alice surgiu pela frente da casa, e Jake engatinhou atrás dela.

— Papai, vou cavar no jardim enquanto você toma seu outro café da manhã para a mamãe — disse Alice. — Quando terminar, você pode me empurrar no meu balanço.

Jake beijou a filha na testa e caminhou pelo jardim. Enquanto ele se sentava à mesa, Holly saiu da cozinha para se sentar ao lado dele.

— Desculpe-me se joguei isso em cima de você — disse ela.

— Minha mãe lhe contou?

Holly disse que sim.

— Por que você escondeu isso de mim?

— Não era tanto um segredo; como família, simplesmente nunca falamos dela. Sei que parece duro, mas acho que para meus pais foi muito doloroso, especialmente para minha mãe. Ela lhe contou no sábado à noite?

— Sim — disse Holly, observando o marido comer. — Obviamente, ainda é incrivelmente doloroso para ela. Isso me ajudou a entendê-la melhor. Você sabe que poderia ter me dito.

— Não era meu segredo para compartilhar.

— Jake, é uma tragédia. Algo com o qual sua família teve que conviver durante tantos anos. Eu poderia ter ajudado.

Jake deu de ombros.

— Às vezes, pode ser mais fácil deixar essas coisas guardadas.

— Na sua família, sim.

— Isso é um pouco duro.

— É? — respondeu Holly. Porém, não querendo começar uma discussão, ela não acrescentou mais nada. — Você sente falta dela? — perguntou ela, depois de um momento.

— Foi há muito tempo. Só me lembro vagamente dela. Eu tinha sete anos, acho. Lembro-me da minha mãe, desesperadamente perturbada. Por semanas a fio, ela não saiu de seu quarto. Dias e dias se passavam e eu nunca a via. Eu entrava no quarto apenas para olhar para ela. Ela deve ter sido sedada; eu realmente não sei. Tudo o que ela fazia era dormir. Aprendi a ficar muito quieto.

— E seu pai?

— Ele ficava muito tempo fora. Talvez, à sua maneira, ele tenha tentado, não me lembro. Ele devia estar sofrendo. Você pode imaginar como nos sentiríamos se algo acontecesse com Alice?

— Não. Não posso nem começar a imaginar.

— Eles desenvolveram uma maneira de lidar com a dor simplesmente não falando sobre ela. Estou surpreso que minha mãe tenha lhe contado, mesmo agora. Acho que ela nunca contou a ninguém. Como o assunto surgiu?

— Eu não tenho certeza. Eu tinha ido lá com Alice mais cedo, durante o dia, para alimentar os patos. Katherine havia ficado na janela, nos observando, e perguntei por que ela não tinha vindo se juntar a nós. Ela disse que o lago a aterrorizava, que ela não podia chegar perto. Perguntei a ela por quê, e ela me disse.

— Assim, do nada? — respondeu Jake.

— Praticamente — disse Holly. Ela se levantou e ficou de pé, de braços cruzados, à beira do jardim, observando a filha encher o regador. — Sua mãe não tem nenhuma foto de Lily em casa?

— Muito doloroso para ela. Tenho certeza de que tem algumas lembranças.

— Eu estava procurando a certidão de nascimento de Alice na semana passada, para matriculá-la na escola. — Holly observa o marido, enquanto ele raspa sua tigela de mingau.

— E?

— Não consegui encontrá-la, mas encontrei um pijama de bebê na parte de trás da sua velha escrivaninha.

— Não faço ideia de por que isso estava lá — respondeu Jake, pegando sua tigela e colocando-a na cozinha. — Provavelmente ficou presa com as tranqueiras velhas que minha mãe mandou para cá.

— Acho tão triste que Lily seja mantida escondida.

— É do jeito que eles querem — disse Jake, atravessando o jardim e pegando Alice, enquanto ela corria em direção a ele.

62

Acordo com o som de alguém batendo em minha porta da frente. Já passa das oito. Porém, depois de enfrentar a noite anterior na delegacia da polícia de Hadley, não estou com muita pressa. Quando a campainha toca, saio da cama e espio pelas persianas. Um carro da polícia está estacionado em frente à minha casa. Encontro um par de shorts, puxo uma camiseta pela cabeça e, rapidamente, passo a mão no meu cabelo.

Quando abro a porta, Dani está olhando para a praça, claramente perdida em pensamentos.

— Oi — digo.

Ela se vira para mim e sorri.

— Acordei você, não foi?

— Não é um problema. Eu sempre gosto de uma visita da polícia local de manhã.

— Eu estava a caminho de lá, então pensei em parar e ver como você está.

— Muito gentil de sua parte — digo, afastando-me, a título de convite. — Café?

— Por favor.

— Você nunca tira um dia de folga?

— Sem folga, agora. Ordem de Barnsdale. Ela quer *tração.* Palavra dela, não minha.

Sorrio para Dani enquanto carrego uma cápsula de café e pego o leite na geladeira.

— Você tomou café da manhã? — pergunto.

— Comi um pouco de torrada antes de sair de casa.

— Isso não vai durar a manhã toda. Tigela de cereal? — digo, pegando uma caixa do armário.

— Você realmente tem a pior dieta possível!

— Preciso de alguém que cuide de mim — digo, sorrindo. — Seu marido não sabe a sorte que tem.

— Você deveria dizer isso a ele.

Viro e espero que ela continue.

— Ele teve um ano difícil. Se envolveu em um acidente.

— Muito grave?

— Ele está em uma cadeira de rodas.

— Merda. — Passo a Dani seu café. — Sinto muito, mesmo.

— Obrigada — responde ela, tomando sua bebida enquanto encho a máquina de água. — Eu disse que ele é um policial? — Concordo com a cabeça. — Ele foi pego em um incidente no último Halloween.

Isso desperta uma lembrança. Cobrimos a história no site.

— No supermercado, debaixo dos apartamentos que ficam perto da ponte?

— Sim.

— Eu me lembro. Um policial quase morreu? — Dani estremece e eu a encaro. — Aquele era seu marido?

— Ele não era meu marido na época. Suponho que você diria que estávamos namorando. Eu estava no supermercado na mesma hora, pegando algumas coisas, depois do trabalho.

— Mas você ficou bem?

— Tudo bem — responde ela. — Eu não sabia que eles tinham facas. Eu deveria ter percebido. Eu deveria ter agido de forma diferente.

— Como você poderia saber?

Ela me corta.

— Eu entrei em pânico. Um deles me pegou pela garganta, colocou uma faca nela.

— Essa é uma situação difícil para qualquer um — digo, sentando-me em frente a Dani.

— Mat foi o primeiro a chegar. Ele entrou pelos fundos da loja. Se eu tivesse percebido antes que havia facas, não teria me colocado em uma posição tão vulnerável. Eu fui ingênua.

— Como você poderia ter percebido?

— Sou uma policial, eu deveria ter percebido.

— Você estava fazendo suas compras. Você sequer estava de serviço?

— Não, mas isso não deveria fazer diferença.

— Você não é sobre-humana.

Despejo meu cereal em uma tigela e o afogo em leite.

— Você tem o suficiente aí? — pergunta Dani.

— Gosto de beber o leite depois.

— Você tem o quê, cinco anos de idade?

Eu rio.

— Posso perguntar o que aconteceu depois?

— Um segundo cara atacou Mat por trás. Ele foi esfaqueado na base da coluna vertebral.

— Nada bom.

— Ele está paralisado da cintura para baixo.

— Isso deve ser incrivelmente difícil.

Dani engole.

— Simplesmente parece um desperdício. Ele poderia ter ido longe na força policial.

— Ele ainda pode? — pergunto.

— Ele perdeu sua garra. Espero que talvez um dia. — Dani faz uma pausa. — É meu trabalho ajudá-lo.

— Você não pode se culpar — digo.

— Ben, você não estava lá.

Ficamos em silêncio. Estou desesperado para dizer a Dani o que estou pensando: que nada disso foi culpa dela. Quero dizer que ela é linda, inteligente e engraçada e que ela não precisa se punir por uma tragédia que não foi criada por ela. Porém, não digo. As palavras não vêm.

Dani me observa tomando meu café da manhã, antes de estender a mão sobre a mesa para a pilha de fotografias que descobri entre as coisas da minha mãe.

— Posso ver?

— Claro.

— Aquele é seu pai? — pergunta ela, pegando a foto de cima.

Concordo com cabeça.

— Então sua mãe sabia que ele estava no jogo?

— Pela foto, acho que sim — respondo. — Ela nunca mencionou isso, porém.

— Tudo o que vou dizer é que ele se parece com qualquer outro pai orgulhoso. — Não respondo. — Meu pai e eu passamos por momentos difíceis — diz Dani —, mas eu tento me lembrar das coisas divertidas.

— Você era próxima dele?

— Um pouco como você e sua mãe, por muito tempo éramos só eu e ele. Minha mãe morreu quando eu era muito jovem. De muitas maneiras, meu pai era meu herói. Ele é a razão de eu estar aqui hoje. Eu não seria policial sem ele. — Dani faz uma pausa e olha novamente para a fotografia. — Talvez um dia você tenha essa foto na parede, também.

Sirvo-me de mais cereal.

— Imagino que você não tenha passado por aqui para relembrar o passado e me ver tomar meu café da manhã infantil.

— Possivelmente não — responde Dani.

— Nem mesmo só para ver como eu estava.

— Recebemos mais documentos do julgamento original. Alguns são de interrogatórios realizados enquanto as duas meninas estavam sob custódia. Ambas foram questionadas sobre seu potencial envolvimento com homens mais velhos.

Ao colocar uma segunda cápsula de café na minha máquina, eu me viro para Dani.

— Por favor, me diga que você não está pensando ainda que Peter Woakes estava envolvido com as duas garotas.

— Sua esposa foi menos do que cooperativa quando perguntamos sobre ele ontem.

— Talvez por causa do assassinato de reputação que a polícia de Haddley está tentando fazer? — Pego o vaporizador, e o leite quente cai na minha mão. — Porra! — Enfio minha mão sob a torneira fria. — O filho dela foi assassinado — digo, deixando a água me refrescar.

Dani não está disposta a se distrair.

— As meninas poderiam ter Simon Woakes como alvo?

— Você está muito longe, Dani.

— Nós vamos falar com a mãe dele novamente hoje.

Seco minhas mãos e caminho até o balcão.

— Venha comigo — digo, pegando Dani pela mão. Saímos rapidamente dos fundos da minha casa, subindo o beco em direção aos Cranfield.

— Ben, aonde estamos indo?

— Ambos concordamos que, de alguma forma, Langdon e Fairchild estavam envolvidas com homens mais velhos, aliciadas por eles. E eu diria que Abigail preparou Josie — usou-a e a atraiu, como o preço da amizade. Porém, a família Woakes passou por um inferno por causa dessas duas garotas. A Sra. Woakes é uma boa pessoa, mas não é uma mulher que protegeria a memória do marido por lealdade cega. Quero que você fale com alguém que conheceu Peter Woakes. — Enquanto nos aproximamos do topo do beco, chamo o Sr. Cranfield, sabendo que ele estará lá fora, cuidando da sua horta. — Sr. C., podemos conversar por dois minutos?

— Bom dia, Ben, como posso ajudar?

— Essa é a policial Daniella Cash — digo, apresentando os dois. — Em confiança, gostaria que você contasse a ela o que me contou sobre o Sr. Woakes na noite de sábado. — O Sr. C. olha para mim, inseguro. — Por favor — digo.

Resumidamente, o Sr. C. relata à Dani a conversa que ele compartilhou comigo — o arrependimento que consumiu Peter Woakes, a oportunidade que ele perdeu quando teve a chance de agir.

— Eu diria que ele foi assombrado por isso.

— Assombrado pelo arrependimento? — digo.

— De muitas maneiras, sim. Em sua própria falha em agir.

— Ele considerou entrar em contato com a polícia na época? — pergunta Dani.

— Às vezes, só quando você vive com uma vida inteira de arrependimentos, você consegue juntar as coisas de real importância — responde o Sr. C.

— Entendo — digo. — Vamos deixá-lo em paz.

— Obrigada pelo seu tempo — diz Dani enquanto nos afastamos e voltamos pela margem da praça.

— Houve rumores de uma ligação sendo feita para a escola — digo a ela. — Não sei até que ponto eles são verdadeiros, mas uma falha em agir sobre isso pode ter levado a seu arrependimento.

— Uma ligação de quem?

— Um pai? — respondo. — Mas eu estou supondo.

— Mesmo assim, ele optou por não fazer nada.

— Se ele tivesse provas claras de que os alunos estavam em perigo, acredito que teria feito. Na verdade, estou cem por cento certo.

— Você pode estar, mas eu não estou — responde Dani. — Ainda não podemos descartar a possibilidade de que o próprio segredo de Peter Woakes o tenha destruído.

— Você está errada — digo. — Foi o que Peter Woakes *não fez* que o abalou, tornou a perda de seu filho ainda mais insuportável. Dani, estou lhe dizendo, há um homem, um homem mais velho, que se envolveu com as meninas — talvez até o pai da criança — que ainda está muito vivo e disposto a tudo para manter seu segredo.

63

Por que você não me acordou? — perguntou Sarah, enfiando a blusa na calça enquanto descia as escadas e vestia o paletó. — São quase oito e meia. Eu tenho que estar em uma audiência às dez.

— Você tem bastante tempo — respondeu Nathan, olhando para cima, do chão onde estava sentado com Max tomando café da manhã. — Você parecia estar precisando de uma hora a mais.

— Eu queria me dar trinta minutos para revisar o caso mais uma vez. Você pode deixar Max na creche?

— Claro, estamos bem com isso, não estamos, amigo? — disse Nathan, vestido com sua roupa de corrida.

— Nathan me fez ovos cozidos moles com torradas.

— Isso foi legal da parte de Nathan.

— Eu adoro torradas! — gritou Max, levantando-se ao lado de sua própria mesa para crianças.

— Eu sei que você adora — disse Sarah, sorrindo para Max. — Beba seu suco antes de irmos.

— Há algo que eu preciso falar com você — disse Nathan. Ele se levantou e atravessou a cozinha.

— Agora? — respondeu Sarah, jogando um saquinho de chá em sua caneca favorita, desenhada por Max. — Não pode esperar até esta noite?

— Não sei se pode.

— Mesmo? — disse Sarah. — Vou me certificar de que estarei em casa a tempo.

— Você pode se sentar por apenas dois minutos?

— Nós poderíamos ter feito isso antes, se você tivesse me acordado — respondeu Sarah enquanto Nathan puxava uma cadeira para ela.

— Como eu disse, não queria te acordar. — Havia um desconforto em sua voz enquanto ele torcia uma toalha em suas mãos. — Eu deveria ter dito algo antes. Não planejei te contar assim, mas tudo está saindo do controle.

— Nathe? — disse Sarah.

— Mamãe? — disse Max.

— Beba seu suco, querido.

— Posso levar uma barra de chocolate na minha bolsa para a creche?

— Ok — respondeu Sarah, ainda olhando para Nathan.

— E uma para Alice?

— Se ela estiver lá, sim. Agora, beba seu suco — disse Sarah.

— Você precisa saber que eu não vim para Haddley simplesmente para explorar Londres — continuou Nathan, sentado ao lado de Sarah. — Vim aqui para tentar me conhecer, para entender de onde eu vim.

— Você é do País de Gales? — disse Sarah.

— Mais ou menos. Sou adotado. Minha família adotiva vem de Cowbridge — respondeu ele. — Meus pais biológicos são de Haddley.

— Você tem razão, eu não estava esperando isso — disse Sarah.

— Tem mais. Eu sei quem é minha mãe. — Nathan se preparou. Ele sabia que não haveria volta. — Josie Fairchild — disse ele, rapidamente.

O rosto de Sarah congelou.

— Só descobri recentemente. Vim aqui para entender o que aconteceu e ver se consigo descobrir quem é meu pai. Sei que parece estúpido, mas quero saber quem sou, o que esse lugar fez com minha mãe e se meu pai sabia que eu existia. Eu não tinha ideia de que conheceria você, me apaixonaria e adoraria cuidar de Max.

Sarah ficou de pé, levantando Max em seus braços.

— Eu amo estar aqui com vocês dois. Por favor, diga alguma coisa.

— Mamãe, para onde vamos?

— Mamãe vai deixar você na creche — respondeu Sarah.

— Eu não terminei meu suco.

Entrando no corredor, Sarah pegou sua bolsa, junto com a mochila de Max, pegou as chaves da mesa lateral e abriu a porta da frente. Nathan a seguiu.

— Sarah, fale comigo, por favor.

— Eu não posso lidar com isso agora — disse ela.

— Eu só precisava que você soubesse. Eu não queria guardar segredos.

Baixando a voz, Sarah encarou Nathan na porta.

— Eu acolhi você na minha casa, depositei minha confiança em você. E você nunca pensou em mencionar isso até agora? Até Abigail Langdon morrer?

— Não foi assim.

— Quero que você vá embora até o final do dia.

Nathan ficou imóvel enquanto Sarah carregava Max para fora.

— Mamãe, você disse que eu poderia comer uma barra de chocolate! — gritou Max.

— Compramos uma na loja — disse Sarah, cuidadosamente descendo os degraus da frente de sua casa.

— E uma para a Alice?

— E uma para a Alice.

Nathan a observou beijar o filho na testa e abraçá-lo, como se o protegesse de alguma ameaça invisível. Ela caminhou rapidamente pela praça e não olhou para trás.

64

— A vida do vilarejo em St. Marnham estava despertando para a nova semana. Holly deu um passo para o lado enquanto o verdureiro arrastava buquês de plantas de canteiro para a frente de sua loja. Ao lado, o padeiro estava enchendo uma cesta vazia com pãezinhos marrons frescos. O primeiro horário movimentado da manhã havia acabado e agora a rua principal estava cheia de mães aliviadas, que voltavam da escola. Holly desejou ser uma das mulheres amontoadas na cafeteria da esquina, rindo e tagarelando e se preocupando apenas em cumprir a rotina do dia.

Katherine havia ligado para ela no final da noite de domingo, ainda prometendo ajudar. Ela estava certa em colocar sua fé nela? Ela queria confiar na sogra, mas Holly estava ciente do poder que Francis poderia exercer. Ela o havia deixado controlar sua vida durante anos. Como ela poderia ter certeza de que ele não estaria usando Katherine agora?

Aproximando-se do lago dos patos, Holly viu Katherine sentada sozinha no banco de Lily. Ela acelerou o passo e se sentou ao lado da sogra. Por um momento, elas ficaram em silêncio, até que Katherine, olhando para a própria casa do outro lado do lago, disse:

— Que bom que você veio.

— Sinto muito pelo abajur — respondeu Holly.

— Eu só queria que você tivesse batido nele com isso.

— Bem, me desculpe por ter errado, então.

Katherine sorriu.

— Lâmpadas são substituíveis. Não há prêmios para ficar presa dentro de um casamento sem amor. Só por Deus, eu sei como é. As coisas poderiam ter sido muito diferentes se eu tivesse sido honesta comigo mesma desde o início. Você diz a si mesma tantas verdades diferentes simplesmente para tornar a vida tolerável.

— Você e Francis foram felizes no começo? — perguntou Holly.

Katherine ponderou.

— Essa é uma boa pergunta a se fazer. Ao longo do meu casamento, eu nunca quis nada. Eu podia sair e comprar o que quisesse, sem um único questionamento crítico do meu marido. Suponho que seja sorte para alguns padrões. Ele não tinha escrúpulos sobre eu sair e gastar centenas ou mesmo milhares de libras. Ele nunca se importava com o que eu gastava. Era nossa própria capacidade de gastar que lhe dava prazer. Dava a ele controle sobre as pessoas, controle sobre mim. — Katherine fez uma pausa. — Mas ao mesmo tempo, em todos os nossos anos juntos, Francis nunca me deu nada. — Katherine parou e se virou para Holly. — Isso faz sentido?

— Faz.

— Como nosso primeiro aniversário de casamento — continuou ela, movendo-se para encarar Holly, pegando sua mão. — Eu havia passado semanas comprando uma série de presentes para Francis, cada um deles representando nosso primeiro ano juntos. Encomendei uma réplica, pintada à mão, do veleiro onde havíamos passado nossa lua de mel, uma maquete da nossa casa, com a porta da frente azul brilhante, um pequeno berço, um barco a remo, para o nosso tempo passado no rio. Tudo pessoal para nós. Francis comprou para mim um micro-ondas *top* de linha e me disse que tinha acabado de ser lançado no mercado. — As duas mulheres riram. — Foi, de muitas maneiras, uma revelação, mas optei por ignorá-la e por tantos anos depois.

— E Jake?

— Eu queria tanto que fosse diferente com ele — disse Katherine. — Tudo o que dei a ele veio com amor, mas ele passou a se ressentir de tudo. Ele teria trocado cada coisa que lhe dei para receber um pouco de amor de presente do pai.

Holly apertou a mão da sogra.

— Ele realmente dá valor...

— Não — interrompeu Katherine. — Por favor, não. Eu estava tão desesperada para que Jake me amasse que...

— Ele ama.

— Deixe-me terminar, por favor. Eu teria dado qualquer coisa para criar uma conexão entre nós dois, um vínculo. Mas quanto mais eu tentava, mais eu o afastava. — Katherine fechou os olhos. — Nunca teria sido fácil. Nunca é o mesmo quando é filho de outra mulher.

Holly encarou a sogra.

— O que você quer dizer com isso?

— Jake não é meu filho — continuou Katherine, com a voz surpreendentemente calma. — Ele é filho de Francis com outra mulher, de antes de nos casarmos. Pelo que sei, Francis pode ter uma família inteira de outros filhos.

— Eu não fazia ideia. Jake sabe?

— Não. Eu sempre tentei tratá-lo como meu, mas de alguma forma isso significava que ele precisava ter mais do pai; algo que Francis se recusou a dar a ele, e eu simplesmente não conseguia encontrar uma maneira. — Holly viu a tristeza nos olhos de Katherine, um segredo enterrado profundamente por tantos anos. — Duvido que Jake algum dia seja feliz.

— Não sem a aprovação de Francis — respondeu Holly. — Eu tentei encontrar uma maneira...

— É muito profundo — disse Katherine. — Você não ama Jake?

— Não — disse Holly. Ouvir-se dizer as palavras em voz alta a fez estremecer.

— Então você não precisa dizer mais nada. — Katherine se levantou, e Holly a seguiu, com a sogra enlaçando seu braço no dela. — Eu tenho algum dinheiro meu e quero que ele vá para você e Alice — disse Katherine, enquanto as duas mulheres começaram uma lenta caminhada ao redor das margens do lago. — Use-o para se afastar daqui e recomeçar sua vida.

— E se eles vierem atrás de Alice? — disse Holly, expressando seu maior medo. — Tenho procurado por sua certidão de nascimento em todos os lugares. Se eu pudesse ter Michael nomeado como pai dela...

— Eu não vou deixá-los ir atrás de você. Você tem minha palavra. — A voz de Katherine era firme, urgente. — Nem Francis nem Jake devem ter ideia do que estamos planejando. Devemos levar você e Alice para longe em segurança, e então lidarei com Francis. Você tem sua própria conta bancária?

— Tudo está no nome dos dois.

— Então saia direto daqui e abra sua própria conta. Envie-me os detalhes e transferirei duzentas mil libras. Planeje sair no mais comum dos dias. Saia pela porta, como se estivesse levando Alice ao parque. E nunca olhe para trás.

Holly sentiu vontade de jogar os braços ao redor de Katherine.

— Nunca poderei agradecer o suficiente — disse ela, com um tremor na voz.

— Eu só queria ter aberto meus olhos antes — respondeu Katherine. — Você precisa ser forte.

As mulheres se despediram. Holly se levantou e observou Katherine dar a volta no lago em direção à sua casa. Então, ela se virou e rapidamente voltou através do vilarejo. Com os olhos no chão, ela não sabia que Francis observava cada passo que ela dava.

65

— Sra. Woakes, é Ben — digo no meu fone de ouvido enquanto saio de casa e começo a caminhar ao redor da praça. — Gostaria que atendesse. Desculpe se coloquei você em uma posição difícil. Sei que você está apenas tentando proteger o Sr. Woakes, mas só peço que seja honesta com a polícia. Ele era um bom homem, pego em uma situação ruim. Isso não foi culpa dele. Tenho certeza de que ele não fez nada de errado, e eu sei que você não fez. Ligue-me quando ouvir isso.

Desligo meu telefone e examino meus contatos. Ligo novamente e dessa vez minha chamada é atendida quase imediatamente.

— Will, é Ben Harper — digo.

— Oi. — Will é abrupto, tenso.

— Você está bem? — pergunto.

— Sim, me desculpe. Estou bem, exceto que estou parado na minha garagem, onde algum idiota cortou os pneus do meu R8. O que há de errado com essas pessoas?

— Simplesmente inacreditável.

— Mas, ei, mais importante: como você está? — pergunta ele. — Ouvi dizer que a polícia o levou para interrogatório. Eles devem estar loucos.

— Estou bem, mas queria fazer mais algumas perguntas. Apenas questões secundárias.

— Manda — responde Will, sem hesitar.

— Se a polícia lhe perguntasse sobre a cidade de Farsley, como você responderia?

— Ben, isso realmente não soa como secundário — diz Will. — Eu leio os jornais de domingo.

— Talvez seja mais eu querendo te avisar — digo. — Meu palpite é que a polícia logo começará a procurar por homens que tiveram contato com Langdon e Fairchild antes dos assassinatos.

— Eu era apenas uma criança.

— Elas também — respondo. — Mas eu sei, com certeza, que há uma criança; não de Langdon, mas de Fairchild. — Meu telefone fica mudo. — Will, você ainda está aí?

Um momento depois, a linha se reconecta.

— Desculpe, Ben, estou aqui.

— Acho bem possível que a polícia tente encontrar o pai da criança.

— Não é um processo simples.

— Não — concordo. — Sei que o que você me disse foi em confidência...

— Não tenho nada a esconder.

— Não quero colocá-lo em uma posição difícil — digo.

— Ben, semana passada passei três dias em Frankfurt. Cheguei de volta ao aeroporto de Heathrow na quarta-feira, na hora do almoço, onde East estava esperando para me encontrar. Haverá muitas testemunhas para confirmar que eu não estava nem perto de Farsley.

— Não tenho intenção de oferecer nada sobre você para a polícia.

— Você já passou uma noite na delegacia de Haddley — responde Will. — Não preciso que você passe outra simplesmente para me proteger. Se a polícia quiser falar comigo em algum momento, tenho certeza de que será capaz de me encontrar. Tenho que ir, Ben. Vamos tomar uma cerveja quando tudo isso acabar.

Aliviado com o álibi de Will, ainda não consigo deixar de me perguntar se ele pode ser o pai de Nathan. Olho para a rua e vejo o Sr. C. abrindo a porta da garagem. Ando em direção a ele.

— Obrigado por mais cedo — digo, enquanto me aproximo. — Está tudo pronto para um dia no jardim? Você pode vir e fazer o meu, quando terminar.

— Apenas matando tempo — responde ele, caminhando para me cumprimentar. — Fiquei surpreso ao ver você ajudando a polícia depois de passar uma noite na delegacia.

— Dani é diferente — respondo —, pelo menos acho que é. No interrogatório, eles estavam apenas caçando material, nada mais. Eles me veem como uma fonte útil de informações, não um suspeito real.

— Parece que você está fazendo o trabalho deles.

— Talvez eu seja melhor em fazer as perguntas certas.

— A Sra. C. estava pronta para trazer seu almoço ontem à tarde — diz ele, aproximando-se de maneira conspiratória —, mas eu a convenci de que você ficaria feliz em ficar um pouco sozinho.

— Obrigado — respondo. — Tenho que admitir que eu estava exausto. Ela está aí?

— É o clube do livro dela em Richmond, nesta hora do almoço. Ela saiu cedo para encontrar um de seus comparsas para um café. Eles vão ter muito o que falar.

— Tenho certeza de que isso está mantendo todos engajados.

— Vai acabar em breve, Ben — diz o Sr. C., com uma mão no meu ombro. — Uma corrida vai lhe fazer bem.

— Vamos chamar isso de trotada — respondo, pegando meu telefone para iniciar o Spotify. — Trinta minutos para espairecer.

— Divirta-se — diz o Sr. C., enquanto eu me viro e começo uma corrida lenta pelo centro da praça.

Estou prestes a clicar em minha *playlist* de corrida quando, ao ouvir passos, eu me viro e vejo Jake Richardson aparecendo atrás de mim.

— Se importa se eu for com você? — diz ele.

— Claro que não — respondo, desligando minha música. — Sem trabalho hoje? — Começamos uma corrida pela praça conversando e descemos até a Lower Haddley Road.

— Tenho uma reunião em Paddington esta tarde, mas parece ser um desses clientes em potencial que são um pouco como uma missão inútil. Hol está visitando minha mãe, e eu acabei de deixar Alice na creche. Então, pensei em fazer um esforço para sair.

— Esforço é a palavra certa — digo enquanto passamos em fila indiana pelos passageiros que descem do ônibus número vinte e nove. — Dor de cabeça ontem? — pergunto, virando-me para sorrir para ele.

— Toda vez digo a mim mesmo que não vou fazer isso de novo. Desta vez, eu falo sério!

— Até a próxima vez — respondo, e nós aceleramos ligeiramente nosso ritmo enquanto corremos em direção a Haddley Woods.

Acabamos de chegar ao caminho do rio quando um barulho angustiante nos faz parar. Por um momento, enquanto o ônibus passa por nós e a vida na Lower Haddley Road continua normalmente, acho que foi nossa imaginação. Então, vem de novo: o som inconfundível do grito de uma criança ecoando de dentro da floresta.

Jake é o primeiro a reagir. Ele corre pela praça até a abertura onde eu havia entrado na floresta há mais de vinte anos. Com o coração acelerado, corro atrás dele, e juntos afastamos os galhos, agora muito mais crescidos do que naquele verão.

A poucos passos da vegetação rasteira, dois meninos, com não mais de dez ou onze anos, vêm correndo em nossa direção por entre as árvores. O terror está estampado em seus rostos. O mais velho dos dois tropeça em suas palavras.

— No meio da floresta, há uma mulher... — Pulando de um pé para o outro, com o suor cobrindo seu rosto vermelho brilhante, o menino mais novo não consegue mais ficar em silêncio.

— Ela está pendurada em uma árvore!

— Vocês conseguem encontrar o caminho de volta para lá? — pergunta Jake com urgência, e posso ver a hesitação no rosto dos dois meninos.

— Não se preocupe, estaremos com vocês — digo. — Vamos todos ficar juntos. — Enquanto o menino mais velho se vira, conduzindo Jake pela floresta, o menino mais novo pega minha mão, e corremos lado a lado. Esquivando-me por entre as árvores, tenho oito anos novamente, seguindo o caminho estreito e tortuoso em direção ao espaço aberto no coração da floresta. À medida que a rota se torna cada vez mais coberta de vegetação e as raízes das árvores se projetam, eu aviso os que estão à frente.

— Jake, espere um segundo.

Eu o vejo diminuir a velocidade e, quando ele faz isso, eu me viro para o menino que corre ao meu lado.

— Qual o seu nome? — pergunto.

— Oscar, e esse é meu irmão Harry. Tenho nove anos, e ele tem onze. Atravessamos a floresta todas as manhãs para ir à escola. Estávamos atrasados esta manhã, porque tive que ir ao dentista para uma restauração.

— Meu nome é Ben, e esse é Jake. Estamos chegando perto agora? — Oscar acena com a cabeça. — Você está bem para continuar? — pergunto, e ele concorda.

— É bem por aqui — diz Harry, com uma urgência na voz, enquanto ele assume a liderança novamente, empurrando galhos do nosso caminho. À nossa frente, a luz do dia irrompe e, quando nos aproximamos da clareira, vejo pontas de cigarro ainda espalhadas pelo chão.

Entramos no vale e ficamos juntos no centro. Virando-se para olhar para trás, acima do caminho de onde viemos, Harry aponta para um grande carvalho, orgulhoso, de pé no coração da floresta.

Sinto Oscar enterrar a cabeça na lateral do meu corpo. Eu o seguro perto, mas não posso desviar o olhar.

A árvore é ligeiramente separada das outras, e seus galhos se espalham por todas as direções.

E, do galho mais grosso, balançando misteriosamente na brisa, está pendurado o corpo de Elizabeth Woakes.

DEZ

"O INCESSANTE GOTEJAR DA CHUVA NO CHÃO FRIO DE CONCRETO HAVIA MANTIDO CORRINE ACORDADA A MAIOR PARTE DA NOITE. ISSO E O SOM DO GRITO ENSURDECEDOR DA MULHER TOCANDO REPETIDAMENTE EM SUA CABEÇA."

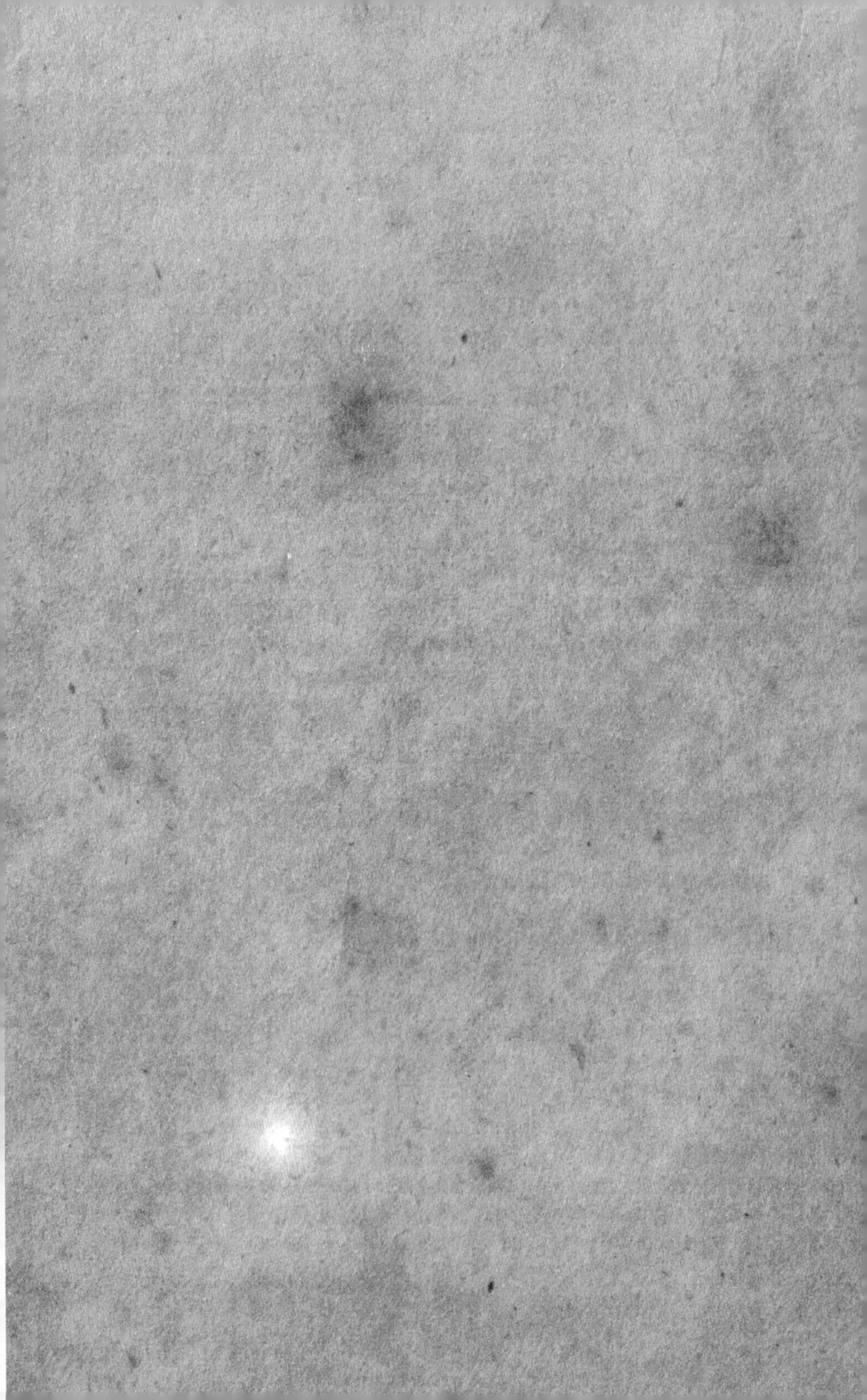

66

O zumbido de um helicóptero de televisão enche a sala enquanto Dani e eu olhamos para fora da janela da minha sala de estar. Barnsdale está do lado de fora de casa, informando um policial sênior. Uma invasão de mídia em grande escala voltou à praça de Haddley. Vozes indistintas gritam perguntas na direção da minha casa e é impossível dizer se são dirigidas às detetives ou a mim. Dani e eu nos afastamos da janela e atravessamos a sala para nos sentarmos juntos no sofá.

— Barnsdale ainda se recusa a descartar que Elizabeth Woakes esteja de alguma forma envolvida na morte de Langdon — diz Dani.

— Com certeza ela está mudando de ideia — respondo. — A mulher foi estrangulada, depois pendurada em uma árvore.

Dani levanta as sobrancelhas.

— Ela me disse que temos que *permanecer abertos a todas as linhas de investigação.* — Eu suspeito que isso significa que Barnsdale não tem nenhuma.

— Ela está se agarrando à sua teoria sobre o Sr. e a Sra. Woakes porque ela não tem mais nada — digo. — Você pode me dizer o que aconteceu com a senhora Woakes ontem?

Dani se levanta de seu assento e olha pela janela da frente. Barnsdale ainda está falando com o policial sênior.

— A Sra. Woakes veio para o interrogatório sozinha — diz Dani, baixando a voz. — Barnsdale a interrogou por cerca de uma hora, mas não descobrimos nada de novo. A Sra. Woakes estava convencida de que seu marido não sabia mais sobre Langdon e Fairchild do que sobre qualquer outra criança da escola. O interrogatório terminou pouco antes das cinco. Revisei as câmeras de CCTV esta manhã e elas mostram a Sra. Woakes saindo da frente do prédio. Então, ela anda pela Haddley High Street em direção à estação ferroviária.

— Para pegar o trem de volta para Richmond — digo.

— Sim — responde Dani, novamente olhando pela janela da frente —, mas aqui está a questão. Ela entrou na estação de trem às cinco horas e nove minutos. Ela comprou o que parece ser uma xícara de chá do Caffè Nero e passou pela bilheteria.

Concordo com a cabeça.

— Em seguida, ela parou para ler o painel de informações — continua Dani —, e os passageiros começaram a descer de um trem que vinha de Waterloo. Quando esses passageiros saem da estação, a Sra. Woakes se vira e os segue de volta para a rua principal.

— Por que ela entraria e depois sairia? — pergunto.

Rapidamente, Dani se levanta e volta para a janela. Eu a sigo, e vemos Barnsdale ainda de pé, no caminho em frente à minha casa.

— Imediatamente após a morte de Langdon, foi tomada a decisão de entrar em contato com Josie Fairchild e ativar um plano para realocá-la — diz Dani, em pé perto de mim. — A polícia de Kent esteve na casa dela em várias ocasiões nos últimos dias, mas foi impossível encontrá-la. No entanto, câmeras de CCTV a registraram embarcando em um trem com destino a Londres no domingo, na hora do almoço. No final da tarde, ela chegou a Charing Cross, antes de pegar um trem de conexão em Londres para Haddley.

— Josie Fairchild estava naquele trem?

— Sim! — responde Dani. — E Elizabeth Woakes a viu sair da estação de Haddley.

— Ela a reconheceu?

— Parece que sim.

— Você acha que elas combinaram de se encontrar? — digo. — Ainda me parece impossível que minha mãe estivesse em contato com Langdon, mas ela estava, então por que não a Sra. Woakes com Fairchild?

— Não há sinal de qualquer interação entre elas — diz Dani. Toco seu braço e aponto para Barnsdale, que está caminhando em direção à porta aberta. Ela continua, mais rápido e mais silenciosamente. — Fairchild deixou a estação, e Elizabeth Woakes a seguiu. Fairchild partiu em direção ao rio, com a Sra. Woakes em seu encalço. As últimas imagens que podemos encontrar são de Fairchild andando em frente ao bar Watchman, com Elizabeth Woakes passando um minuto depois.

— E desde então? — pergunto. — Vocês têm alguma ideia de onde Fairchild esteja?

A porta da sala está aberta. Barnsdale olha diretamente para Dani.

— Nenhuma — é a resposta da detetive à minha pergunta.

67

Convido a detetive a se sentar. Dani e eu voltamos para o sofá.

— O filho de Josie Fairchild está morando aqui em Haddley — digo à sargento-detetive Barnsdale. — Ele se chama Nathan Beavin e trabalha no Watchman como barman.

Controlada, a detetive alisa o vinco perfeito em suas calças pretas, antes de limpar partículas de poeira imaginária. Os olhos brilhantes de Dani a impedem de disfarçar sua surpresa. Porém, sentada em silêncio, ela espera que sua superior responda.

— Eu já devia ter aprendido, Sr. Harper, que o senhor está sempre cheio de surpresas.

Fico tentado a agradecer à policial. Porém, em vez disso, reconheço-a somente com um sorriso constrangido.

— E você sabe disso há quanto tempo? — pergunta ela.

— Com certeza, desde ontem à tarde.

Barnsdale concorda com a cabeça.

— Você falou com ele?

Não há nada a ganhar retendo qualquer coisa de Barnsdale.

— Sim, ele está morando em uma casa no topo da praça. Número vinte e um, acho.

— Que adorável — responde Barnsdale.

— Ele está com uma mulher chamada Sarah Wright. E com seu filho, Max.

Dani anota os nomes.

— Não tenho motivos para acreditar que ele estivesse em contato com Josie Fairchild, tampouco envolvido no assassinato da Sra. Woakes.

A sargento-detetive Barnsdale desaprova minha avaliação.

— Sr. Harper, embora sejamos gratas ao senhor por compartilhar essas informações, talvez o senhor possa nos deixar decidir quem é e quem não é suspeito neste caso.

Resisto à tentação de devolver o ataque.

— Como você o encontrou? — pergunta Dani.

— Ele tem feito muitas perguntas, querendo saber sobre Nick e minha família. Ele também mostrou interesse em James Wright, ex-marido de Sarah.

— Eu deveria pelo menos agradecer pela informação — diz Barnsdale, ficando de pé. — Vamos prosseguir daqui.

— Por favor, não tirem conclusões precipitadas — digo. — Ele não tinha motivos para matar a Sra. Woakes.

— Mãe e filho juntos em Haddley — continua ela. — É meu trabalho descobrir por quê.

68

— Fique no jardim — gritou Holly para a filha, enquanto Alice saía pelo portão da frente na ponta dos pés para espiar os policiais na rua.

— Sarah vai para a cadeia? — perguntou Alice enquanto observava as duas policiais subirem os degraus para a porta da frente da casa de Sarah Wright. — E Max!

— Não, a polícia só precisa fazer algumas perguntas a ela.

— Por quê, mamãe?

— Não tenho ideia — disse Holly, sem saber como responder à sua jovem filha. — Venha, vamos entrar e tomar um chá. Está começando a chover novamente.

— Quero brincar aqui — disse Alice. — Este é o meu lugar favorito para brincar.

— Alice, para dentro, agora. — Holly ficou ao lado da porta enquanto Alice relutantemente se afastou do portão, arrastando os pés deliberadamente. — Rápido.

Porém, segundos depois, ao espiar duas figuras subindo a rua, Alice avançou novamente.

— Max! — gritou ela. — Max, a polícia vai te prender na cadeia!

— Não, eles não vão — disse Holly.

— Hol, você pode ficar com ele? Só por meia hora — disse Sarah, enquanto Max corria em direção a Alice.

— É claro — respondeu Holly, pegando Max pela mão. — Posso lhe dar um chá?

— Obrigada — diz Sarah. — Pobre mulher, isso é simplesmente horrível. Eu preciso descobrir o que está acontecendo.

— Eu não posso acreditar que aconteceu novamente em Haddley.

— Você está bem?

— Eu ficarei — respondeu Holly, abraçando a amiga, que caminhou rapidamente pelo pátio em direção à sua casa.

Nathan ficou na janela e observou as duas policiais subirem os degraus da casa de Sarah. Ele abriu a porta assim que elas tocaram a campainha.

— Sr. Nathan Beavin? — perguntou a sargento-detetive Barnsdale. As policiais se apresentaram a ele.

— É melhor vocês entrarem — respondeu ele. — Pode-se dizer que eu estava esperando por vocês.

De pé na cozinha com as duas policiais, Nathan ouviu a porta da frente abrir.

— Srta. Wright? — disse Barnsdale, enquanto Sarah entrava na cozinha.

— Senhora — disse Sarah —, sou divorciada.

— Ah, sim.

— Como posso ajudá-la?

— Estamos aqui para fazer algumas perguntas ao Sr. Beavin sobre a mãe dele — disse Barnsdale.

— Você quer dizer a mãe biológica dele?

— Sim — disse Barnsdale. — Você está ciente? — continuou ela, permitindo que sua voz revelasse sua surpresa.

— Que é Josie Fairchild? Sim.

— Sr. Beavin, temos uma série de perguntas que gostaríamos de fazer a respeito de seus movimentos ontem. Gostaria que o senhor nos acompanhasse até a delegacia.

Nathan se virou para Sarah.

— Vocês vão prendê-lo? — perguntou Sarah.

— Não — respondeu Barnsdale —, mas eu agradeceria se o Sr. Beavin cooperasse com nossa investigação.

— Se vocês têm perguntas, façam-nas — disse Sarah —, mas ele não vai com vocês para a delegacia.

— A senhora está representando o Sr. Beavin?

— Se você quiser — respondeu Sarah à policial. Nathan expirou, mas Barnsdale pressionou.

— O senhor marcou um encontro com sua mãe em Haddley ontem à noite?

— Nunca conheci minha mãe biológica — disse Nathan. — Não tenho ideia de onde ela esteja.

— Você já tentou entrar em contato com ela?

— Nunca.

— Mas você teve seu registro de adoção aberto?

— Por ordem judicial, sim — respondeu Nathan.

— O senhor conheceu Elizabeth Woakes?

— Não.

— O senhor marcou um encontro com Josie Fairchild ou Elizabeth Woakes no bar Watchman, ontem à noite?

— Não.

— Esse é o seu local de trabalho?

— Sim, mas meu turno terminou às oito.

— Depois disso, ficamos aqui juntos, a noite toda — disse Sarah.

— A noite toda?

— A noite toda.

— O senhor pode me falar sobre seu interesse em James Wright?

— James? — disse Sarah, virando-se para Nathan. — O que tem James?

Natan ficou em silêncio. Passando a mão pelo cabelo, ele viu todos os olhos na sala sobre ele.

— Sr. Beavin — disse Barnsdale. —, será que você gostaria de esclarecer para nós – todos nós?

— Sarah, eu não planejei nada disso. Eu realmente não achei que fosse ficar desse jeito. Eu não fiz nada de errado. Você tem que acreditar em mim.

— O que tem James? — disse Sarah.

Nathan pegou sua jaqueta e tirou sua carteira do bolso interno. Ele recuperou a imagem em miniatura que havia encontrado escondida nas profundezas de uma pesquisa *on-line*. A única imagem desconhecida que ele conseguiu encontrar de sua mãe.

E, ao lado dela, James Wright.

Ele entregou a foto a Sarah.

— Depois que o arquivo de adoção foi liberado para mim, descobri esta foto *on-line*.

Sarah entrega a imagem à sargento-detetive Barnsdale.

— Esse é seu ex-marido?

— Sim.

— Tudo o que eu estava fazendo era tentar descobrir quem era meu pai.

— Teremos mais perguntas nos próximos dias — disse Barnsdale —, para ambos.

— Tenho certeza de que estaremos ansiosos por isso — disse Sarah, saindo da cozinha e entrando no corredor. Barnsdale e Cash a seguiram, em silêncio. Quando elas deixaram sua casa, Sarah fechou a porta atrás delas.

— Você precisa acreditar em mim — disse Nathan, seguindo Sarah para o corredor. — Eu nunca quis te magoar.

— Eu disse que queria que você fosse embora antes do fim do dia — disse Sarah. — Vou pegar Max e não quero você aqui quando eu voltar.

69

O incessante gotejar da chuva no chão frio de concreto havia mantido Corrine acordada a maior parte da noite. Isso e o som do grito ensurdecedor da mulher tocando repetidamente em sua cabeça.

Quando a mulher os encontrou na clareira, Corrine se virou e correu. Na escuridão crescente, ela cambaleou por entre as árvores e saiu para a aldeia de St. Marnham. Atormentada pelo medo e convencida de que seria reconhecida, ela puxou o capuz sobre o rosto e rapidamente desceu para o rio. A casa de barcos Peacock estava abandonada há anos. Mesmo quando Corrine era jovem, ninguém a havia reivindicado. A porta traseira estava quase completamente podre na dobradiça. Foi só forçá-la e se abrigar.

Dentro, pouco havia mudado.

Corrine enrolou seu casaco firmemente ao redor de si, mas ainda era impossível escapar da umidade e do abafado da noite. Ela se encolheu contra os suportes de barcos decadentes, tentando bloquear a memória de sua primeira visita aqui.

Este era o lugar onde Abigail a havia trazido.

A surpresa que ela havia prometido. O segredo que elas compartilhariam.

O homem pressionando dentro dela.

O piso de concreto duro, inflexível.

Repetidas vezes, Abigail a trouxe aqui.

Seu algoz escondido, observando por trás das estantes. Ao longo do dia, Corrine não pôde deixar de se perguntar se ela não deveria ter escapado na noite anterior, quando a oportunidade havia se apresentado. Com a chuva torrencial, teria sido simples para ela caminhar despercebida ao longo da margem do rio até Richmond. Um trem dali e ela poderia estar de volta a Deal agora mesmo, no andar de cima do fliperama. Esta noite, ela deveria trabalhar em Sunny Sea. Molly aproveitaria qualquer oportunidade para demiti-la. De repente, sua vida sombria parecia muito atraente. Pelo menos era segura. Agora, Corrine duvidava de que estaria segura novamente em qualquer lugar.

Com frio e fome, ela espiou pela porta podre o céu sombrio do fim da tarde e se perguntou por que havia pensado que seria uma boa ideia voltar para Haddley. Ela odiava Haddley. A vida aqui só tinha sido desgraçada. Agora, ela havia quebrado os termos de sua libertação. Se a polícia a encontrasse, sua prisão seria imediata. O som de sirenes zumbindo durante grande parte do dia a havia paralisado. Ela não ousava pensar no que tinha acontecido com a mulher da noite anterior, mas sabia que ela não estaria viva hoje.

Ele havia matado Abigail.

Ele havia matado a mulher.

E ele iria matá-la em seguida.

Ela deveria sair agora, enquanto ainda podia.

Ela abriu a porta e viu a maré subindo pela margem.

Esta tinha sido sua última chance. Sua última oportunidade de escapar da vida de Corrine Parsons. Para se tornar outra pessoa, alguém novo.

Ela havia voltado para Haddley para aproveitar essa chance.

Com a mulher morta na floresta, talvez sua oportunidade fosse ainda maior. Seria algo que ele estaria desesperado para esconder.

Puxando o capuz de volta sobre a cabeça, ela momentaneamente saiu. A chuva estava começando novamente. Carros na ponte de Haddley estavam parados, com suas luzes acesas.

Apalpando a faca dentro de seu casaco, ela voltou para a casa de barcos e trancou a porta. Esperaria até o anoitecer e depois voltaria para o vilarejo de St. Marnham.

70

Meu telefone vibra com uma mensagem de Madeline anunciando que ela está a sete minutos de distância. Uma segunda mensagem segue quase imediatamente dizendo-me para não responder a uma única pergunta de qualquer jornalista. Em cada tragédia, Madeline vê uma exclusiva.

A confusão ainda consome a praça. A rua entre Haddley e St. Marnham permanece fechada, com fita policial estendida de um lado ao outro. Dois policiais estão na entrada da floresta, e metade da praça permanece isolada. Veículos da imprensa se misturam com os da polícia, enquanto os meios de comunicação informam ao vivo, em canais de notícias, 24 horas por dia. Vejo Francis Richardson caminhando pelo caos, comentando enquanto caminha em direção à casa de Jake e Holly. Barnsdale e Cash descem os degraus da frente da casa de Sarah. A detetive então atravessa a praça em direção à entrada da floresta, enquanto Dani é despachada para pegar o carro.

Quando abro a porta da minha casa, as câmeras voltam suas lentes para mim. Ao sair, porém, ignoro a enxurrada de perguntas lançadas em minha direção. Jornalistas perguntam sobre minha mãe e seu relacionamento com Elizabeth Woakes; se ela e eu éramos próximos; isso traz de volta memórias de Nick? Perguntas óbvias. Abaixo minha cabeça, indicando que não tenho nada a dizer. Eles continuam a gritar meu nome, e eu digo a mim mesmo que eles estão simplesmente fazendo seu trabalho.

Ando diretamente em direção a Dani, gentilmente tocando seu braço, parando-a quando ela chega ao carro.

— Diga-me por quê — digo. — Por que Nathan finalmente descobriria quem era sua mãe apenas para vir a Haddley e se envolver em um assassinato?

— Aqui não, Ben — responde ela, olhando para o grupo de repórteres que me segue pela rua.

Olhando para trás, através da praça, vejo uma equipe do meu próprio *site*. Em seguida, repentinamente, Min dá um passo à frente da multidão.

— Ben, venha falar conosco — ela chama. Eu hesito. — Ben, apenas trinta segundos, deixe todos saberem que você está bem.

— Vamos entrar — diz Dani, pegando meu braço.

— Ben! — chama Min, mas Dani me leva de volta pela rua e, com as câmeras ainda apontadas para nós, voltamos para dentro do corredor.

— Não faz sentido — digo, voltando à minha linha de pensamento. — Barnsdale pode verificar os registros do tribunal para ver quando ele descobriu a identidade de sua mãe. Porém, estamos falando de semanas, nem mesmo meses. Nesse tempo, ele deveria ter descoberto a localização dela, formado um vínculo assassino com ela e traçado um plano para matar primeiro Langdon, depois a Sra. Woakes? É ridículo.

— Eu não discordo e acho que a sargento-detetive Barnsdale também não — diz Dani enquanto nos dirigimos para a cozinha. — No entanto, seria um abandono do dever se não falássemos com o filho de Fairchild no momento em que ele aparece em Haddley. Ele pode não ser o assassino, mas pode estar protegendo-a. O vínculo entre uma mãe e seu filho pode ser forte.

Tenho que admitir a possibilidade.

— É impossível para nós sabermos como Nathan se sente em relação à mãe biológica — digo —, mas ainda não há nada que o ligue a Elizabeth Woakes. Ele veio a Haddley para tentar entender sua família. Tenho certeza de que ele é o foco errado. A grande questão é: por que *Josie Fairchild* voltou para Haddley?

— Nathan poderia ser o motivo.

— Eu falei com ele, eu simplesmente não vejo isso. Você vê? — Dani balança a cabeça, lentamente. — Ele está procurando pelo pai aqui, não pela mãe.

— Ele tinha uma foto de Josie Fairchild em pé com James Wright.

Pego as fotos tiradas no dia das finais de rúgbi e as manuseio, rapidamente.

— Esta? — digo a Dani, passando-lhe a original de James Wright ao lado de Langdon e Fairchild.

— Sim — diz Dani. — Ele era o capitão do time dos mais velhos? — Eu concordo com a cabeça. — Acho que todo mundo queria tirar uma foto com ele.

— Verdade — respondo —, mas poderia haver algo mais? A Sra. Woakes sentiu-se profundamente desconfortável naquele dia. Langdon e Fairchild fazendo-se passar por duas adolescentes bobas; James Wright, capitão do time de rúgbi e a caminho de Oxford...

Dani é cuidadosa.

— Foi tudo o que qualquer pessoa viu.

— Ele era quatro anos mais velho que elas – um adulto prestes a deixar a escola.

— Mas não há evidências para torná-lo um assassino, não mais do que qualquer outro membro da equipe principal de Haddley.

— Isso pode ser verdade, mas eu sei que agora ele tem muito a proteger.

— Barnsdale quer que eu verifique onde ele estava ontem. Vamos ver no que isso dá.

— Você não parece convencida — digo.

— Depois que você me levou para falar com o Sr. Cranfield, voltei novamente ao arquivo original do caso. Investigações foram feitas em uma ligação anônima. Foi feita à escola, a respeito de duas meninas não identificadas e seu potencial envolvimento com um homem mais velho. Quando a ligação veio à tona, Langdon e Fairchild já haviam sido presas. Após uma breve conversa com Peter Woakes, foi tomada a decisão de encerrar a linha de investigação.

— Você sabe exatamente o que a pessoa que ligou disse?

— É tudo o que temos. Duas meninas, mas muito forte a sugestão de um "homem mais velho". Isso é de fato James Wright — ou qualquer outra pessoa do time de rúgbi da escola?

— Quando foi feita a ligação?

— Pelo que entendo, algumas semanas antes de Nick e Simon serem mortos. Ainda temos que estar abertos à possibilidade de que Peter Woakes tenha ficado feliz em enterrá-la.

— Não — respondo.

— Então por que ele não foi mais adiante, na época?

— Porque foi só uma ligação — digo. — Ou porque estava com muito medo da pessoa que poderia desmascarar?

Dani dá de ombros.

— Você acha que Elizabeth Woakes marcou um encontro com Fairchild na noite passada? — pergunto.

— Por que Josie combinaria de conhecê-la para depois matá-la?

— Concordo. Se você fosse Fairchild, voltando para Haddley, como se sentiria?

— Assustada.

— Definitivamente — respondo. — Você está apavorada. Você vê as notícias sobre Abigail Langdon e pensa que é a próxima. Você quer proteção e precisa de dinheiro. Ao retornar a Haddley, você sabe que está arriscando a sua vida.

— Então, quem em Haddley valia esse risco?

De repente, há um barulho na porta da frente e um clamor irrompe na praça. Quando voltamos para o corredor, Dani e eu ouvimos vozes. Abrimos a porta para uma enxurrada de perguntas, câmeras disparando e luzes piscando na luz do fim da tarde.

— Não temos comentários a fazer, mas se você quiser ler a história comovente de Ben Harper, em suas próprias palavras, há apenas um lugar onde você pode fazer isso. — As câmeras disparam novamente, antes de Madeline se virar e entrar. — Malditos animais. — Ela sorri e então olha para Dani, que reajusta seu chapéu. — Você tem companhia.

— Policial Daniella Cash; ela está trabalhando no caso.

— Oi — diz Dani, olhando para a minha chefe.

— Receio que Ben e eu tenhamos coisas para discutir — diz Madeline, dispensando-a, como se Dani fosse um membro júnior da equipe do site. — Copos na cozinha? — pergunta ela, virando-se para mim e puxando uma garrafa de uísque Hibiki de seu casaco enorme.

Dani fica de boca aberta enquanto Madeline caminha pelo corredor.

— Prazer em conhecê-la — diz ela, baixinho.

— Igualmente — responde Madeline, acenando com a garrafa.

— Essa é Madeline Wilson — diz Dani.

— Ela é um tanto única — respondo. — Eu deveria deixar você voltar para Barnsdale.

Dani acena com a cabeça e revira os olhos.

— Aviso se descobrir alguma coisa — tranquilizo-a.

Há outro flash ofuscante de câmeras quando Dani sai. Fecho a porta atrás dela. Em seguida, vou para a cozinha, onde Madeline já serviu dois copos de uísque.

— Você sabe que eu quase não bebo — digo.

— Por favor, não me decepcione mais — responde Madeline, já sentada. Escondo meu sorriso enquanto pego três cubos de gelo do freezer para mim.

— Em primeiro lugar — diz ela —, me diga que você está bem.

— Estou bem — respondo, deixando cair o gelo no meu copo.

— E você não está prestes a ser preso por assassinato?

— Não — respondo. — Acho que estou a salvo.

— Fiquei triste ao ouvir sobre Elizabeth Woakes. Sei que você era próximo.

— Obrigado.

— Em segundo lugar… — Madeline faz uma pausa. — Sinto muito. Pronto, falei.

Aceno com a cabeça em reconhecimento ao pedido de desculpas de Madeline. Ela não diz mais nada. Ficamos em silêncio, ambos esperando o outro falar.

— Droga! — diz ela, depois do que parece uma espera interminável. — Você é melhor nisso do que eu. E eu te ensinei.

Sorrio.

— Olhe — diz ela —, talvez eu tenha feito o caminho errado com sua mãe, mas não vim de um lugar totalmente ruim. No mínimo, eu a fiz sentir como se eu estivesse tentando ajudar. Isso não me faz de todo ruim. E o que havia de tão errado em ela querer saber sobre a criança, principalmente se fosse seu neto?

— Não era — respondo. — Na verdade, não era filho de Langdon, mas de Fairchild.

— Diga mais.

— A criança está aqui em Haddley — continuo, sabendo que os olhos verdes de Madeline irão se iluminar com as notícias. — E Josie Fairchild também.

— Meu Deus, Ben, isso é dinamite. Precisamos publicar, mas…

— Mas o quê? Hesitar não faz o seu tipo.

— Sei que você acha difícil de acreditar, mas até eu tenho a estranha pontada momentânea de lealdade.

— Veja, você não *é* de todo ruim — respondo. — Suponho que estejamos falando de East?

Madeline acena com a cabeça.

— Ele tem pressionado você?

— Algo assim. E é claro que devemos publicar.

— Uma vez que tenhamos tudo.

— E você é nossa exclusiva?

— Cumpro minha palavra — digo. — Eu disse que escreveria essa história, mas só quando puder contar tudo. Então, fale-me sobre East.

Madeline volta para seu assento, bebendo seu uísque.

— Somos amigos desde a escola, bons amigos. Sendo eu, você tende a não atrair um grande número de amigos próximos, e os que você tem, acaba esfaqueando pelas costas.

— Ou pela frente.

Madeline sorri.

— É verdade, mas desde a escola East sempre esteve lá para mim. Desde o início, simplesmente nos demos bem, compartilhamos tudo um com o outro.

Concordo com a cabeça.

— Incluindo o fato de que havia uma criança?

— Sim — responde Madeline. — Nós dois crescemos em torno da história, conhecemos muitas das pessoas envolvidas.

— East conhecia os alunos da Haddley Grammar?

— Ele era capitão do time de rúgbi da Twickenham Duke, apesar de odiar o jogo.

Procuro a imagem de East coberta de sangue no dia da final.

— Jogo brutal — digo, passando a foto para Madeline.

Ela sorri.

— Ele sequer jogou.

— Como ele acabou naquele estado, então?

— Nós dois chegamos ao clube de rúgbi algumas horas mais cedo. Eu queria verificar a luz, depois tirar algumas fotos do campo sendo montado, das bandeiras sendo levantadas, esse tipo de coisa. East queria fumar um baseado enorme.

Rio.

— Ótima preparação para o jogo.

— O que diabos havia naquilo, eu não sei. Porém, uma hora antes da partida, ele mal conseguia ficar de pé. Eu o estava colocando de pé quando E. E. Hathaway tropeçou em nós. Mesmo na época, ele andava com uma bengala, e East não estava em posição de se proteger quando ele bateu com ela na lateral de seu rosto.

Estremeço com o pensamento.

— E esse foi o resultado? — pergunto, pegando a fotografia.

— East passou toda a partida nas arquibancadas.

— Ele teria visto todo mundo, até Langdon e Fairchild?

— Naquele dia, Langdon e Fairchild eram apenas mais duas garotas em um jogo de rúgbi.

— Talvez, sim; talvez, não — digo, cada vez mais assombrado por todas as imagens daquele dia. — E Will? — pergunto. — East o conhecia naquele tempo?

— Não, Will é quatro anos mais novo, a mesma idade de Nick. East e Will não se conheceram até anos depois. Mas anos depois, quando eles ficaram juntos, East já sabia que havia uma criança — e então, em algum momento, Will disse a ele que tinha feito sexo com Josie Fairchild.

Madeline emaranha os dedos pelo cabelo.

— Concordamos que era melhor não contar a Will sobre a criança. Que diferença faria?

— E East queria muito que permanecesse em segredo.

— Quem gostaria de ser exposto como o pai do filho de Josie Fairchild? East está apavorado que isso possa destruí-los.

— Sem contar o que poderia ser para a criança. — Madeline toma um gole de seu drinque. — Você conheceu a criança?

— Conheci.

— E? — diz Madeline, erguendo as sobrancelhas.

— Quem sabe? Vamos esperar até que tudo acabe.

Madeline estende a mão pela ilha da cozinha até as fotos do dia do jogo. Em segundos, ela tem a pilha classificada em três seções.

— Jogo do campeonato, cortes de torcida e comemorações pós-jogo.

— Impressionante.

— Não é um dia que eu vou esquecer.

Juntos, começamos a olhar as imagens. Mais uma vez, vejo os rostos de uma era atrás.

— Estão faltando duas fotos — diz ela —, uma da ação do jogo e uma das comemorações pós-jogo.

— Como você sabe? — pergunto.

— Na Idade das Trevas, tirávamos fotos em rolos de filme de vinte e quatro. Você tem vinte e três em ambos os conjuntos. Elas poderiam ter sido exposições erradas, mas eu não tinha muitas dessas.

— Sempre a perfeccionista — digo.

— Isso me levou longe.

— Isso e levar vantagem sobre a concorrência.

Madeline enche generosamente seu copo. Sem fazer comentários, ela me passa uma fotografia de Elizabeth Woakes apertando a mão de James Wright. Seus rostos estão cobertos de sorrisos, e eu só consigo dar uma olhada rápida na foto.

— Sei que isso não é fácil, Ben — diz Madeline —, mas quando publicarmos essa história, ela vai explodir. Vai lhe enviar para a estratosfera.

— Junto com seus números de leitores.

— Estamos administrando um negócio.

— Mas nada será publicado até que eu diga?

— Você tem minha palavra — responde Madeline, com um sorriso. — Esta é a sua história, Ben, e a sua vida. Não publicarei até que você me diga. Aonde você vai em seguida?

— Josie Fairchild veio a Haddley por um motivo. Acredito que o motivo era encontrar-se com o homem que aliciou ela e Abigail, possivelmente o pai de seu filho.

— Para chantageá-lo?

— Sim. E, se ainda estiver aqui, ela vai tentar encontrá-lo novamente.

— Mas quem é ele?

— Sei que o pai não é Nick ou Simon, mas além disso...? — Dou de ombros.

— E se ela já tiver o que veio buscar?

— Então eu continuo procurando — mas algo me diz que ela não tem. Matar Elizabeth Woakes não pode ter estado em seu plano.

Madeline não responde. Olho e percebo que ela está olhando fixamente para uma das fotografias.

— O que foi?

Madeline coloca a fotografia na minha frente. A imagem mostra a equipe sênior triunfante, agrupada em torno de James Wright. Ela aponta para o canto superior. Afastando-se de sua equipe vencedora está Peter Woakes, com sua atenção voltada para o outro lado do campo.

Só agora vejo o que ele viu. Na extrema esquerda, pouco visíveis, estão Abigail Langdon e Josie Fairchild. E, de pé entre elas, com os braços em volta de ambas, está Francis Richardson.

71

Enquanto estou deitado no velho sofá, no fundo da minha cozinha, com o futebol de segunda à noite passando silenciosamente no canto, Holly olha para a imagem de Francis Richardson com Langdon e Fairchild. O telefone de Madeline logo a havia chamado de volta a Londres para rastrear o cheiro de um escândalo político enterrado nas profundezas de Westminster. Disse a ela que minha esperança era lhe entregar meu artigo na próxima semana e disse novamente que acreditei em sua palavra de que ela não publicaria nada até então. Depois que ela saiu, mandei uma mensagem para Holly, querendo perguntar mais sobre seu sogro. Ela veio à minha casa assim que Alice se acomodou na cama.

— Não suporto olhar para ele — diz Holly, jogando a foto no sofá enquanto ela se senta no canto, enrolada.

— Hol? — digo, sentando e me inclinando em direção a ela. — É apenas uma foto. Ainda não sabemos nada definitivo. — Observo Holly esfregando a palma da mão na testa. — A foto liga Francis a Langdon e Fairchild. Sim, é a evidência mais clara que temos, mas ainda é um grande salto para Nathan ser filho dele.

Holly está quieta. Olho para ela interrogativamente.

— Há mais que eu deveria ter dito a você — diz ela.

— Sobre Francis? — pergunto, puxando meus pés para baixo de mim enquanto Holly cruza as pernas e olha para mim do outro lado do sofá.

— Eu nunca tive a intenção de guardar segredos de você.

— Hol?

— Eu estava com medo de contar a alguém, até mesmo a você — diz ela. Seu corpo tensiona enquanto ela se inclina para a frente. — Começou com a morte de Michael. Eu deveria ter falado com você naquela época. Eu fui estúpida. Eu queria te contar, mas ele me convenceu de que ninguém deveria saber, de que seria mais seguro assim. Mais seguro para mim e para Alice.

— Francis disse isso? — respondo, odiando ouvir o desespero na voz de Holly.

— Eu estava apavorada com o que ele poderia fazer.

— Não estou entendendo — digo, inclinando-me para colocar meu braço em volta de Holly. Ela estremece e recua. — Hol, fale comigo.

Ela pega minhas mãos e, lentamente, inclina-se para a frente.

— Fiquei petrificada de te perder, de achar que você nunca me perdoaria. — Balanço a cabeça. — Não, sério, Ben. Eu amava Michael, de uma maneira que nunca amei ninguém. Mas sua amizade com ele era tão profunda que ele havia se tornado um outro irmão. — Nossas cabeças se tocam suavemente. — Naquela noite, na noite em que ele foi morto... tínhamos estado na floresta, caminhando, finalizando nossos planos de ir embora.

Penso nas conversas intermináveis que havíamos tido ao redor da mesa da minha cozinha, depois que Michael havia recebido um contrato para jogar na liga de rúgbi da Austrália. Isso havia prometido uma nova vida para ele, Holly e Alice. Era uma chance que eles não podiam deixar passar.

— Estávamos sentados juntos, sob um carvalho na floresta. Meu telefone tocou e era Jake. Eu disse a ele que estava saindo com as garotas do meu grupo de apoio de pais. Ele disse que não poderia cuidar de Alice. Corri de volta para o meu carro. Um minuto depois, virei a esquina correndo. Jake estava ligando novamente. Estiquei-me para pegar meu celular. Michael deve ter saído correndo da floresta. Eu só o vi um segundo antes de atingi-lo. Fui eu que o matei.

Deixo suas palavras ecoarem em minha cabeça. Não consigo compreendê-las.

— Ben?

Quando olho para ela, seus olhos estão enormes, cheios de lágrimas. E ela parece tão assustada.

— Eu sinto muito mesmo — diz ela.

— Você poderia ter me dito — digo, com a voz quase inaudível. — Como você suportou?

— Não sei, foi... foi horrendo. Ainda é. Mesmo agora, há momentos em que mal consigo respirar só de pensar nisso. Mas eu estava desesperada; tive que pensar em Alice.

— O que aconteceu?

— Eu sabia que não podia contar a Jake. Eu pensei em te ligar, mas eu precisava de alguém que pudesse fazer tudo ir embora.

— Hol, eu teria ajudado.

— Eu não podia arriscar me separar de Alice. Eu não estava olhando para a rua, estava pegando meu telefone — diz Holly, saindo do sofá e andando lentamente pela cozinha. Envolvendo os braços em volta de si mesma, ela continua. — Eu sabia que Francis era a única pessoa que poderia fazer tudo ir embora. Três minutos e ele estava lá. Michael estava morto, Ben; não havia nada que eu pudesse fazer. — Eu aceno com a cabeça, lentamente. — Francis me mandou para casa, me disse para deixar o carro do lado de fora da minha casa, com as chaves dentro. Como todo o resto, o carro pertencia a Francis. Na manhã seguinte, ele desapareceu. Nunca mais o vi. Não sei o que ele disse a Jake. Porém, dois dias depois, tínhamos um carro novinho em folha.

— E Michael?

— Exatamente como foi noticiado na imprensa. Ele estava correndo na Lower Haddley Road. Estava escuro, uma estrada tranquila pela floresta. Um atropelamento e fuga. Não houve testemunhas. O motorista nunca foi pego. Ninguém soube — exceto Francis.

Atravesso o cômodo para segurar Holly em meus braços. Porém, ela se afasta.

— Hol?

— A questão é que tudo com Francis Richardson tem um preço — diz ela, virando-se e olhando para o jardim enluarado. — Ele veio até mim no dia do funeral de Michael, disse-me que eu tinha uma dívida a pagar. Ele me estuprou, Ben. Me estuprou, enquanto Alice dormia no berço.

ONZE

"ELE TEM DINHEIRO, E ISSO LHE DÁ PODER; PODER DE CONTROLAR. ELE EXALA MERECIMENTO."

72

Uma estranha calma havia descido sobre a praça quando saio na terça-feira de manhã. No lugar da agitação do dia anterior, há um silêncio vazio. Os moradores permanecem escondidos, e o corpo de imprensa reunido partiu, enquanto o ciclo de notícias de 24 horas continua. Na entrada da floresta, um policial solitário está de sentinela. A fita de isolamento da cena do crime balança na entrada, ao passo que a brisa do rio endurece.

Meu telefone vibra, e eu leio uma mensagem de Dani Cash.

James Wright fez um voo de helicóptero de
Battersea para Sandbanks, domingo de manhã.
Ele estava a mais de cento e sessenta quilômetros de distância
quando Elizabeth Woakes foi morta.

Não respondo.

Tomo o caminho que atravessa o coração da praça lamacenta e pisoteada. Holly atravessa a rua em frente à sua casa. Quando nos encontramos, ela gentilmente pega minha mão. Vejo as olheiras devorando seus olhos naturalmente aguçados, com seu brilho apagado pela exaustão.

— Você tem certeza de que quer fazer isso?

— Absolutamente — vem sua resposta firme, enquanto viramos pela Lower Haddley Road.

— Como está Alice? — pergunto.

— Acordada às cinco e pronta para o café da manhã — responde ela. Sua filha sempre invoca uma leveza em sua voz.

— Não sei como você faz isso. Gosto muito do meu sono.

— Eu estava acordada muito antes da Alice, se é que dormi. E você?

— Dormia e acordava — respondo, virando para St. Marnham, com o trânsito do horário de pico começando a aumentar.

— Não conseguia tirá-lo da minha cabeça — diz Holly.

Atravessamos rapidamente em frente ao ônibus número vinte e nove lotado, antes de ele virar sentido Richmond.

— Ele é um ser humano revoltante — digo, enquanto tomamos o caminho para o coração do vilarejo.

— Isso faz dele um assassino?

— Quando penso no que ele fez com você, nora dele. Ele tem dinheiro, e isso lhe dá poder; poder de controlar. Ele exala merecimento. Sua arrogância o faz acreditar que é intocável, e ele aprecia a posição que ocupa. Minha aposta é que ele faria qualquer coisa para se proteger, até mesmo matar.

— Mas por que matar Elizabeth Woakes?

— Fairchild volta para Haddley, tendo marcado uma reunião com ele. Ela quer dinheiro. Ela caminha em direção a St. Marnham e ao ponto de encontro combinado. A Sra. Woakes a vê, a segue, apenas para descobrir que ela encontra Francis na floresta.

Holly e eu caminhamos pelo vilarejo. Contornamos as margens do lago e paramos na entrada do estacionamento dos Richardson.

— Pronta? — pergunto.

— Sim — responde ela. — Katherine realmente quer ajudar. Ela conhece Francis melhor do que ninguém. Acho que ela vai nos dizer a verdade.

— Exceto que ela não sabe o que vamos perguntar.

Subimos a entrada de cascalho. Ao nos aproximarmos da casa dos Richardson, a porta da frente se abre. Somos convidados a entrar no solário, nos fundos da casa, onde encontramos Katherine Richardson já sentada.

— Obrigada, Monique — diz ela quando entramos, oferecendo-nos um assento em um dos sofás brancos profundos. — Não devemos ser incomodados. — Monique sai da sala enquanto Katherine nos serve um café de uma jarra de vidro. — Eu deveria ter perguntado se vocês gostariam de comer alguma coisa. Eu não tomo café da manhã, mas deixe-me chamar Monique de volta.

— Não, não, não precisa — digo, sentando em frente a Katherine e pegando uma xícara das mãos dela.

— Para mim também não — acrescenta Holly.

— Devemos agradecer por nos receber tão cedo — digo.

— Sempre fui madrugadora. Gosto de aproveitar o dia ao máximo. Meu marido é mais uma coruja noturna, talvez uma maneira conveniente de limitar nossa interação.

Não digo nada; Holly adiciona leite à sua bebida e toma um primeiro gole.

— Sr. Harper... — diz Katherine.

— Ben, por favor.

— Holly perguntou se eu estaria disposta a me encontrar com você para responder a algumas perguntas sobre meu marido.

Holly olha para a sogra.

— Ben sabe sobre... — Sua voz diminui.

— Então, pelo menos, deixe-me começar por aí.

— Obrigado — respondo.

— Seria errado de minha parte descrever meu casamento como de conveniência — diz Katherine, com o braço apoiado no canto do sofá. — Nosso relacionamento tem funcionado para nós, mutuamente. Havia um vínculo entre nós e houve momentos no passado nos quais eu poderia ter me descrito como feliz. — Katherine para e se inclina para a frente, falando diretamente com Holly. — Eu sabia como o Francis era, e, onde quer que a oportunidade se apresentasse, ele a agarrava. No entanto, eu nunca acreditei que ele tinha se forçado a qualquer mulher — até agora. Por isso, eu nunca vou me perdoar. Nunca. — Holly fecha os olhos. — Eu o julguei totalmente errado.

— É possível que Francis tenha feito isso com outras mulheres? — pergunto.

Katherine se encolhe.

— Suponho que sim. Fico doente em pensar nisso, porém.

— Você deve ter lido que Abigail Langdon, a garota, agora mulher, condenada por assassinar meu irmão, foi morta na semana passada.

Lentamente, Katherine se serve de uma xícara de café preto, para então se recostar no canto do sofá.

— Li.

— A polícia está investigando que, no momento dos assassinatos, Langdon e Fairchild poderiam estar em contato com um homem, ou grupo de homens, em um cenário de aliciamento.

Olho para Katherine em busca de uma reação, de um lampejo de reconhecimento ou confirmação, mas ela não revela nada.

— Posso lhe mostrar uma fotografia? — pergunto.

— Certamente — diz Katherine. Tiro do bolso do paletó a foto que mostra Francis Richardson com as duas garotas.

Ao entregar para ela, digo

— No canto da foto você pode ver...

— Estou vendo.

Katherine encara a imagem com uma intensidade em seus profundos olhos castanhos. Ela coloca a foto na mesa de café de mármore preto, aproximando-a de mim.

— Sra. Richardson? — pergunto.

— Você quer que eu comente se acredito que meu marido poderia estar envolvido em um relacionamento sexual com aquelas duas garotas? Não posso dizer isso. Sinto muito.

— A senhora está dizendo que é impossível? — pergunto.

— Não tenho motivos para acreditar que o relacionamento dele com aquelas garotas foi além do que você vê naquela fotografia. Uma celebração em uma partida de rúgbi da escola. Excesso de entusiasmo, sim. Inapropriado? Provavelmente. Mas nada além.

Holly levanta os olhos e os fixa em Katherine.

— Não conheço nada que sugira um relacionamento com essas garotas em particular — continua Katherine, apertando as mãos com força para impedi-las de tremer —, mas ele gerou um filho com uma menina, uma menina de dezesseis anos. Imagino que ela mesma era pouco mais do que uma criança.

Deixando suas palavras pairarem na sala, Katherine estende a mão para pegar a jarra de água gelada, que está sobre uma bandeja de prata, no meio da mesa de centro. Servindo três copos, ela pega um para si antes de apoiar uma almofada vermelha escarlate atrás das costas.

— Fiquei noiva de Francis no meu vigésimo primeiro aniversário — diz Katherine. — De muitas maneiras, o casamento foi arranjado muito antes disso. Meu pai conhecia o dele há anos. Desde o momento em que nasci, eles imaginaram unir nossas famílias. A tentação de combinar história e dinheiro, talvez. Ou era simplesmente arrogância masculina?

"Na época de nosso noivado, Francis já havia servido dez anos nas Forças Armadas e estava trabalhando no Ministério da Defesa. Após o casamento, ele deveria renunciar ao cargo e assumir uma nova função em uma empresa da cidade grande. Ele precisava da esposa perfeita para apresentar aos investidores, para ser a anfitriã de todas as festas corporativas.

"Não estou dizendo que não tivemos um romance, mas eu o descreveria como um turbilhão, quase frenético. Dentro de seis semanas, estávamos noivos. Três semanas depois, ele veio até mim, dizendo-me que estava adiantando a data do casamento. Tínhamos planejado um noivado de vários meses e, de repente, nos casaríamos em apenas cinco semanas. Ele se recusou a explicar por quê. Quando falei com meu pai, ele simplesmente me disse para aceitar o plano como proposto e ser grata. Como todo mundo, ele presumiu que eu estivesse grávida. Eu não estava.

"Na noite anterior ao casamento, Francis veio à minha casa. Nos meus momentos mais sombrios, perguntei-me por que ele esperou até aquela noite. Talvez para me impedir de ter tempo de recuar? Ou foi simplesmente a veia cruel que o atravessa usando a adversidade para estabelecer o controle? Sentamos juntos no escritório do meu pai, e nossa conversa foi incrivelmente prática. Uma menina de dezesseis anos estava grávida. Seu pai trabalhava na propriedade dos pais de Francis, e a família da menina morava na portaria. O pai de Francis interveio para cuidar das coisas — pagar a família, por assim dizer. A criança nasceria em dois meses. Francis e eu deveríamos ficar com ela, assim que nascesse.

"Francis tinha trinta e um anos."

73

Um trem passou chacoalhando quando Corrine entrou pelo caminho coberto de mato que corria ao longo do lado superior de Haddley Woods. Abrindo caminho com cuidado pelos densos arbustos de cardos, ela parou na base do monte elevado, olhando para o cume que a havia assombrado por tantos anos. Mudas jovens, agora crescidas, cobriam a margem com uma nova floresta de árvores.

Esgueirando-se para o lado oposto, ela encontrou o buraco onde ele havia se escondido naquele dia, tantos anos antes, agora sufocado por um espesso arbusto de espinheiro. Tudo havia sido preparado uma semana antes, mas apenas um menino havia emergido por entre as árvores. Ele tinha insistido que deveriam ser dois: tanto ela quanto Abigail compelidas a provar sua devoção.

Sete dias depois, mais uma vez, tudo estava no lugar.

A expectativa aumentada de Abigail havia sido palpável, enquanto dançavam para longe do ônibus na lateral da praça.

A perseguição através da floresta sem ar.

As facas escondidas sob a hera rastejante, enquanto ela crescia no monte.

Quando os meninos se ajoelharam, Abigail não havia vacilado. Ela tinha soltado um grito de prazer enquanto enfiava a faca.

Para Josie, um momento de hesitação. Os olhos de Nick Harper sobre ela; o medo e a confusão dele igualados apenas aos dela.

O grito do vale. Seu mergulho da faca. Abigail segurando sua mão para rasgar para a frente.

Ele havia ficado com elas enquanto elas mutilavam os corpos.

E ela havia sentido a emoção que emanava dele. O entendimento de que ela e Abigail eram para sempre dele.

Ontem à noite, sob a escuridão do céu noturno, ela saiu da casa de barcos Peacock, através do vilarejo de St. Marnham, em direção à casa dele. No frio, ela esperou, tremendo no meio das árvores, esgueirando-se pela névoa para ver as luzes da casa acesas. Tendo visto a porta da frente aberta, deixando-o sozinho, ela ficou tensa; sentiu que era o seu momento.

Mantendo o capuz puxado para baixo sobre o rosto, correu pelo terreno aberto seguindo o caminho em direção à casa dele. As cortinas da frente estavam abertas, e ela congelou olhando para dentro. Observá-lo atravessar a sala, irradiando sua arrogância inexpugnável, enviou um tremor através dela.

Seus dedos duros segurando um copo, tocando a pele dela. Suas mãos fortes correndo pelos cabelos, esfregando seus ombros.

As pernas dele, cuidadosamente cruzadas, pressionando contra as costas dela.

Seus olhos na janela, olhando para fora, vendo cada movimento dela.

Virando-se, ela correu de volta para as árvores, buscando refúgio sob a escuridão que o dossel criava. Tecendo pela floresta, ela percebeu que deveria retornar apenas quando pudesse forçar seu ultimato.

Silenciosamente, ela voltou para a casa de barcos. Desesperada por calor, tentou se enrolar nos coletes salva-vidas pendurados na parede. A noite toda ela ficou acordada, sentada, tremendo de medo.

Até esta manhã, quando ela finalmente fez seu plano.

Ela levaria a criança.

74

Holly se levanta e atravessa a sala para se sentar ao lado de Katherine.

— Ele deixou você sem escolha — diz ela. — Ele lhe disse no último momento possível.

— Eu poderia ter ido embora naquela noite ou em qualquer noite desde então — responde Katherine. — Eu escolhi me desvencilhar da verdade. Ao longo do casamento, tentei racionalizar o que havia acontecido — convencer-me de que era um lapso único.

— Posso perguntar o que aconteceu depois do casamento? — digo.

— Passamos sete semanas em lua de mel, com um iate particular nos levando pelas Maldivas. Estávamos seguros lá, sem risco de encontrar alguém que conhecêssemos. Se por acaso o fizéssemos, eu poderia ser levada a bordo. Quando voltamos, um carro nos encontrou no aeroporto de Heathrow e nos trouxe diretamente para cá: nossa nova casa de família. Dois dias depois, Jake nasceu e, mais dois dias depois, ele veio morar conosco. Nós nunca tivemos que mentir. As pessoas faziam suas próprias suposições — a mudança na data do casamento, a lua de mel estendida. Daquele dia em diante, eu era a mãe de Jake, e ele era nosso filho. — Seus lábios apertam. — Mas ainda acredito que isso foi Francis uma vez com uma garota — um erro. Eu acreditei nele então e ainda acredito agora. Aliciando alunas, não. Esse não é Francis. Dei a ele sua liberdade, especialmente depois de Lily.

— Lily? — digo, enquanto Holly estende a mão para a sogra.

— Nossa filha. Ela esteve conosco por menos de três anos. Eu ainda penso nela todos os dias — diz Katherine, antes de se virar para Holly. — E eu sei que Francis também pensa.

— Posso ver isso na maneira como ele gosta de Alice — diz Holly, enquanto olho para ela com um olhar implacável. — Ele gosta, Ben.

— Lily se afogou no lago da aldeia, depois de sair pelo portão dos fundos de nosso jardim — diz Katherine, voltando-se para mim. — Fizemos tudo o que podíamos para salvá-la. A mulher que deu o alarme, a equipe do consultório médico — parecia que todo o vilarejo tentava ajudar. Mas chegamos tarde demais.

Silenciosamente, abro meu telefone e mando uma mensagem para Min, enquanto a Sra. Richardson continua a falar.

— Francis a adorava, assim como eu. Ele intimida as mulheres, trata-as como bens e depois as descarta, mas adorava Lily. Ela realmente era dele. Acho que provavelmente é por isso que ele a amava tanto, da mesma forma que ele adora Alice.

— Ela ama vocês dois — diz Holly, gentilmente.

Katherine inclina a cabeça e fecha os olhos. Imagino como deve ser para ela. Ter sua vulnerabilidade exposta pela primeira vez em sua vida, quando ela passou décadas a escondendo.

— Nem Francis, nem eu queríamos mais filhos depois de Lily. O curso de nossa vida foi definido — vidas separadas. Nos negócios éramos uma equipe, aparecendo em eventos, encantando investidores. O resto do nosso tempo era nosso. Não dei atenção ao que Francis fez.

"Até Holly. Eu deveria ter feito algo antes. Interrogado, falado com ele, no mínimo", continua Katherine, virando-se para Holly enquanto isso. "Eu deveria tê-lo impedido; eu deveria tê-lo impedido desde o primeiro dia. E eu deveria ter falado com você mais cedo, ter estado pronta para ajudá-la. Quando olhei para você, vi outra das conquistas dele. Eu estava tão errada. Eu não queria pensar nisso, e isso era tão egoísta da minha parte... Eu bloqueei, com medo do que Jake faria se descobrisse. Ele guarda tanto ressentimento pelo pai."

— Você fez todo o possível para apoiar a mim e Jake.

— O apoio do pai dele veio a um custo enorme.

— Jake ainda tinha você.

— Isso é gentil de sua parte — diz Katherine —, mas sempre me pergunto se poderia ter agido diferente. Muitas vezes, me pergunto se eu compensei demais ao tentar ser a mãe dele.

— Jake nunca desconfiou? — pergunto.

Katherine balança a cabeça.

— Ele era nosso filho.

— A relação dele com Francis é complexa, mas Jake se importa com você, sim — diz Holly.

Meu telefone vibra. Pedindo licença por um momento, vou para o fundo da sala e leio a mensagem de Min. Ela enviou a reportagem do *Richmond Times* sobre a morte de Lily, de mais de trinta anos atrás. Olhando para as imagens sombrias das árvores estéreis que cercam a lama molhada nas margens do lago, sinto a tristeza do dia. A fita da polícia margeia a beira da água, rasgada e suja. As fotografias em preto e branco do jornal capturam a desesperança do dia.

Li a cópia e soube que uma mulher chamada Mary Hess, que estava passando o dia em St. Marnham, havia descoberto a tragédia, arrastando o corpo de Lily da água. Apesar de todos os esforços, seus e dos profissionais de saúde do consultório médico próximo, nada pôde ser feito para reanimar a menina de dois anos, e ela foi declarada morta no local.

O artigo termina com uma declaração de um funcionário da prefeitura, expressando sua solidariedade por uma perda tão trágica. A instigação de uma revisão de segurança completa, com a consideração futura de todas as opções, incluindo cercar ou até mesmo drenar a lagoa, foi o compromisso da prefeitura. Lembrando a cena pela qual passamos antes, esforço-me para pensar em qualquer mudança nos anos seguintes. Aquele dia horrendo afetou inúmeras vidas, mas me pergunto se é reconhecido por algo mais do que uma pequena placa em um banco de madeira.

Rolo até o final do artigo, onde mais fotografias mostram a parte externa da casa dos Richardson, o vilarejo de St. Marnham e, finalmente, uma imagem borrada de Mary Hess.

Olho para o meu telefone e minha mão começa a tremer.

75

Rá-tá-tá-tá.

Rá-tá-tá-tá.

Uma batida na porta do solário quebra meus pensamentos. Desligo meu telefone, rapidamente colocando-o no bolso da jaqueta.

Rá-tá-tá-tá pela terceira vez, e a porta se abre.

Francis Richardson entra, vindo do corredor.

— Você é escória — grito. Minha raiva ferve, e eu corro através do aposento.

— Ben, não! — grita Holly, enquanto eu salto pelo sofá branco com minhas botas deixando uma marca indelével. Eu me lanço na direção de Richardson, o impulso se acumulando atrás do meu corpo de 1,80 metro. Meu punho voa para a frente, e minhas articulações dos dedos quebram sua mandíbula enquanto ele cai no chão. Com ele esparramado na porta, eu me abaixo, arrasto-o para que fique de pé e bato nele novamente. Sua cabeça recua, e o sangue jorra de seu rosto pelo chão de pedra branca. Enquanto ele se agacha na porta, eu o levanto novamente, e meu braço torce quando bato nele pela terceira vez.

Holly agarra meu braço e me arrasta de volta. Só então ouço um grito de Katherine.

— Chega! — diz ela. — Chega!

76

— Chame um táxi, vá direto para a creche da Alice e certifique-se de que ela esteja segura — digo para Holly, enquanto passo por cima de Francis Richardson e entro no corredor.

— Alice? — responde Holly.

— Precisamos ter certeza de que ela está segura — continuo, recuando pelo corredor enquanto Katherine vai até a nora.

— Deixe-me levá-la — diz ela, pegando Holly pela mão. — Chegaremos lá rapidamente.

— Ben, aonde você está indo? — grita Holly enquanto eu me viro e corro para fora da casa.

— Certifique-se de que a Alice está segura — grito, antes de correr pela calçada e sair para o vilarejo. Percebo que meu caminho mais rápido de volta para Haddley é descendo a Lower Haddley Road. Esquivando-me frente ao trânsito congestionado da escola, sigo rapidamente ao longo do rio da floresta e volto para a praça. Imagens correm pela minha mente. Meu eu de oito anos, fugindo da floresta, o calor escaldante queimando meu pescoço. Michael sendo atropelado pelo carro de Holly. Os rostos de Nick e Simon. Minha mãe caindo na frente do trem das 8h06 para Waterloo.

Tantos mortos para proteger um segredo.

Corro pela praça.

Abro a porta da frente da minha casa e corro para o andar de cima. De pé na entrada do quarto de cima, recuperando o fôlego, olho para os fragmentos restantes da vida de Nick. Minha mãe costumava passar momentos de silêncio aqui, sozinha com seu filho mais velho. Memórias presas no tempo, conectando-o a ela.

Pouco agora foi deixado intocado. Minha vida gradualmente invadiu o quarto, mas a mesa de Nick permanece no canto, coberta de caixas e livros velhos. Rapidamente, folheio os papéis antigos da minha mãe, mas não há nada lá que eu não tenha visto antes. Eu sei que já terá sido examinado. Abro uma caixa cheia de livros escolares de Nick, vasculho-os, mas não encontro nada. Esvazio um envelope marrom cheio de nossos boletins escolares, espalhando-os pelo chão. Dentro de outra caixa, encontro o prêmio do ano de inglês que Nick ganhou. Seu prêmio foi por um ensaio sobre *The Return of the Native*, de Thomas Hardy. Minha mãe tinha ficado muito orgulhosa quando ele subiu no palco em nossa assembleia escolar para receber seu prêmio. Era Nick quem sonhava em se tornar um jornalista, não eu.

Sento-me no chão, soprando a poeira das sobrecapas de uma pilha de livros empilhados no canto. Folheando-os, encontro a cópia do livro de Nick. Agarrando-o, rapidamente folheio as páginas desbotadas.

Dentro da contracapa estão duas fotografias.

As duas fotos do dia do jogo que estavam faltando.

As duas imagens que me dizem que minha mãe foi assassinada.

E por quê.

77

Olho para as duas imagens. Elas permaneceram escondidas aqui, todos esses anos. Minha mãe teria sido a última pessoa a tocá-las.

Ela teria visto o que eu vejo agora. E ela iria querer respostas.

Na noite anterior à sua morte, ela foi em busca dessas respostas, ainda esperando que estivesse errada. Ela teria desejado acreditar no melhor.

O que quer que tenha acontecido naquela noite, não foi suficiente para acalmar suas preocupações. Na manhã seguinte, quando ela gritou comigo enquanto eu estava de ressaca na cama, ela estaria angustiada com o que tinha descoberto. Agitada e insegura, ela sairia de casa se sentindo confusa e traída.

Descansando na cama de Nick, pego a primeira fotografia — uma foto tirada momentos depois que o time campeão havia posado com seu troféu. À medida que o grupo se separa, James Wright ainda segura firmemente a taça, mas ele agora está de costas para a câmera.

Phil Doorley salta pelo ar.

Abigail Langdon e Josie Fairchild estão ao lado do grupo.

Francis Richardson já não as abraça.

Vestindo sua camisa branca imaculada, é seu filho, Jake, que agora tem os braços em volta delas.

Tenho que me forçar a pegar a segunda fotografia. É a que minha mãe teria achado impossível de entender.

Tirada após os pontos vitoriosos finais terem sido marcados, ela captura um momento de pura alegria, mas que agora me deixa desolado.

Jake Richardson está triunfante ao lado da bandeira do canto. Com os braços estendidos, ele sorri para a mulher que está de pé, com os braços erguidos, comemorando na lateral. Com seu rosto iluminado pelo orgulho, é a mulher chamada anos antes pelo *Richmond Times* de Mary Hess. Só que, na época dessa partida, ela teria sido conhecida pelo nome de casada.

Mary Cranfield.

DOZE

"AGORA TÍNHAMOS NOSSO PRÓPRIO SEGREDO — UM QUE NUNCA PODERÍAMOS COMPARTILHAR, MAS QUE NOS UNIRIA PARA SEMPRE."

78

Minhas pernas são pesos mortos enquanto desço do último andar da minha casa. Descansando minha mão no trinco da porta da frente, eu paro. A casa dos Cranfield tem sido meu porto seguro — um lugar para onde eu ia para me sentir amado. Um lugar para me esconder do mundo. Quando eu entrar na casa deles agora, isso vai acabar.

Abro a porta da frente e começo uma caminhada lenta e pesada pela lateral da praça deserta. Apenas o barulho de um avião passando por cima quebra o silêncio da manhã. Dando os passos que dei mil vezes, os mesmos que minha mãe deu no primeiro dia em que os Cranfield chegaram a Haddley, olho para o céu. Lembro-me da felicidade que ela encontrou com a chegada de nossos novos vizinhos, dois anos após a morte de Nick. Para ela, eles trouxeram a esperança de um novo começo.

Do lado de fora da casa, olho novamente para as fotos e sei como elas teriam deixado a mente de minha mãe acelerada. Sem nenhuma conexão com a região, por que a Sra. Cranfield havia comemorado tão animadamente na lateral de uma partida de rúgbi da escola, disputada tantos anos antes? Minha mãe teria feito uma conexão imediata? Não sei, mas sei que ela teria dado à Sra. C. todas as oportunidades para explicar. Ela teria se sentado com a amiga na noite anterior à sua morte, buscando respostas e compreensão. Qualquer que tenha sido a resposta dada, ela não satisfez. Consumida por sua descoberta, ela fez sua caminhada até a estação de St. Marnham na manhã seguinte, debatendo-se com a mais grave traição possível.

Caminhando pelo lado da casa, olho pela janela da cozinha dos Cranfield — panelas velhas pendem acima do fogão, livros de receitas bem manuseados estão empilhados um sobre o outro, evocando um cheiro de comida caseira.

Gentilmente, abro a porta dos fundos.

O Sr. Cranfield está sentado sozinho à mesa, com sua toalha de linho azul desbotada um pouco gasta. Em seu estupor, ele olha fixamente para um bilhete de trem encostado no moedor de pimenta de madeira. Sentindo minha presença, ele pega o bilhete e o empurra sobre a mesa, em minha direção. Olhando para baixo, vejo que é datado de quarta-feira passada. Uma passagem de volta, de King's Cross para Leeds.

— Ela me disse que estava em uma viagem de ônibus com seu grupo de leitura para Chawton House. Eu disse que ela tinha tido sorte com o clima.

Lentamente, empurro o bilhete de volta para o outro lado da mesa. Dando um passo à frente, noto a porta da garagem entreaberta. Uma cadeira de cozinha almofadada está colocada no centro do cômodo. Acima dela, está pendurado um laço, feito em casa.

Coloco minha mão no ombro do Sr. Cranfield, e ele levanta os olhos.

— Não — é a única palavra que digo.

79

— Sra. Cranfield — chamo, suavemente —, precisamos conversar.

Não há resposta. Ando com cuidado da parte de trás da cozinha para o corredor. Depois, desço em direção à sala de estar, na frente da casa. A maçaneta arranha quando eu a giro para entrar no quarto. Sentada em sua poltrona favorita de espaldar alto, ao lado da lareira, está Mary Cranfield.

— Eu esperava tanto que não fosse você, Ben — diz ela enquanto eu entro em silêncio. — George? — pergunta ela, fechando os olhos por um momento. — Ele era um bom marido — diz ela.

— Ele ainda é — respondo, e a ouço expirar lentamente.

— Às vezes, os segredos mais profundos são aqueles que você guarda de si mesmo — diz ela. — Acho que ele nunca quis saber.

Meus braços se apertam e eu me pego segurando as duas fotos ainda na mão.

— Venha se sentar comigo — diz a Sra. Cranfield, apontando para o sofá coberto por uma manta — uma última vez. — Atravesso a sala e me sento ao lado dela. — Eu queria desesperadamente ser a pessoa que encontrou estas fotos — diz ela, olhando para as imagens na minha mão. — Não foi por falta de tentar, tenho que admitir. Procurei em todos os lugares — continua ela, com um sorriso —, mas era sua família, Ben, então, no final, é justo que você as tenha encontrado. Posso ver? — A Sra. Cranfield abre o fecho de sua bolsa e procura por seus óculos dentro dela. — Eu sei que eles estão aqui em algum lugar. Você não os viu na cozinha, não é? — pergunta ela. — Não, aqui estão eles. Eu não consigo ver nada sem eles hoje em dia. — Sua conversa é quase trivial.

Passo a ela as fotografias.

— Eu pareço tão jovem — diz ela. — Estou surpresa por você ter me reconhecido. Jake também. Tanta alegria em seu rosto. — Digo a mim mesmo que ouço arrependimento em sua voz.

— Você é a mãe de Jake, não é? — pergunto.

— Eu sou — responde ela, balançando a cabeça suavemente enquanto ainda olha para as fotos que segura no colo. — E eu gosto de pensar que sou seu anjo da guarda. — Fico imóvel enquanto ela estende a mão para mim. — Ele foi tirado de mim, Ben — continua ela, com uma aspereza repentina na voz. — Tirado de mim, depois de apenas dois dias. Eles me deixaram sem nada, exceto a roupinha que eu tinha vestido nele. Mesmo isso não era bom o suficiente para eles. — Ela olha por cima dos óculos, com a raiva queimando em seus olhos. — Ele é meu filho.

— Diga-me o que aconteceu — peço.

— Fiz o que eles pediram quando me mandaram de volta para a Irlanda. Tentei esquecê-lo, mas era impossível. Eu era a mãe dele. Eu precisava estar com ele, cuidar dele. Katherine Richardson nunca lhe daria o amor de que ele precisava. E quanto ao pai... — A sra. Cranfield para. — Todos nós sabemos o que o pai dele quer. Jake precisava de mim. Ele precisava de sua mãe.

— Como você o encontrou?

— Essa era a parte fácil. Francis Richardson nunca viveria uma vida discreta. Comecei a observá-los. Ocasionalmente, no início; com mais regularidade, ao longo do tempo. Depois de alguns anos, estabeleci uma rotina de viajar para St. Marnham, uma ou duas vezes por semana. Foram dias felizes. Eu chegaria do norte de Londres a tempo de assistir a Jake no *playground* durante o intervalo da manhã. Depois, eu almoçava no vilarejo e o observava no final do dia, correndo à beira do lago. Sua mãe quase nunca estava com ele, sempre os empregados. Eles não prestavam atenção em mim. Eu queria falar com ele, abraçá-lo, mas sabia que tinha que esperar o momento certo.

— E esse momento foi a morte de Lily?

A sra. Cranfield confirma.

— Assim que você descobriu sobre a garota, eu sabia que você juntaria as peças.

— O que aconteceu?

— Ninguém havia ensinado a Jake a diferença entre o certo e o errado. Não foi culpa dele. Nenhum deles realmente se importava com ele.

— Conte-me sobre aquele dia.

— Ela era uma garotinha boba. Sempre gritando, correndo para sua mãe. Qualquer um podia ver que ela era a favorita da mãe, incluindo Jake. Ele estava na lagoa com a garota, alimentando os patos. Estava escurecendo, e Jake disse a ela que era hora de entrar. Eu estava tão orgulhosa dele, mas ela simplesmente começou a chorar. O problema era que ela sempre conseguia o que queria. Alguém precisava lhe ensinar uma lição.

"Jake disse que ia entrar e, a menos que ela quisesse ficar no escuro sozinha, ela deveria ir com ele. Ele se afastou da beira da água e, finalmente, ela o seguiu. Resolvi me sentar à beira do lago por mais alguns minutos, até a hora de ir para o trem. Fiquei surpresa quando, não mais do que três ou quatro minutos depois, eles reapareceram pelo portão, nos fundos do jardim.

"Jake a levou pela mão para a rua, observando o tráfego nos dois sentidos. A luz da rua iluminou a alegria em seu rosto quando eles voltaram para a margem lamacenta. Sua satisfação em conseguir o que queria era clara para todos verem.

"Ela chegou cada vez mais perto da borda, e foi naquele momento que ela começou a escorregar. Eu a vi tentar agarrar Jake, mas então ela tinha lama pelas mãos todas. Era natural que ele se afastasse. Ela escorregou um pouco mais. Eu podia ouvir seu grito penetrante. Suas galochas se encheram de água. Jake se firmou na margem e então avançou. Ele estendeu a mão.

"E, então, ele a empurrou para baixo."

Depois de dar uma última olhada nas fotos, a Sra. Cranfield abre sua bolsa, tira os óculos e os coloca dentro do estojo.

— Ela chapinhou no início, chutando na água lamacenta. Ele teve que segurá-la lá embaixo, mas ele era forte para um menino de sete anos. E, então, os chutes pararam. Mesmo se eu quisesse, não conseguiria chegar a tempo.

— Eu o observei segurar o rosto dela embaixo d'água por mais alguns segundos, até que ele tivesse certeza, e então dei a volta ao redor da margem. Era a primeira vez que eu havia falado com ele, desde que ele tinha dois dias. Segurei suas mãos, limpei-o e disse-lhe para entrar e nunca mais falar sobre isso. Eu estava lá para fazer tudo certo.

Encaro-a, com horror.

— Você viu o que ele fez e não contou a ninguém?

— O que você teria feito? — pergunta a Sra. Cranfield, com uma carranca de perplexidade vincando sua testa. — Ninguém poderia culpá-lo. Tudo o que ele precisava era de uma mãe.

— Você o deixou afogá-la!

— Tive de fazê-lo — responde a Sra. Cranfield. — Agora tínhamos nosso próprio segredo — um que nunca poderíamos compartilhar, mas que nos uniria para sempre.

80

— Você é louca — digo, pulando do sofá. — Perturbada — berro, gritando diretamente com a Sra. Cranfield. — Você o deixou matar uma menina de dois anos. E depois, você o deixou destruir uma vida após a outra.

— Eu não queria isso, Ben — responde a Sra. Cranfield, calmamente. — Mas a vida era tão difícil para Jake, principalmente depois de Lily. Sua relação com o pai sempre foi tão tensa. Muitas vezes me pergunto se Francis viu minha fotografia no jornal. Se o fez, espero que o tenha assombrado desde então; devorado-o por dentro, como um câncer em sua alma. Isso o fez suspeitar de que havia mais na morte da garota? Não sei. Nós nunca conversamos. Tudo o que eu sabia é que eu tinha que estar aqui para tentar guiar Jake.

— Você não o orientou. Você o deixou se tornar um monstro! Como você pôde? Como você pôde fazer isso comigo?

— Eu nunca quis machucá-lo. Se aquelas garotas não tivessem aparecido, as coisas teriam sido tão diferentes... Sei que teriam.

Atordoado, ando de um lado para o outro, antes de me sentar em frente à Sra. Cranfield, na ponta da poltrona reclinável de seu marido.

— Fale-me sobre elas.

— Elas eram veneno, Ben, aquelas duas garotas.

Aguardo a Sra. Cranfield continuar.

— Fiz o meu melhor — você tem que acreditar em mim. Eu realmente tentei orientá-lo. Ele havia progredido tanto, ido bem em seus exames, tinha sido selecionado para o time de rúgbi. Ele era um jovem bonito e com perspectivas — diz ela, olhando para as fotografias dispostas no sofá. — Se ao menos ele tivesse conhecido uma garota legal da sua idade... mas, em vez disso, aquelas duas apareceram. Elas o veneravam como se fosse um culto. Não o questionavam. Ele se deleitava com a admiração delas. Ao longo daquele verão, pude ver que estava ficando cada vez pior. Elas despertaram algo nele, algo de seu pai. Seu pai o controlava, e agora ele queria exercer seu próprio controle.

— Ele estava lá quando elas mataram Nick e Simon?

Seus olhos se fecham.

— Você não tem ideia de como é, Ben.

Embora, neste momento, eu queira odiar a Sra. Cranfield mais do que jamais odiei alguém, acho que não consigo odiá-la absolutamente. Vejo a dor em seu rosto. Sinto a tragédia de sua vida.

— Quando Jake se tornou adolescente, minhas visitas a St. Marnham tornaram-se menos frequentes. Em vez disso, nós nos encontrávamos no centro de Londres; eu pagava o almoço para ele ou até o levava ao teatro. Mas, à medida que ficou mais velho, ele queria me ver menos. Naquele verão, ele começou a dirigir e de vez em quando cancelava nossas reuniões. Vim a St. Marnham para falar com ele e, quando vi os três juntos, eu o alertei. Até entrei em contato com a escola, dizendo que as meninas estavam envolvidas com homens mais velhos. Eu estava desesperada. Se eu soubesse, Ben, se eu soubesse o que os três estavam planejando, você tem que acreditar em mim... — diz a Sra. Cranfield. Quando ela se aproxima de mim, pela primeira vez, ouço uma falha em sua voz.

Eu me afasto.

— Eu teria feito qualquer coisa para detê-los — continua ela. — No início daquela semana, ele havia se recusado a me ver. Eu deveria ter agido na época. Naquele dia terrível, ele estava esperando na floresta. Ele queria testar seu controle para ver o quanto elas seriam servis.

— Ele as assistiu matar.

81

O pânico tomou conta de Holly enquanto ela corria da sala de aula de Alice para o clube do café da manhã e para o parquinho. Ninguém na creche tinha visto sua filha naquela manhã. Seu corpo começou a tremer, enquanto Katherine a segurou pelo braço e discou 999.

Em poucos minutos, a polícia estava na frente da creche. Holly reconheceu a policial loira que ela tinha visto com Ben.

— Sra. Richardson? — Dani Cash colocou a mão em seu braço. — A senhora poderia nos contar novamente o que aconteceu?

Holly repetiu o que sabia. Alice não tinha chegado à creche naquela manhã.

— Seu pai deveria tê-la deixado — disse Holly, enquanto Dani a conduzia para fora dos portões da escola, em direção ao carro da polícia que esperava. — Só que ele não é o pai dela e não sei se ele sabe disso. Ben disse para pegar Alice, para ter certeza de que ela estava segura.

— Onde está Ben agora? — perguntou Dani, e Katherine estava com ela ao lado do carro.

— Ele voltou para Haddley — respondeu Katherine —, mas não sabemos para onde ele foi.

— Ele acredita que seu marido possa estar envolvido no assassinato da mãe dele?

— Não meu marido — respondeu ela. — Meu filho.

82

— Fale-me sobre a mamãe — digo.

— Eu nunca quis isso — responde a Sra. Cranfield. — Juro a você que nunca quis.

— Diga-me.

— Depois de seu irmão e de Simon Woakes, eu tinha que encontrar uma maneira de controlar Jake. Ele estava contrito, cheio de remorso, genuinamente arrependido. Mudar para Haddley era a minha maneira de garantir que isso não continuasse. Por um tempo, as coisas melhoraram. Ele conheceu Holly, começou seu próprio negócio — as coisas realmente melhoraram. Ele merecia uma segunda chance.

Quero gritar com a Sra. Cranfield, gritar que ninguém nunca deu uma segunda chance a Nick. Porém, eu simplesmente peço a ela para continuar.

— Clare veio até mim na noite anterior à sua morte. Ela havia coletado tantas peças e simplesmente não conseguia encaixá-las. Por que eu havia estado em uma partida de rúgbi da escola tantos anos antes? Claro, tinha sido estúpido da minha parte, mas tudo o que eu queria fazer era cuidar do meu filho. Tentei negar, dizer que não era eu, que ela deveria estar enganada, mas era inútil. Ela tinha a carta.

Sento-me e observo enquanto a Sra. Cranfield abre novamente sua bolsa, removendo um envelope branco esfarrapado. Abrindo a dobra, sua mão começa a tremer. Ela passa a carta para mim.

— Você deveria lê-la — diz ela.

Desdobro a única folha de papel fino e envelhecido. Um bilhete curto, escrito à mão, atravessa a página. Um rabisco cada vez mais desesperado e ilegível diz à minha mãe que seu dinheiro seria bem gasto. Eu examino até a última linha.

> Eu posso lhe contar sobre todos eles. Francis Richardson, Mary Cranfield, todos eles. Você não acreditaria nas coisas que eu poderia lhe dizer.

— Eu não poderia me livrar disso explicando. Quando tiramos as coisas de sua mãe da sua casa, eu encontrei a carta. Que alívio foi isso, mesmo que eu nunca tenha conseguido encontrar as fotos.

“Naquela noite, tentei ao máximo convencer sua mãe, mas não teve jeito. Na manhã seguinte, observei-a atravessar o pátio, consumida em seus próprios pensamentos.

Eu tinha que proteger Jake. Ele tinha conseguido tantos avanços. Eu gostaria que pudesse ter sido qualquer um, menos ela.

— Você a empurrou — digo, mal controlando a raiva na minha voz. — E, depois, você veio me confortar. Como você ousa! — grito. — Eu a amei como uma mãe, e o tempo todo era *você*.

A Sra. Cranfield fica sentada, imóvel.

— Conte-me o resto — digo, ficando de pé para me erguer sobre a Sra. Cranfield.

— Ben, não, por favor.

— Diga!

— A morte de sua mãe serviu de aviso para Langdon. Passaram-se mais três anos antes que ela entrasse em contato diretamente, mas a essa altura ela já estava ameaçando — havia uma ameaça real. Enquanto Jake tinha o negócio, nós administramos a situação. Mas, conforme o tempo passava, ela queria mais e mais e, no final, não sobrou dinheiro. Jake começou a degringolar. Ele começou a desconfiar de Michael Knowles e, estupidamente, decidiu lidar com isso sozinho. Ele o empurrou para a rua, mas de maneira muito desajeitada. Sua paranoia aumentou. Aproveitei a aproximação do aniversário da morte de Clare para agir.

— Jogando suspeita em mim.

— Não em você, Ben. Eu sabia que todo mundo estaria falando sobre o aniversário da morte da sua mãe. Qualquer um poderia ter rastreado Langdon e a matado. Eu só estava causando confusão. Ela era escória, Ben.

— E Josie Fairchild?

— Ela nunca teve a ganância de Langdon. Após a morte de Langdon, ela só queria escapar, começar uma nova vida. Ela esperava que Jake lhe desse o dinheiro para fazer isso. Eu teria dado isso a ela. Eu não queria mais sangue.

— Mas Elizabeth Woakes a seguiu pela floresta?

— Sim. Com tudo de repente tão fresco mais uma vez, ela a reconheceu na estação. Fairchild fugiu, e Jake ficou sem escolha. Ele a estrangulou e voltou durante a noite para pendurá-la na árvore.

Olho para ela com nojo, e ela diz:

— Tive que cuidar do meu bebê, Ben. — Ela estende a mão para pegar a minha, e eu recuo. Não a quero perto de mim.

— Onde está Jake agora? — digo, baixinho, olhando para a Sra. Cranfield, enquanto ela diminui diante de mim. — *Onde ele está?*

— Não sei — diz ela, agora com medo na voz. — O que você vai fazer?

— Vou matá-lo.

83

Corro pela praça em direção à casa de Jake e Holly. Bato na porta da frente, mas não há resposta. Vou até a janela, não vejo sinais de vida, mas a mesa de centro da sala está virada. Corro para a parte de trás da casa e subo a cerca dos fundos. A porta do jardim está aberta, e eu corro para dentro.

— Jake — chamo, no silêncio. Atravesso até o corredor e chamo novamente, enquanto subo as escadas. — Jake, é Ben Harper. Eu sei de tudo.

— Ben. Ajude-me!

O grito envia terror através de mim. Corro para a frente.

— Alice, onde você está? — grito.

— Ben, estamos no quarto da Alice. — Com a voz cheia de medo, Jake chama do outro lado do patamar. — Por favor, entre devagar.

Gentilmente, empurro a porta, abrindo-a.

Jake está paralisado na lateral do quarto, enquanto Alice está sentada no centro, cercada pela festa do chá de brinquedo.

Uma mulher se agacha atrás dela, segurando uma faca em sua garganta.

Agacho, ficando de joelhos.

— Alice, estou aqui agora e tudo vai ficar bem. Apenas fique bem quietinha e faça tudo o que essa senhora pedir.

Alice mal acena com a cabeça. Olho para a mulher.

— Oi, Josie — digo, olhando diretamente para a assassina do meu irmão. Meu único pensamento agora é Alice. — Meu nome é Ben Harper. — Vejo o reconhecimento em seus olhos. — Você não veio aqui para machucar Alice.

Ela balança a cabeça, e ouço o toque de uma sirene da polícia.

Sua mão vacila.

— Abaixe a faca e deixe-me ajudá-la — digo. — Sei que você não machucou a mulher na floresta.

— Eu não. Ele machucou. Ele fez tudo. Desde o início, ele e Abigail — diz ela, com medo em seus olhos, enquanto olha para Jake.

— E agora ele vai pagar. Josie, abaixe a faca e tudo isso pode acabar.

Seus olhos se arregalam quando digo esse nome novamente.

— Sou Corrine agora — sussurra ela.

— Alice não fez nada de errado, Corrine. Deixe-a ir.

Atrás de mim, ouço o ranger de passos na escada.

— Machucar Alice não vai lhe dar o que você quer — digo, prendendo a respiração e fazendo um pequeno movimento para a frente.

— Eu só quero começar tudo de novo — diz Josie. Ela me dá um olhar triste. Sinto a miséria de sua vida, mas não sinto piedade.

— Você ainda pode fazer isso — respondo, avançando. — Você só precisa largar a faca.

Ela me encara. Então, muito lentamente, ela deixa cair a faca. Expiro rapidamente quando Alice corre para meus braços e enterra a cabeça em meu ombro. Seguro-a perto de mim enquanto Josie Fairchild se contorce no chão, soluçando. Quando a porta da frente é arrombada, o quarto de Alice é escancarado. Confuso, viro e vejo Mary Cranfield parada na porta.

— Isso tem que acabar — diz ela, pegando a faca do chão.

Com uma mão, empurro Josie para trás, contra a cama de Alice.

— Sra. C., não! — grito.

— Mãe! — grita Jake, de trás da porta.

Sem hesitar, ela se vira e, em um único movimento, avança, mergulhando a faca no coração dele, antes de apertá-lo contra seu peito. Segurando-o perto, coberta pelo seu sangue, Mary Cranfield embala o filho enquanto ele cai no chão.

— Shhh — sussurra ela, enquanto Jake estremece em seus braços. — Agora acabou. Está tudo acabado.

Ela se vira para mim, com lágrimas nos olhos.

— Eu deveria ter terminado isso há anos. Eu sinto muito.

EPÍLOGO

Peguei Alice gentilmente e a carreguei para fora de seu quarto. Holly nos encontrou ao pé da escada. Passei a filha para ela, e Alice envolveu os braços com tanta força ao redor do pescoço da mãe que pensei que ela nunca fosse soltar. Juntos, caminhamos lentamente de volta para a minha casa.

Segui Holly e Alice para dentro, sabendo que agora teria de protegê-las, da mesma forma que minha mãe me protegeu. Com o tempo, vou ajudá-las a construir novas vidas, e sei que um dia verei Alice correr alegremente pelo campo de novo. Ela é minha família agora.

Todos os dias desde então, a mulher que Alice considera como sua avó a visitou, passando tempo com ela no jardim e conhecendo-a um pouco melhor a cada visita. O advogado de Katherine já chegou a um acordo de divórcio com Francis.

Dani Cash prendeu Mary Cranfield e a acusou do assassinato da minha mãe, bem como o de Abigail Langdon e de Jake Richardson. Falei com a Dani ontem à tarde, e ela disse que a polícia espera uma confissão de culpa. Duvido que eu volte a ver a Sra. Cranfield.

Dani encerrou nossa ligação com uma reprimenda.

— Sei que provavelmente estou gastando saliva — disse ela —, mas você sabe que deveria ter esperado a polícia antes de entrar na casa de Jake Richardson.

— Acho que você já sabe que eu nem sempre gosto de esperar a polícia.

— Ela tinha uma faca, Ben — respondeu Dani, com firmeza. — Qualquer coisa poderia ter acontecido, eu deveria saber. Eu vi o que aconteceu com um homem bom. Eu não poderia suportar que isso acontecesse com outro.

Jurei que tomaria cuidado no futuro. Eu disse que seria bom nos encontrarmos para uma caminhada pelo rio uma noite. Ela prometeu que ligaria.

Nos dias após a morte de Jake, Nathan Beavin e Will Andrews visitaram uma clínica particular em Richmond para um teste de paternidade. Quando de repente os vi juntos, o resultado não foi uma surpresa completa. Nathan se mudou para St. Marnham e está trabalhando no restaurante do pai. Holly e eu tomamos conta de Max no sábado à noite, enquanto Sarah foi ao que ela chamou de seu "segundo primeiro encontro" com Nathan.

Nesta manhã, abri um cartão com uma fotografia do labirinto da Hampton Court na frente. Minha mãe adorava contar a história de como, em família, passamos uma hora tentando encontrar o caminho através do intrincado quebra-cabeça. Nick correu na frente com meu pai, enquanto minha mãe, lutando com meu carrinho de bebê, seguia seu próprio caminho. Fomos os primeiros a chegar ao centro, por alguma distância, algo que ela apreciava. Eu era muito jovem para me lembrar do dia. Era uma memória da minha mãe.

Dentro do cartão, meu pai escreveu como esperava que um dia pudéssemos nos ver novamente. Holly me impediu de rasgar o cartão. Ela o colocou sobre a lareira da sala de estar. Deixei lá, por enquanto. Voltei para o armário sob o beiral e tirei a outra caixa de sapatos. O leão de cores vivas se juntou à última festa do chá de Alice. Foi o último presente que meu pai me deu antes de deixar nossa família.

Ontem à noite, quando Max e Alice estavam finalmente dormindo, li o rascunho final do meu artigo para Holly. Então, enviei por e-mail para Madeline, para ela publicar hoje. Escrevi sobre a força da minha mãe, como sua bravura me deu esperança e como eu estava orgulhoso dela construir uma nova vida — uma nova vida, que foi brutalmente roubada.

Por mais de vinte anos, segredos obscuros foram mantidos escondidos em Haddley e St. Marnham. Junto com muitos outros, minha mãe agora tem justiça. E a lição que ela me ensinou, quando eu era menino, soa mais verdadeira do que nunca — segredos são uma coisa perigosa.

ESTA OBRA FOI IMPRESSA EM MAIO DE 2023